LA
DIRECTORA
DE ORQUESTA

LOS | IMPERDIBLES

MARIA PETERS

LA ——
DIRECTORA
DE ORQUESTA

Traducción del holandés
de Catalina Ginard Féron

DUOMO EDICIONES
Barcelona, 2021

Título original: *De Dirigent*

© 2018, Maria Peters y Meulenhoff Boekerij bv, Amsterdam.
© 2021, de la traducción: Catalina Ginard Féron
© 2021, de esta edición: Antonio Vallardi Editore S.u.r.l., Milán
Publicado gracias al acuerdo con Meulenhoff Boekerij bv,
conjuntamente con 2 Seas Literary Agency y SalmaiaLit, Agencia Literaria.
Todos los derechos reservados

Primera edición: febrero de 2021

Duomo ediciones es un sello de Antonio Vallardi Editore S.u.r.l.
Av. de la Riera de Cassoles, 20. 3.º B. Barcelona, 08012 (España)
www.duomoediciones.com

Gruppo Editoriale Mauri Spagnol S.p.A.
www.maurispagnol.it

ISBN: 978-84-18128-15-8
Código IBIC: FA
DL B 963-2021

Composición:
Grafime

Impresión:
Grafica Veneta S.p.A. di Trebaseleghe (PD)
Impreso en Italia

Para mi nieta Yuna

«Los sueños no se ensayan».

YEHUDI MENUHIN

«Vistos desde la luna, todos somos igual de grandes».

«Dado que somos muy pocas mujeres directoras
de orquesta, es como si todas estuviésemos
debajo de un microscopio».

WILLY

1

Nueva York, 1926

—Te has equivocado con los asientos. Presta más atención.

El señor Barnes me agarra por el codo y me observa con dureza. Yo sigo su mirada, asustada. No he advertido la confusión que ha surgido en la fila. Veo que el matrimonio al que acabo de indicar su asiento vuelve a salir con dificultad al pasillo central y agacho la cabeza avergonzada.

—Lo siento mucho —digo de la forma más sumisa posible, puesto que es mi jefe y sé cuál es mi lugar.

El señor Barnes no se digna mirarme y se apresura a ayudar a la pareja. Me siento perdida, pero me repongo y me acerco a los siguientes espectadores que buscan sus asientos.

Por enésima vez digo:

—Disfruten de la velada.

Por las noches, mi trabajo consiste en acompañar a la gente hasta el asiento correcto. De día soy mecanógrafa en una gran oficina. Tal vez resulte extraño que tenga dos empleos, pero para mí es lo normal. Así lo quiere mi madre. A mi padre lo obliga a hacer dos turnos seguidos. Según ella, porque necesita el dinero.

En el fondo me alegro de pasar tanto tiempo fuera de casa, pues mi madre no es lo que se dice un sol de mujer. La comisura de sus labios apunta siempre hacia abajo y cuando ríe su boca consigue a lo sumo trazar una raya horizontal. La primera vez que fui a la escuela cometí el error de dibujarla y de enseñárselo a ella. No debería haberlo hecho. Después pasé dos días sin poder sentarme sobre el trasero. Admito que el dibujo no era una obra maestra, así que quizá tuviera razón en castigarme.

A partir de aquel momento, aprendí a esbozar una sonrisa cada vez que me miraba en el espejo, aunque no tuviera motivos para sonreír. Pese a que todavía no he obtenido la nacionalidad, vivo el sueño americano, con sonrisas y todo.

Esta noche, el concierto abre con la Tercera de Beethoven. Aquí en Estados Unidos, la llaman la *Eroica Symphony*. En Holanda la llamamos la *Heroica* a secas.

Ludwig van Beethoven escribió la sinfonía en honor de Napoleón Bonaparte cuando este se «autocoronó» emperador de Francia. Para demostrar quién mandaba, Napoleón no permitió que lo coronara el papa, sino que lo hizo él mismo. Los hombres pueden hacer esas cosas.

Beethoven, que vivió en aquella misma época, aplaudía las hazañas de aquel dictador. Personalmente opino que Beethoven era mucho más heroico que el tal Bonaparte. Sabía que se estaba volviendo cada vez más sordo, pero eso no apagó su espíritu combativo. «Quiero agarrar el destino por el pescuezo, y no pienso someterme», dijo (o algo por el estilo). Con su música clausuró la época del clasicismo e inauguró una era totalmente nueva, la del romanticismo.

Lleva ya noventa y nueve años muerto y la gente sigue afluyendo para escuchar su obra maestra. Hago una pequeña reverencia. Los dos caballeros a los que indico su asiento creen que es una muestra de respeto hacia ellos, pero en mi corazón agradezco a Beethoven lo que estoy a punto de escuchar. El movimiento de los integrantes de la orquesta mientras ocupan sus lugares me distrae. El sonido de sus instrumentos mientras los afinan me emociona. Me miro el brazo. Se me ha puesto la carne de gallina.

Estoy sentada en un rincón apartado del pasillo con una cajita de comida china en el regazo. Las puertas de la sala están cerradas. Ya no podemos entrar. Remuevo los tallarines fríos con los palillos.

Cuando voy de mi trabajo diurno al nocturno siempre tengo que correr. En la oficina hay un único reloj de fichar y, si tengo mala suerte, al salir me toca hacer cola. Las demás mecanógrafas se lo toman con calma, pues así parece que hayan trabajado más tiempo. Pero cuando soy de las últimas de la fila, estoy fastidiada.

No tengo tiempo para irme a casa entre un trabajo y otro. Madre me da todos los días una fiambrera con restos de comida, pero nunca me los como. No son de la víspera, porque esos se los come ella. Tampoco de dos días antes, porque se los da a mi padre. Las sobras que me da tienen al menos tres días. Tardé un poco en percatarme de su sistema, y al principio llegué incluso a enfermar por culpa de la comida. Por eso, ahora la tiro enseguida. El problema es que no puedo decírselo. Le daría un ataque si se enterara. Tirar comida es pecado.

El camino más corto de la oficina al auditorio pasa por Chinatown, el barrio chino. Por poco dinero he llegado a un acuerdo con un restaurante que tiene un mostrador que da a la calle. Cuando paso por delante, el señor Huang ya me tiene preparada la comida. Sabe que tengo prisa. Casi siempre me la zampo en plena calle, y cuando llego tarde, él ya me la ha metido en una bolsa para que pueda llevármela al auditorio. Al principio se reía de mí por mi torpeza con los palillos, pero aprendí rápido y me gané su respeto.

Los tallarines se han convertido en una masa pegajosa y cada vez me apetece menos meterme un bocado en la boca. Me pregunto si el concierto ha avanzado lo suficiente para poder ir al lavabo de caballeros. No se ve ni un alma. No hay moros en la costa. Por el camino, tiro la comida a una papelera. Me quedo con un palillo que escondo entre los pliegues de la falda de mi uniforme gris.

No puedo evitarlo, pero el servicio de caballeros de este auditorio me atrae como un imán. Se encuentra en una planta inferior, justo debajo del escenario. Me habría ahorrado muchísimas molestias si pudiera ir al servicio de señoras, pero desde allí no se puede oír nada. Aquí es donde debo estar.

Entro con cautela en la amplia estancia cuadrada, recientemente alicatada con azulejos de estilo moderno que llaman *art déco*. De un vistazo veo que no hay nadie en los urinarios. Una vez que he comprobado que tampoco hay nadie en los numerosos aseos, me atrevo a ponerme en el centro, a cerrar los ojos y a escuchar. Escucho la música que, debido a una fuga acústica del edificio, se oye tan bien que es como si me encontrara delante de la orquesta.

La música de Beethoven llena cada fibra de mi cuerpo. Es el primero de los cuatro movimientos de los que se compone la sinfonía. El *Allegro con brio*, que significa que debe tocarse con energía y pasión. Lógico, un verdadero héroe siempre tiene energía. Alzo el palillo y me imagino todo tipo de cosas, pero sobre todo que soy la directora de esta orquesta. Que cien hombres siguen los movimientos de mis manos, que los inspiran a tocar la *Heroica* tal como yo creo que debe sonar. El palillo marca un compás de tres por cuatro.

Es increíble la alegría que siento. Esta intensa explosión de felicidad es simplemente adictiva.

Sin embargo, procuro no entregarme a ella demasiado a menudo. Me lo permito solo una vez por semana y voy alternando los días. No quiero que las otras acomodadoras, que se sientan juntas en el vestíbulo a charlar en voz baja, se percaten de ello. Y siempre lo hago al inicio de un concierto. La primera media hora es segura, sé por experiencia que todas las vejigas aguantan ese tiempo. Aunque mi padre es capaz de aguantarse y va poco al lavabo —a veces solo dos veces al día—, son siempre los hombres mayores los que necesitan orinar durante un concierto. Para entonces tengo que haberme ido ya. Todavía me queda algo de tiempo.

Con la mano, señalo a los primeros violinistas imaginarios y les indico que toquen más alto; a los segundos violinistas, suave. Voy dando indicaciones a cada grupo de instrumentos. Me dejo llevar tanto por la música que me olvido de mí misma. Podría considerarse como una especie de trance, aunque de un tipo muy distinto al que se entrega mi madre cuando hace las sesiones con su club de señoras. No me gustan en absoluto, porque no creo en esas estupideces. Aunque he de admitir que me vino de perlas que Beethoven y Liszt se le aparecieran en una ocasión a mi madre para decirle que yo llegaría a ser una gran música. De lo contrario, mi madre nunca me habría dejado seguir yendo a clase de piano. Pero no me trago lo de que ella y sus amigas sepan qué aspecto tenían Ludwig van Beethoven y Franz Liszt, menos aún como espíritus.

La puerta se abre y me sobresalto. Bajo los brazos rápidamente. Oigo el palillo golpear contra el suelo. Un joven entra y me mira con extrañeza. Yo reprimo un gesto de sorpresa, alzo ligeramente la barbilla y lo miro con toda la impasibilidad que logro reunir. Al fin y al cabo, yo trabajo aquí y él no.

—Este es el lavabo de caballeros —me dice.

Por lo visto considera necesario explicar su llegada. Tardo un poco en recuperar el habla.

—Es que... estaba comprobando algunas cosas.

Él desliza la mirada por mi ropa, seguro que se da cuenta de que llevo el uniforme de acomodadora.

—¿Y qué compruebas?

—La higiene —digo mientras abro algunas puertas e inspecciono los retretes—. El servicio de caballeros se ensucia más rápido, por eso lo revisamos una vez más.

Él me observa. El intruso no debe de ser mucho mayor que yo. Rondará los treinta como mucho. No soporto que sea

LA DIRECTORA DE ORQUESTA

tan apuesto y, a juzgar por su ropa, tan rico. No lo soporto porque me hace sentir aún más incómoda.

—¿Y has terminado ya?

Asiento.

—Todo está limpio, señor —le contesto manteniendo abierta la puerta de uno de los retretes, con la esperanza de que se meta ahí dentro y desaparezca de una vez por todas.

Pero él no se mueve de su sitio y se mete las manos despreocupadamente en los bolsillos del pantalón, como si dispusiera de todo el tiempo del mundo para observarme.

—Se está perdiendo el concierto —le digo.

—Ya lo he visto unas cuantas veces —me contesta.

Lo miro fijamente a los ojos, unos irresistibles ojos marrones, como si con ello pudiera obligarlo a hacer algo. Pero no. Él permanece de pie junto a la puerta. No me queda más remedio que dirigirme a la salida y, aunque él tiene que apartarse para dejarme pasar, no me quita la vista de encima.

Cuando ya estoy en el pasillo lo oigo decir detrás de mí:

—Se te olvida algo.

Me vuelvo. Él mira el palillo que también ha oído caer. Lo tiene justo delante de los pies, pero no hace ademán de recogerlo. Yo me agacho.

Esa noche, todo el personal está en fila. El director Barnes reparte complaciente los sobres con dinero. El viernes por la noche es el día de pago y, como de costumbre, nos explica qué conciertos nos esperan en las próximas semanas. Yo escucho con atención, pues esa parte me gusta aún más que recibir mi sueldo.

—Y entonces tendremos la Sinfonía número 40 de Mozart, la Número 100 de Haydn, la Tercera de Schumann, el Concierto para violín de Mendelssohn...

Mi compañera Marjorie se acerca a mí y me susurra:

—Me muero de aburrimiento. ¿Quieres un trozo de chicle?

Marjorie y su goma de mascar son inseparables. Siempre lleva varios paquetes en el bolsillo. «La goma Nueva York n.º 1 de Adams, se chasca y se estira», dice la publicidad. Cuando nadie la ve, ella da chasquidos. No sé cómo lo consigue, pero nadie parece percatarse de que lleva siempre goma de mascar en la boca. En una ocasión, el chicle se le quedó pegado a las gruesas trenzas que se hace cada día alrededor de la cabeza. Me contó que le había sucedido mientras dormía. Tardó días en conseguir quitárselo.

—El chicle me provoca náuseas —le susurro.

—Venga ya.

Marjorie cree que le estoy tomando el pelo, aunque le digo la verdad. Entretanto sigo escuchando.

—Y por supuesto el próximo mes tendremos el honor de recibir al señor Mengelberg, el famoso director de orquesta holandés...

«¡Mengelberg!».

—... con la Cuarta Sinfonía de Mahler —acaba diciendo Barnes.

—Tengo que verlo —le susurro a Marjorie.

Estoy tan entusiasmada que casi exploto. Marjorie me observa asombrada, como si viera un burro volar. Pero cuando me mira a los ojos y advierte que lo digo en serio, y el señor Barnes está a tan solo dos pasos de distancia, me sisea:

—¡Pídeselo!

El director se detiene delante de mí y me observa de pies a cabeza. El penetrante olor de sus sobacos me llena la nariz. Pienso en la reprimenda que me ha dado unas horas antes y se me ocurre que quizás el hombre del lavabo se ha quejado de mi presencia en el servicio de caballeros y pierdo todo el valor de pedirle nada. Por fin su mirada acaba reposando en mi cuello deshilachado.

—Compra una blusa nueva. Esa está gastada.

Mantengo la mirada fija en la pared y asiento. Él me entrega el sobre y avanza hacia Marjorie.

—¿Señor Barnes? Willy quiere asistir al concierto. —La oigo decir.

—¿Qué?

—Willy quiere estar en el concierto de ese Mengelen.

—Mengelberg —me apresuro a corregirla.

—Eso mismo.

Barnes vuelve la mirada hacia mí.

—Imposible.

—Pero...

—Las entradas para ese concierto se agotaron en un día.

Barnes sigue avanzando. Yo me trago la decepción y maldigo por enésima vez que el personal no tenga acceso a la sala durante los conciertos.

Unos minutos más tarde, mientras me dirijo a la salida del personal, huelo al director en el pasillo. Me desvío, sigo el rastro y llego justo a tiempo de verlo entrar en su despacho. Llamo a la puerta y me quedo esperando en el umbral.

—Señor Barnes, ¿podría apuntarme en la lista de espera? ¡¿Por favor?! ¿Por esta vez?

Enseguida veo que le asombra que lo haya seguido.

—¿Por favor? —digo una vez más.

—¿Estás suplicando? —me pregunta lanzándome una mirada inquisitiva—. La entrada más barata cuesta un dólar.

Como si no lo supiera. La más cara cuesta dos dólares setenta y cinco, y si fuera estudiante, podría entrar por veinticinco centavos. Empiezo a sacar el dinero del sobre, pero él me detiene.

—Solo tienes que pagar si hay sitio —dice cogiendo su pluma y anotando mi nombre con letra elegante en la lista de espera.

Subo silbando las interminables escaleras del bloque de pisos en el que mis padres alquilan un apartamento. Sé que las chicas no deben silbar, pero hoy me trae sin cuidado. Por dentro me siento ligera.

Cuando entro en casa, me voy directa a mi dormitorio y saco las partituras que tengo escondidas debajo de la cama. Me siento en el borde y, experimentando un profundo respeto, leo el nombre que figura en la portada: Gustav Mahler, Cuarta Sinfonía. Deslizo los ojos con impaciencia por la partitura y las anotaciones que he garabateado en el margen con lápiz rojo y azul. Miro la pared donde he colgado toda una colección de imágenes de mis dos ídolos. Poso la mirada en las fotos de Mengelberg.

—¿Willy?

Oigo a mi madre avanzar por el pasillo. Rápidamente cierro la partitura y quiero volver a esconderla debajo de la cama, pero es demasiado tarde. Mi madre entra en la habitación. Lo hace siempre sin pensárselo dos veces, incluso ahora que ya he cumplido veintitrés años. Levanta la mano mostrándome la palma.

—Tu sueldo.

Le entrego los sobres con el salario de mis dos empleos y mientras ella empieza a contar el dinero, empujo con el pie la partitura debajo de la cama. No tiene ni idea de que mi cuarto incluye un montón de escondites. El mejor se encuentra detrás del panel inferior de mi destartalado piano. Con dos horquillas puedo soltar el tablero delantero y sacarlo. Allí guardo el dinero ahorrado a duras penas con el que pago al señor Huang, entre otros.

—Necesito una blusa nueva.

—No te quejes. Esta aún sirve.

—Me han advertido...

—Puedes arreglarla.

—... que me echarán —le digo completando mi frase.

Eso surte efecto, pues lo último que quiere es que entre menos dinero en casa.

Mi madre duda antes de sacar dos dólares del sobre.

—No creo que sea suficiente —le digo, pero ella no pica.

—No te daré más.

Y con estas palabras me deja sola.

Al día siguiente es sábado y no tengo que trabajar en la oficina. Mi madre no está. Se ha ido a leerle los posos del té a un cliente. Con ese timo se gana un dinerillo de vez en cuando. Saco aguja e hilo del costurero de mi madre y arreglo el cuello de mi desgastada blusa de trabajo.

Esa noche no rehúyo al señor Barnes.

—¿Ha visto? —le digo cuando me lo encuentro en el vestíbulo, enseñándole mi blusa con una sonrisa.

—Mucho mejor —me dice él—. Me alegro de que me hayas hecho caso.

WILLY

2

Durante unos segundos, dejo descansar las manos sobre las teclas de la máquina de escribir y echo un vistazo al reloj que cuelga de la pared. Todavía queda un cuarto de hora para que acabe la jornada. No puedo esperar; esta noche es el concierto de Mengelberg.

Cuando veo a las sesenta mujeres que trabajan en mi departamento, me pongo nerviosa. ¿Conseguiré ser la primera en llegar al reloj de fichar? He dejado mi bolso listo debajo de la mesa, solo tengo que acabar esta carta. Veo que mi jefa recorre las hileras. Bajo la barbilla y muevo los dedos rápidamente sobre las teclas. No quiero que piense que ya he acabado. Pero tengo mala suerte. Ella se detiene justo delante de mi mesa.

—Quiero que les hagas una prueba a unas candidatas —me dice.

«Santo cielo —pienso—, ¿por qué siempre me escoge a mí?». Sin embargo, me oigo decir educadamente:

—¿Ahora?

—Sí, ahora.

Hace una seña a dos aspirantes que esperan un poco más lejos.

Me levanto con desgana. Mi jefa no es alguien con quien una deba iniciar una discusión. Es una vieja solterona totalmente metida en su trabajo. Alguna vez he intentado imaginarme cómo pasa las noches, pero en los dos años que llevo trabajando aquí he acabado renunciando a ello. Ahora estoy casi segura de que no tiene familia; lleva la soledad escrita en la cara y la esconde aferrándose con uñas y dientes a su trabajo.

A sus espaldas, las mecanógrafas la apodan la Pitbull, porque nunca cede, pero yo jamás la llamo así. Me parece injusto hablar de ese modo de las mujeres. Nunca he oído a mis compañeras hacer lo mismo con los hombres. A ellos no se les acusa de ser brujos, o verduleros o arpías, y, a pesar de que en el trabajo conozco a unos cuantos que son bastante peores que nuestra jefa y no dan su brazo a torcer, nadie les pone un apodo tan estúpido.

Por otra parte, ella es una mina de oro para el jefe supremo. Corren rumores de que tuvo un romance con él, pero que yo sepa ese tipo está casado y no logro imaginármelos juntos.

Mientras la jefa se aleja, las aspirantes se acercan a mí para presentarse. Sus nombres me entran por un oído y me salen por el otro. Una de las mujeres tendrá unos cuarenta años y parece severa. Observo su pelo negro peinado hacia atrás y recogido en un moño apretado, lleva gafas. Debajo del brazo aprieta un periódico.

Saco la carta de la máquina de escribir, le entrego una hoja en blanco y le muestro mi silla. Mientras se sienta, deja el periódico a un lado y entonces advierto un artículo que anuncia el concierto de Mengelberg. Eso, para mí, le hace ganar puntos, aunque no es que yo tenga nada que decir al respecto.

Calculo que la otra mujer tendrá unos diez años menos.

Lleva unas cejas muy finas y anguladas que le restan naturalidad. Su ceñido jersey resalta demasiado sus pechos y no puede dar un paso sobre sus tacones sin mover el trasero coquetamente. Me pregunto por qué da una vuelta tan grande para ir a sentarse a la mesa vacía junto a la mía, si de todas formas no hay ni un solo hombre cerca.

La prueba que les propongo es sencilla. Solo deben volver a teclear una carta.

—Tienen diez minutos —les digo justo antes de dar la señal de inicio.

Pulso el cronómetro. Los segundos van pasando, y mi tiempo se agota.

Enseguida me llama la atención que la aspirante severa mecanografía increíblemente rápido, más de lo que nunca he visto. Calculo que hará más de trescientas pulsaciones por minuto. ¡Qué contraste con la aspirante coqueta que está más preocupada por sus largas uñas pintadas de rojo carmesí! Si llega a las cien, ya es mucho. Observo su pelo rubio platino. Y me asombra ver unas feas raíces oscuras. Me pregunto cuánto debe de sufrir para llevar este peinado, tanto económica como físicamente.

Oigo el timbre y veo que todas se marchan. Solo la jefa permanece sentada en su tarima. Ella aún debe revisar toda la pila de cartas que le van entregando las mecanógrafas.

—¡Alto! —grito después de unos diez minutos demasiado largos.

Arranco el papel de sus máquinas de escribir y atravieso la sala ya vacía hasta la jefa. Con las prisas choco contra su escritorio. Un termo se cae. La jefa mira irritada el café frío que empapa sus papeles. Yo intento secarlo, pero no hago más que empeorarlo. La jefa me mira fijamente cuando le entrego las dos cartas.

Acaba pronto de corregirlas.

—¿De quién es esta? —pregunta sosteniendo en alto la más corta y examinando a las dos mujeres que se unen a mí.

—Mía —responde la aspirante coqueta.

—Demasiado lenta, uñas demasiado largas y demasiados errores. Y usted... —Después sostiene en alto el texto—. Dedos ágiles, uñas cortas y sin errores.

La aspirante severa agradece el cumplido, pero entonces llega la sentencia.

—Empezará mañana —le dice la jefa en tono contundente a la aspirante coqueta.

¿Eh? La aspirante severa desvía la mirada perpleja de la jefa a su rival, que se desvive en aduladores agradecimientos. Yo bajo los ojos avergonzada y lo siento tanto por ella que casi olvido que debo irme.

—No lo entiendo —le dice a mi jefa cuando su rival abandona el departamento contoneando las caderas.

—Cabría pensar que buscamos a la mejor —le explica mi jefa—. Pero mi jefe no quiere mujeres que no resulten atractivas y yo no quiero alguien que me supere.

La perdedora se aleja disgustada y yo quiero seguirla, pero la jefa sostiene en alto una pila de cartas chorreantes. Daría lo que fuera por despertarme de esta pesadilla en la que no logro avanzar, pero la cuestión es que todavía no ha acabado.

Tecleo como una posesa para reescribir las cartas que se han mojado. Junto a mí se encuentra el periódico que ha dejado la aspirante severa. El retrato de Mengelberg me observa. Cojo el periódico y me levanto de un salto. Estoy harta.

—¿Ya ha acabado? —me pregunta mi jefa asombrada desde su tarima, a unos veinte metros de distancia.

Doy las gracias por esos metros que nos separan.

—No, pero tengo que ir a un concierto.

—¡Antes debe acabar esto!

Echo a correr.

—¡Mañana!

Ella grita a mis espaldas:

—¡Si se marcha ahora, está despedida!

Me detengo en seco y considero seriamente esta consecuencia. Para ganar tiempo, me vuelvo lentamente.

—Menos mal que acaba de contratar a una mecanógrafa tan rápida —replico.

Y después salgo corriendo de la oficina. Por suerte ya no tengo que fichar.

No sé cómo lo he conseguido. Seguro que he apartado sin contemplaciones a los peatones que se interponían en mi camino. No me habré detenido en los semáforos y habré cruzado temerariamente esquivando los coches. No he hecho más que correr, correr y correr, como si me fuera en ello la vida. Lo único que he registrado de pasada es el anuncio del concierto en la fachada del teatro.

Jadeando, dejo el dinero en la caja y digo casi sin aliento

que estoy en la lista de espera. La cajera ni siquiera se toma la molestia de buscar mi nombre.

—Lo siento, Willy, llegas demasiado tarde.

—Pero el director... el director... —le digo jadeando.

Ella niega compasivamente con la cabeza.

—Ya conoces las reglas. Hay que recoger las entradas media hora antes.

Cojo mi dinero, furiosa.

Me dirijo al vestuario y me pongo el uniforme. No sé por qué me tomo la molestia, pero volver a casa no es una opción; quiero estar en el edificio donde Mengelberg dirigirá la orquesta.

En el pasillo hay mucho alboroto. Paso por delante de Marjorie, que está rodeada de gente. Ella me llama, pero yo mantengo la mirada fija al frente. También evito el contacto visual con las demás acomodadoras, que unos minutos antes del inicio están muy atareadas. Ahora no tienen tiempo para mi cólera.

—¿Qué estás haciendo aquí parada? ¿Por qué no haces nada? —me dice Marjorie cuando aparece junto a mí. Masca chicle y lo hace estallar en mi oído.

No le gusta nada que me escaquee. Ha olvidado que esta noche no trabajo. Siento el corazón golpear contra las costillas. Tengo que tranquilizarme.

Finjo dirigirme a un grupo de espectadores. Pero ahora no puedo hacer como si este fuera un día de trabajo normal y corriente. No pueden esperar eso de mí. A riesgo de ser descubierta, busco refugio en el servicio de caballeros.

Gracias a Dios, allí no hay nadie. Me paseo intranquila por el baño hasta que me llama la atención mi reflejo. Me detengo, me acerco al espejo y miro mi rostro. Esta vez no sonrío.

FRANK

3

Soy el hombre que les consigue conciertos a los solistas y a los directores de orquesta. Ese es mi trabajo. Mi tarjeta de visita lo condensa en: «Agente de Conciertos». Esta noche, el honor recae en Willem Mengelberg.

El auditorio parece un manicomio. Todo el mundo quiere verlo. Me cuesta llegar a mi palco desde el camerino del director, donde se está preparando Mengelberg. Todo el rato me paran amigos y conocidos para felicitarme por el éxito de la gira. Les doy las gracias y con una sonrisa les ofrezco la consabida respuesta que adapto al país de origen del director: «Todo lo bueno viene de Holanda». Con ese cumplido a Mengelberg aparto la atención de mi persona. Y ni siquiera miento: a nosotros, los estadounidenses, nos gusta presumir de nuestras raíces europeas.

Nadie tiene por qué saber cuánto dolor intento ahuyentar con esa observación. La gente no tiene ni idea de que la música es para mí la única medicina que puede silenciar el estruendo de los recuerdos que me dejó la guerra en la maldita Europa. Si no hubiese salido tanta belleza de ese continente, lo borraría para siempre de mi memoria.

Yo era aún demasiado joven para ser enviado a esa sangrienta guerra. Demasiado joven e ingenuo, como muchos otros. Tuve el privilegio de no vivir la atrocidad de las trincheras, sino de limpiar la porquería en los hospitales de campaña en la retaguardia, donde pude trabajar como oficial médico porque estudiaba medicina en Estados Unidos. Era un título simbólico que me dieron solo porque mi madre procedía de la nobleza británica, puesto que en la práctica realizaba el trabajo de un enfermero. Cuando empecé no podía saber que desempeñaría este cargo en lo que más tarde se dio a conocer como el «año de los gases tóxicos». Pero bueno, yo al menos he sobrevivido. Nueve millones de militares no vivieron para contarlo, así que no tengo derecho a quejarme.

Willem Mengelberg me contó en una ocasión que no se vio muy afectado por la Gran Guerra. Holanda se había mantenido neutral, algo que también hizo Estados Unidos durante los tres primeros años. Cuando este país se sumó a la contienda en 1917 y yo partí hacia Europa como un chaval de apenas veinte años, Mengelberg llevaba ya dos décadas siendo director jefe de la orquesta del Concertgebouw de Ámsterdam. Después, su fama no hizo sino aumentar.

Por supuesto que estoy orgulloso de haber podido traerlo a Nueva York. A los estadounidenses les encantan las estrellas, y en el caso de la música clásica se aplica la máxima de «solo cuentas si has tenido éxito en Europa».

Por fin llego al palco donde mis padres ya me están esperando. Los saludo cálidamente y luego tomo asiento rápido, porque ya veo levantarse al primer violinista. Le hace una señal al oboísta para que dé el tono, tras lo cual los demás músicos afinan sus instrumentos.

Cuando han acabado, Mengelberg sube al escenario. Causa verdadera sensación. El aplauso entusiasta me reconforta. Mengelberg estrecha la mano del concertino, el primer violinista de la orquesta, y luego ocupa su lugar sobre el podio.

Siento un creciente nerviosismo. Es un fenómeno extraño, pues yo no tengo que hacer nada, solo reclinarme en mi asiento. Sin embargo, todavía no me relajo. Sigo sentado en la punta de mi silla y observo la sala a mis pies. Toda esa gente que espera y que está a punto de vivir una velada excepcional gracias a la química especial entre el director Willem Mengelberg y el difunto compositor judío Gustav Mahler.

La Cuarta Sinfonía que sonará esta noche data de 1900, cuando la vida aún le sonreía a Mahler. Compuso la sinfonía durante sus vacaciones de verano, porque no estaba acostumbrado a estar ocioso. Unos años más tarde le golpeó la tragedia: perdió a su hija de cuatro años, su matrimonio con su joven esposa soportaba continuas tensiones, los médicos le diagnosticaron una enfermedad cardiaca incurable y perdió su puesto de director de orquesta en la Real Ópera de Viena. Allí había llevado la batuta durante diez años y había eliminado muchas tradiciones arraigadas para introducir otras nuevas. Sin embargo, Gustav Mahler era cada vez más famoso por sus composiciones, en las que se reflejaba su vida personal.

El director de orquesta Willem Mengelberg, once años menor que el austriaco,, era un ferviente admirador suyo y se lo llevó varias veces a Ámsterdam, donde Mahler dirigió sus propias sinfonías. Ambos entablaron amistad. Con la bendición del maestro, Mengelberg se convirtió en uno de los intérpretes más famosos de Mahler. En Ámsterdam, la famosa orquesta del Concertgebouw tocó más de doscientas veces su obra, que esta noche será interpretada por la Sociedad Filarmónica de Nueva York.

Las luces de la sala se amortiguan y los aplausos se apagan. Lo que reina es el mágico silencio que precede al concierto, durante el cual aumenta la concentración. La gente apenas se atreve a carraspear.

Las campanillas de trineo son las primeras notas que suenan. Siempre me recuerdan a mi juventud, cuando mis padres hacían venir a Papá Noel con un trineo tirado por seis caballos en lugar de renos. Yo creía a pies juntillas todo lo que me contaban, siempre cautivado por las campanillas que sonaban sobre los lomos de los caballos. Doy gracias a Dios de que la música siga teniendo ese efecto mágico para mí. De lo contrario estaría perdido. Me reclino en mi asiento. El concierto ha empezado.

La primera parte de esta sinfonía es alegre, como si el sol quisiera penetrar en la sala. Después de unos dieciséis minutos, el primer movimiento llega a su fin tras un efervescente *crescendo*. El sagrado silencio que viene a continuación se ve interrumpido de golpe por el pesado sonido de una puerta que se cierra con fuerza.

Gustav Mahler se retorcería en su tumba. No creo que en la sala haya nadie que sepa que precisamente fue el propio Mahler el responsable de esos silencios entre los distintos movimientos, cuando siendo director de orquesta consiguió con un perentorio gesto de la mano que su público perdiera de una vez por todas la costumbre de aplaudir entre un movimiento y otro.

Advierto con cierto asombro que, en el patio de butacas, los espectadores vuelven la cabeza hacia un lado. Alguien avanza por el pasillo central del patio de butacas hacia el escenario. Es extraño, puesto que sé que quienes llegan demasiado tarde se encuentran frente a una puerta cerrada, una norma que también introdujo Mahler en la Real Ópera de Viena. Aguzo la vista en la oscuridad. No puedo ver quién es, pero la figura femenina lleva una silla plegable debajo de un brazo y un gran libro debajo del otro. Se acerca al escenario y se detiene justo delante. ¿Qué demonios está haciendo allí? ¿Por qué abre la silla plegable justo detrás del podio del director y de dónde saca el valor de sentarse? La sala reacciona emitiendo un murmullo de indignación.

Mengelberg no se percata de nada y observa tan concentrado las notas musicales que está sordo para cualquier otro sonido. Eso demuestra una vez más lo selectivo que es nuestro oído. Él no hará nada.

La mujer sentada en la silla plegable abre su libro y espera, como todos los demás. Mi madre se inclina hacia mí.

—¿No deberías intervenir?

No comprendo por qué me he quedado mirando sin hacer nada.

Desciendo la escalera corriendo sobre la gruesa alfombra y abajo me encuentro con el director Barnes.

—Sáquela de ahí —le digo.

—¿A quién?

Por lo visto, no se ha percatado del revuelo, pero se contagia enseguida de mi inquietud. Me sigue hasta la puerta lateral que da acceso al pasillo paralelo al podio. Cuando entreabro la puerta, el murmullo inunda el corredor como una ola. Echo un vistazo a la sala, pero solo puedo ver a la mujer de perfil.

—¿Por qué no la ha retenido nadie del personal? —pregunto furioso.

—Porque ella forma parte del personal —me contesta Barnes con voz entrecortada.

Y solo entonces la reconozco. La chica del lavabo.

En ese momento, Mengelberg se vuelve hacia el ruidoso público. Detiene la mirada en la silla plegable. Todo el mundo contiene el aliento. Yo espero, al igual que la sala, a ver lo que sucederá.

Advierto que ella le sonríe a Mengelberg. Pese a que los focos lo iluminan, él se ha dado cuenta, pues le devuelve una sonrisa condescendiente. Eso me desconcierta todavía más.

Justo cuando Barnes se dispone a echarla, Mengelberg inicia el segundo movimiento de la Cuarta Sinfonía de Mahler. Lo último que quiero es más alboroto, así que retengo a Barnes. Sin embargo, no logro apartar los ojos de esa descarada. Mientras suena el misterioso *scherzo*, veo cómo ella lee la partitura que tiene sobre las rodillas y apenas logro contener la furia.

—No hace falta que me empuje, puedo caminar sola.

Mientras intenta soltarse, yo la agarro con fuerza por el brazo del que cuelga su bolso. Debajo del otro brazo aprieta la partitura.

Me he abalanzado sobre ella en el pasillo cuando quería devolver la silla plegable a la pila que está junto al lavabo de hombres. Y ahora la conduzco hacia la salida del personal.

—A las personas como tú habría que encerrarlas —le suelto.

—¿Puedo disculparme? —me pregunta algo más calmada.

—¿Con quién? ¿Con toda la sala?

—Con el maestro Mengelberg.

¡Santo cielo, encima bocazas! Sacudo la cabeza.

—No pensarás que voy a dejar que te acerques a él, ¿verdad? ¡A los grandes músicos hay que tratarlos con respeto!

Abro la puerta de la salida del personal.

—Estás despedida —le digo echándola fuera.

Ella tropieza y casi se cae por la escalera, pero se recompone y se vuelve hacia mí bruscamente.

—Usted no es mi jefe —exclama.

—Tu jefe me ha dado permiso —le digo.

Y es cierto. Por supuesto, lo he consultado con Barnes.

Poco importan sus súplicas diciendo que necesita este empleo. Veo que está desesperada, pero no tengo compasión. Cuando replica que no ha recibido el sueldo de la última semana, abro mi cartera y le doy dinero. Al ver el importe, se calla. Sin duda le he dado demasiado.

WILLY

4

He de reconocer que me moría de miedo mientras estaba sentada allí. Pero mantuve la espalda erguida y la vista al frente en actitud aparentemente estoica, pese a que sentía las miradas de indignación que se me clavaban como flechas en la espalda. «Ya ves —me decía a mí misma—, si te lo propones, puedes ser valiente».

Ahora deambulo por la calle y pierdo el tiempo yendo a todos lados salvo a casa. Me habría gustado hablar con Mengelberg sobre su concierto y sobre la música. Sobre su interpretación de la pieza y sobre la calidad de nuestra orquesta. Una charla tranquila y familiar en holandés. Y tal vez me hubiese atrevido a contarle lo que yo habría hecho de otra forma.

De no haber sido posible, me hubiese gustado mezclarme entre la muchedumbre que abandonaba el auditorio. Escuchar sus opiniones y de esa forma seguir disfrutando de la velada. Pero el tipo de los lavabos tuvo que fastidiarlo todo. Es una ley natural: las pompas de jabón siempre acaban estallando.

Me detengo junto a un mendigo ciego que está sentado en su lugar habitual. Cuando le apetece, improvisa canciones con una armónica, pero ahora guarda silencio. Creo que ya no tocará nada más por hoy. Miro sus ojos, sobre los que descansa un velo azulado que oculta las pupilas. «Siempre puede ser peor», pienso. Él se ha percatado de mi presencia, pues levanta la mano.

Deslizo la mirada hacia el sombrero de fieltro, comido por las polillas, que descansa a su lado. Vacío. Luego miro el letrero de cartón que dice: *Good luck to people who can share*. Buena suerte para la gente que sabe compartir.

La maldita buena suerte. Noto el dinero en el bolsillo. Hubiese querido decirle a ese idiota arrogante que era demasiado, pero me tragué a tiempo mis palabras. De todas formas no parecía atenerse a razones. El importe equivale a tres semanas de sueldo, de modo que lo considero una indemnización. O un soborno para que me largue. Todo depende de cómo se mire.

Sujeto la mano áspera del mendigo y le doy algunos billetes. Le advierto que los guarde bien. Él me da las gracias y dice que Dios me bendecirá. Odio que metan a Dios en esto, pero esta vez no digo nada. Quizá vaya siendo hora de que Él se ponga manos a la obra. Esperaré.

Con cada peldaño que asciendo, veo levantarse nubes de polvo. Cada inquilino limpia su propia vivienda, pero la escalera es de dominio público. Nadie se siente llamado a hacer algo por los demás y por ello la suciedad se va acumulando en los escalones.

No siempre fue así, pero así se mantendrá siempre.

Es una de las muchas razones por las que mi madre aparta cada céntimo para ahorrar para una casa propia. Con la fama de limpios que tenemos aquí los holandeses, mi madre se encargó durante años de «mantener» la escalera. Al principio, los demás inquilinos lo valoraban, pero a medida que pasaba el tiempo empezaron a darlo por sentado. Hasta que un día ella ya no aguantó más. Vació el cubo de basura en la escalera que acababa de barrer y dijo: «Se acabó». Luego se quitó el delantal, se puso el abrigo y atravesó la suciedad con andares de reina hasta llegar a la calle. En momentos como aquel, mi madre era todo un ejemplo.

Lo primero que me llama la atención son las cebollas sobre la encimera. Enseguida sé lo que me espera.

—¿Has tenido un día duro? —me pregunta mi madre cuando me ve.

Por lo que veo, ella considera que no debe de haber sido lo suficientemente duro.

—No tanto. —Me oigo decir.

No pienso contarle que me han despedido dos veces. Primero tengo que asimilarlo.

Ella me entrega el cuchillo con el que estaba cortando la primera cebolla.

—Acaba de cortar estas —me dice.

Veo que todavía quedan seis.

Intento no llorar mientras muevo el cuchillo. Las rodajas de cebolla caen sobre la tabla. Debo tener cuidado con las manos, puesto que apenas veo nada. «Más que el mendigo», me digo.

Mi odio hacia las cebollas empezó durante la travesía que realicé con mi madre hacia América. Mi padre había zarpado antes para organizarlo todo. En nuestro barco, los pasajeros comíamos en unos grandes comedores. Un día sirvieron algo que, se suponía, era un guiso de cebollas y carne. Me quedé mirando aquella bazofia y me negué en redondo a probar bocado.

Pero eso es algo que no soporta mi madre; tuve que vaciar aquel plato. Me obligó a comer pellizcándome la nariz y metiéndome la cuchara en la boca abierta. Me entraron arcadas, pero mi madre no se rinde si puede ganar una batalla. Poco después lo vomité todo. Lo hice encima de la mesa, delante de todo el mundo. Olía terriblemente mal. Los que nos rodeaban apartaron la cabeza asqueados. En nuestro camarote me dio una de sus reprimendas. No lo olvidaré nunca.

Mi padre vuelve a casa de su turno de noche. Trabaja para el servicio municipal de recogida de basuras. No en una oficina ni nada por el estilo, sino en el escalón más bajo: como basurero. No gana mucho, pero mi padre es muy bueno buscando tesoros. En la basura encuentra de todo. Mi madre se lleva la mayoría de los objetos a la casa de empeños, para luego no volver a recuperarlos nunca.

Mi padre se acerca a mí, ve mis lágrimas rodar por las mejillas y mira a mi madre.

—Ya sabes que la hacen llorar —le dice en voz baja.

Su tono ni siquiera transmite reproche. Pero mi madre se lo toma como tal.

—Unas cuantas lágrimas no la matarán —suelta ella.

Yo no muevo ni un músculo. Lo que más les duele es que sus palabras no te afecten.

Fiel a mi costumbre, me levanto a las cuatro y media de la mañana. Normalmente he dormido unas horas, pero esta noche no he podido pegar ojo. La he pasado dándole vueltas a la cabeza.

Cuando todos los días están llenos de trabajo desde temprano por la mañana hasta últimas horas de la noche, puedes engañarte diciéndote que lo estás haciendo bien. Pero no es cierto. Hacía cosas, pero no bien. No es extraño que lo descubriera de repente, lo malo es que me tuvo preocupada toda la noche. Y lo irritante es que enseguida sentí un impulso contra el que no podía luchar.

Me siento al piano y apoyo la cansada cabeza sobre la tapa. Acaricio la madera. Cuántas veces habré buscado consuelo en este instrumento que mi padre encontró junto a la basura. La madera estaba sin brillo y agrietada en algunos sitios. La capa de marfil se había desconchado en algunas teclas. Milagrosamente, la tapa aún tenía llave y eso hacía que me sintiera protegida.

Mi madre se negó a que metiésemos en casa aquel armatoste, como lo llamaba, pero mi padre se mantuvo en sus trece por primera vez en mi vida.

—Es mi regalo para Willy —dijo.

Y cuando mi madre preguntó qué había hecho yo para merecerlo, él contestó:

—Es su cumpleaños.

Me extrañó saber que cumplía años, pues en casa nos saltábamos los aniversarios. A decir verdad, todas las festividades. Pero no olvidaré nunca aquel día. Recibí mi piano el 26 de junio de 1912, cuando cumplí diez años. Fue mi primer regalo.

Abro la tapa y pulso algunas teclas. Apenas sale sonido, pues las cuerdas están amortiguadas por una larga tira de pedazos de fieltro que he hecho especialmente y que he colgado en la caja de resonancia contra ellas. Siempre practico entre las cuatro y media y las siete de la mañana. Son las únicas horas que tengo libres.

Cuando llevo un cuarto de hora tocando, me detengo de forma abrupta. «¿Ves como no piensas con claridad? —me digo—. ¡No tienes que ir a ninguna parte!». Sin embargo, no vuelvo a meterme en la cama. No quiero que mi madre se entere de que algo ha cambiado.

Tacho el anuncio en el periódico de la aspirante severa. Qué diría si se enterara de que en mi búsqueda de trabajo recorro los anuncios que ella marcó con un círculo. Por ahora sin éxito. Aún queda un anuncio al que no he respondido.

Miro el teatro de variedades en el callejón al que dan diversas escaleras de incendios. «In the Mood», reza el letrero. Una pequeña escalera de piedra conduce a la entrada. Arriba hay un corpulento portero. Titubeo antes de acercarme, pero decido hacerlo ya que estoy aquí.

—Vengo por el trabajo de... —consulto el periódico— guardarropa.

Alzo la vista y él me mira desde arriba.

—Ya está cubierto. Pero de todas formas no te lo habrían dado.

—¿Por qué no?

—Aquí cobramos de las propinas... Por eso no —dice mirándome con desdén.

No me acabo de caer del nido y comprendo muy bien que me ha lanzado una indirecta sobre mi aspecto, pero no tengo ánimos para pelear con él. Siento las piernas cansadas y una piedrecilla en el zapato me está torturando. Me echo a un lado. Me quito el zapato, lo cojo para golpearlo y sacar la piedra y veo que tiene un agujero en la suela. Encima esto.

—¿Te han rechazado?

Me vuelvo y veo que me observa un hombre de unos treinta y cinco años que está fumando medio escondido detrás de la escalera. Debe de haber oído al portero. Asiento en silencio.

—Si quieres conseguir algo en este negocio, tienes que llamar la atención.

Por su voz, parece que se está divirtiendo. Lo observo mejor. El hombre lleva un traje ancho con buena caída que le queda bien. Tiene pinta de ser amable, con su pelo rubio y sus ojos azules.

—Si no encuentro nada, tendré un gran problema —le digo.

—Me encantaría poder ayudarte, pero no necesitamos a nadie, salvo a un músico.

Me enderezo como si tuviera un resorte.

—¿Un músico? Yo toco el piano.

ROBIN
5

Esta chica tiene un no sé qué. ¿Tal vez algo poco ortodoxo? Quién sabe. Esa forma tan poco elegante de quitarse el zapato plano no es algo que se vea a menudo. A las chicas les gusta ser chicas. A ella no.

Está sentada al piano y eso me permite observarla más tiempo, pues por lo demás oigo de inmediato que su música no me apasiona. Ha dicho que era una pieza de Grieg, *Día de boda* o algo así. «Me pregunto si te llegará ese día», he pensado enseguida, pero ese es otro tema. Las notas suenan agradables, eso sí. Pero es música clásica. Lo mío es el jazz. Es lo que tocamos aquí en el club. Jazz y ragtime. Música con swing. La gente viene aquí para divertirse. La vida es de por sí suficientemente dura.

Me he quedado perplejo cuando me ha dicho que era música. Quiero decir que estadísticamente las posibilidades eran casi nulas.

Buscar empleo en estos tiempos es una tarea difícil. Después de la Gran Guerra, cuando quise ganarme la vida con la música, no lograba encontrar nada. Los soldados que regresaban del frente inundaron el mercado laboral y me asombró ver cuántas personas creían poder tocar un instrumento. La calidad no contaba tanto o, al menos, aquellos pobres soldados traumatizados partían con ventaja cuando se enfrentaban a alguien con las mismas aptitudes, o incluso con aptitudes superiores.

La compasión puede ser una bendición, pero yo era un paria porque no volvía del frente y no había servido a mi país. Cuando te han rechazado cien veces, no tardas en volverte creativo. Tomé medidas drásticas: la primera fue mudarme desde mi pueblo en Kansas a la Costa Este y la segunda romper con mi anterior vida.

En Nueva York, la competencia era todavía mayor, pero la calidad sí que importaba. En cuestión de un mes empezaron a llegarme las ofertas. Me halagó que los clubes nocturnos se pelearan por mí. Por fin podía hacer lo que más me gustaba. E incluso podía elegir.

Si la miras durante un rato, ves que tiene una cara bonita. Una boca atractiva, con dientes regulares. Una barbilla algo prominente, quizá, que encaja bien en su rostro. Una buena melena de pelo castaño rizado, que le llega hasta los hombros. Y tiene una voz agradable (siempre me fijo en eso).

Pero lo que me llama sobre todo la atención son sus ojos marrones e inteligentes. Cuando alza la vista y te mira, te sientes... ¿Qué sientes? Desnudo, quizás esa sea la mejor palabra. Como si nada se le escapara. En mi caso espero que no vea demasiado. Aquí se detienen mis pensamientos. «No debes empezar a imaginarte cosas. Esta muchacha está haciendo todo lo que puede, presta atención». Por otra parte siento curiosidad por saber cómo reaccionará al ver a la gente de aquí. Es una lástima que la sala esté vacía. La cosa solo se anima cuando están las coristas.

—Es demasiado encorsetado.

La aparto un poco cuando me siento a su lado en la banqueta. Toco los mismos temas que su *Día de boda* con ritmo de jazz y miro a ver si lo pilla. Lo hace, pero sigue siendo demasiado formal.

—Tú suéltate y ya está —le ordeno.

Y afortunadamente lo hace. Tocamos a cuatro manos y le divierte.

—¿Por qué buscas a un pianista si ya sabes tocar? —me pregunta poco después.

—Porque prefiero el contrabajo.

Dennis sale de los camerinos y se sube al escenario. Está a medio vestir. Aunque luce un llamativo vestido de gala y una espesa capa de maquillaje, no se ha puesto su peluca de mujer. Siempre resulta chocante verlo así a medias, inacabado. Dennis es nuestra principal atracción. Su nombre artístico es Miss Denise. Si Hollywood lo atrapara entre sus garras, podría llegar a ser tan grande como Julian Eltinge, el imitador de mujeres más famoso del mundo.

En el *Variety* leí que en estos momentos Julian era el actor mejor pagado de Hollywood. No para de hacer películas en las que interpreta papeles tanto femeninos como masculinos.

Conozco a su ayudante de vestuario, que le asiste apretándole el corsé hasta conseguir una cintura de avispa. Y ese hombre me contó que siempre lleva encima una navaja, por si Julian llegara a desmayarse por falta de aire. En tal caso no hay tiempo que perder y con una sola pasada de la afilada navaja puede liberar al artista de sus ataduras autoimpuestas. Enseguida le pregunté si había sucedido alguna vez. Él se echó a reír y me dijo en tono misterioso: «Te gustaría saberlo, ¿no?».

Apuesto a que Willy nunca ha visto a un travestido. La observo quedarse boquiabierta.

—Robin, ¿tienes un cigarrillo? —me pregunta Dennis con su voz normal de hombre.

Le ofrezco uno y le doy fuego mientras Willy se equivoca algunas veces de nota. Solo ahora se percata Dennis de su presencia. La observa por debajo de sus largas pestañas postizas. Sé exactamente lo que hace: emitir un veredicto. Siempre tenemos que juzgar; la moneda caerá a uno u otro lado. Siento tanta curiosidad como Dennis, que inhala profundamente y luego regresa a los camerinos con andares muy femeninos. Tengo que saberlo.

—¿Te pone nerviosa?

Silencio.

—La gente viene de todas partes para verla.

—Verlo —me corrige ella.

No puedo evitar dármelas de filósofo.

—Míralo así, todos nacemos desnudos y el resto es un disfraz.

Consigo una respuesta. Se pone en pie. Su expresión lo dice todo.

—Lo siento, no puedo trabajar aquí —dice.

—Creía que estabas desesperada.

—No tan desesperada.

Tiene prisa por marcharse. La observo mientras se aleja y, cuando me vuelvo, veo a Dennis entre bastidores. Ha presenciado su reacción.

WILLY

6

Mi padre se inclina hacia mí.

—Nos vamos. A mamá le está entrando migraña.

Es domingo, un día de descanso. Incluso para mí. Cuando hace buen tiempo, se celebran conciertos al aire libre en el templete del parque. La entrada es libre, así que mis padres y yo siempre vamos. Me gusta escuchar a la banda de música, pero aún más me fascina el director de la misma. Es bueno. He aprendido mucho viéndolo dirigir. Posee el talento de atenuar la fuerza de los instrumentos de viento, de forma que no se convierten nunca en una fanfarria. Salvo que la pieza lo exija, claro, entonces les da rienda suelta. Como ahora, que tocan *La Campana de la Libertad* de John Philip Sousa.

No consigo relajarme. Tendré que encontrar pronto trabajo, porque no puedo seguir engañando eternamente a mi madre. El viernes pasado le entregué mis supuestos sobres de salarios, que compré por diez centavos en la papelería. En lugar de billetes había metido muchas monedas. Ella se las guardó enseguida en el bolsillo del delantal. Por algo en nuestra calle la llaman la Calderillera, porque en su bolsillo siempre suena el tintineo de las monedas.

Por las mañanas me aseguro de salir a tiempo y de volver a la hora adecuada por las noches. Lleno los días buscando empleo y leyendo en la biblioteca. Esto no es un castigo. Desde hace años sé exactamente adónde ir en la sección de música y ya hace un tiempo que me he dado cuenta de que cuanto más leo, menos sé. Es la única hambre que he podido saciar esta última semana. Mientras tanto voy aguantando con el dinero que me ha dado el tipo de los servicios.

Hace demasiado calor para un mes de abril. Los músicos, que todavía llevan los botones dorados de la chaqueta de su uniforme azul abotonados hasta arriba, tocan protegidos por la sombra del templete, pero nosotros estamos sentados a pleno sol en largos bancos de madera.

Ya había notado que a mi madre le molestaba el calor. Se abanicaba con fuerza, pero ahora se levanta. Mi padre sigue su ejemplo. Yo no me muevo del sitio y mantengo la mirada fija en la banda. La alegre marcha militar que toca me da ánimos. Sé lo que se espera de mí. Cuando se encuentra a media fila, mi madre se vuelve y con un gesto me indica que debo seguirlos. Desafío su imperiosa mirada y niego con un cabeceo. Mi padre se percata de que la gente empieza a irritarse por el remoloneo de mi madre. Les tapa la vista, porque está bastante gorda.

—Estamos molestando —le dice mi padre para que se apresure.

Su dolor de cabeza debe de ser fuerte, porque ya no protesta.

Cuando acaba el concierto y los músicos empiezan a recoger sus instrumentos, aprovecho la oportunidad y subo corriendo la escalera del templete.

—¿Señor Goldsmith? —exclamo.

Miro el cogote canoso del director. Él me ignora, supuestamente concentrado en recoger sus partituras.

—¿Señor Goldsmith?

Se vuelve con desgana y se frota la pelusilla del bigote. ¿Quién osa molestarlo ahora?

Voy al grano.

—Mis padres y yo... llevamos años asistiendo a sus conciertos.

—Sin duda porque son gratis —dice con un deje de ironía.

Sonrío y él vuelve a darme la espalda.

—En la última parte de *La Campana de la Libertad*... Creo que el trombón se ha equivocado, justo antes de la repetición del trío. Ha tocado un mi natural, pero tenía que ser bemol.

Ahora he conseguido toda su atención. Me observa con gesto irritado, comprueba su partitura, se acerca al trombonista y le quita las partituras del atril.

—Buena observación —admite—. ¿Te sabes de memoria la parte del trombón?

—No solo esa parte, sino todas —le contesto.

El señor Goldsmith ha cerrado su maletín y baja por la escalera. Yo aprieto el paso. Tengo que apresurarme para mantener su ritmo.

—Da clases de piano en el conservatorio, ¿verdad?

—Así es.

—Me gustaría ir.

—Buena suerte.

El señor Goldsmith sigue caminando. Es evidente que no le apetece mantener esta conversación. Lo adelanto y me planto justo frente a él, por lo que no le queda más remedio que detenerse.

—¿Puedo ir alguna vez a tocar para usted?

—No me gusta perder el tiempo.

—A mí tampoco. —Sé que suena descarado, pero algo tengo que hacer.

—Te va a costar dinero —me dice Goldsmith—. Dos dólares.

—Por supuesto, ningún problema, señor.

Desliza la mirada por mi ajada ropa del domingo.

—Y tendrás que pagar por adelantado.

Para su sorpresa, saco el dinero del bolso y se lo doy.

—Aquí tiene.

—Mañana por la tarde a las cuatro —me dice entregándome con desgana su tarjeta de visita. Luego me da la espalda.

En la tarjeta leo: «Mark Goldsmith, profesor de música».

Tres minutos antes de la hora acordada entro en el gran vestíbulo del complejo de apartamentos donde vive Goldsmith. Debo ir a la sexta planta, así que tomo el ascensor que se encuentra al pie de la escalera. No me apetece llegar jadeando.

Cuando llego a la puerta, llamo al timbre. Me abre una hermosa mujer de aspecto cansado.

—¿Sí? —me pregunta.

Veo que está embarazada.

—Tengo una cita con el profesor Goldsmith.

Abre más la puerta y me deja entrar. Por poco me derriban unos niños que corretean armando mucho bullicio. Cuento cinco. El más pequeño se echa a llorar. La señora Goldsmith lo coge en brazos y se va al salón.

El señor Goldsmith sale de su despacho en mangas de camisa.

—¡Silencio! Intento trabajar —les grita a los niños.

Luego mira a su mujer como si la regañina hubiese sido para ella.

—¿Me preparas un café?

—Hay que molerlo —le responde ella.

Solo entonces se percata Goldsmith de mi presencia.

—Que lo haga ella. Entra cuando esté listo el café —me dice antes de volver a meterse en su despacho.

La señora Goldsmith me lleva a la cocina y me da el molinillo.

—Ya lo has oído —dice.

Los niños no se están quietos ni dos segundos.

—¿Son todos suyos?

—Sí, y el sexto está de camino.

Procuro no mirarle la barriga, me siento a la mesa de la cocina y me pongo a moler. Respiro aliviada cuando me dejan sola. El brazo empieza a dolerme, pero el olor a café recién molido me calma.

Al poco, tengo la sensación de que alguien me está espiando detrás de la puerta entornada. ¿Quizá sea uno de los niños? La puerta se cierra justo cuando levanto la vista.

La señora Goldsmith me entrega dos tazas de café humeante. Me voy con una taza en cada mano hasta el despacho y me quedo parada delante de la puerta. ¿Cómo tengo que llamar? Opto por darle una patada con el pie. Y entonces me abre nada menos que el tipo de los servicios...

FRANK

7

Se me queda mirando como un cervatillo asustado. En las manos lleva dos tazas. Parece perdida. Ya me llamó la atención cuando la vi antes moliendo café. Sin embargo, ahora me compadezco un poco de ella, porque Mark me acaba de contar que viene alguien a tocar el piano. No he dicho nada y ahora sigo haciendo como si no la conociera.

Me aparto para dejarla entrar. Ella se dirige a Mark, que está sentado detrás de su enorme escritorio lleno de pilas de papeles. Yo tomo asiento en el sillón donde llevo ya toda la tarde. Oigo el tintineo de las tazas en los platitos. Me alegro cuando Mark llena el silencio con su voz.

—Esta casa es un auténtico caos, por eso prefiero no invitar a nadie. Salvo a este —dice señalándome con un cabeceo—, que forma parte del mobiliario.

Tiene algo de razón en lo que dice. Hace años que somos buenos amigos y lo visito a menudo. Esta tarde nos habíamos reunido para hablar de las clases de solistas famosos que voy a organizar para el conservatorio donde él trabaja.

—Frank, te presento a...

No sabe su nombre.

—Willy Wolters —dice ella, mientras deja la segunda taza delante de mí.

Evita mirarme a los ojos. Veo que se seca las manos con la falda, para no tener que darme la mano.

—No perdamos más tiempo.

Mark señala el gran piano de cola que se encuentra en el centro del despacho. Willy toma asiento en la banqueta y roza algunas teclas con delicadeza, sin emitir ningún sonido. Como si le diera la mano al piano.

—Toca —le ordena Goldsmith reclinándose en su silla y removiendo el café.

Ella empieza a tocar una pieza de Bach. BWV 731: *Amado Jesús, aquí estamos.* Toca las teclas con fuerza y utiliza demasiado el pedal derecho. Nosotros escuchamos, porque ahora deberían abrirse nuestros corazones, pero Mark no la deja seguir.

—Ya basta.

Ella se detiene. Aparta lentamente las manos de las teclas.

—Precioso —dice.

—¿Eso crees? —pregunta Mark.

—El piano de cola —aclara ella—. Yo practico con un piano con tiras que amortiguan las cuerdas.

—Santo cielo, ¿por qué haces eso?

—Porque de lo contrario los vecinos se quejan. Pero es un piano viejo. Mi padre lo encontró en la basura.

Alzamos las cejas.

—¿En la basura? —pregunta Mark horrorizado.

—Mi padre es basurero.

—¿Y quién te ha enseñado a tocar? —indaga Mark.

—Una amiga de mi madre.

Yo me había propuesto mantener la boca cerrada, pero ahora me inmiscuyo en la conversación.

—¿Qué sabes de Bach?

Por un instante se queda desconcertada al ver que me dirijo a ella, pero ahora por primera vez me mira de verdad con esos grandes ojos marrones.

—Toco su música, señor.

Esa respuesta no me satisface.

—No puedes tocar la música sin haber estudiado al hombre —le digo—. ¿Sabes quién es la máxima autoridad mundial sobre Bach?

—Pues claro que no lo sabe —interviene Mark.

Pero entonces, ella nos sorprende.

—Albert Schweitzer. Estudió a Bach y lo analizó a fondo como nunca antes —contesta levantándose de la banqueta y acercándose a nosotros.

Ahora tengo que alzar la vista para mirarla.

—Por desgracia, abandonó su brillante carrera para ejercer de médico en la selva africana —le digo—. Lo que sustenta mi teoría de que la genialidad raya a menudo en la demencia.

—¿Cree que está loco?

—Sí, insulta su talento al desperdiciarlo.

—Tal vez tenga más talento para ser médico.

Ella me mira desafiante y por un momento no sé qué decir. Ha tocado una fibra sensible. ¿Acaso yo mismo no he echado por la borda mi talento, por motivos que nadie puede sospechar? ¿No he dado preferencia a otro talento? Entonces cambio de tema.

—¿Por qué tocas así?

—¿Cómo?

—Como... como si no tuvieras sentimientos.

Ella entorna algo los ojos.

—Porque he aprendido que a nadie le importan mis sentimientos —dice tras un breve silencio.

Mark me lanza una mirada de advertencia. ¿Se habrá dado cuenta también de que la joven tiene los ojos llorosos? De acuerdo, lo entiendo, está bajo presión. Ha venido aquí para lograr algo. Pero no debe echarse atrás ante la primera charla sobre música.

—¿No crees que deberías interpretar lo que se esconde detrás de la música? —le pregunto.

—Uno puede equivocarse interpretando, pero no siguiendo las notas —me responde.

—Eso es ciencia.

—Bach era un compositor matemático —replica.

—Pero uno de los pocos que hablaba la lengua de Dios —le digo a mi vez.

—Bueno, nadie conoce los designios de Dios, ¿verdad?

Por segunda vez no sé qué decir. Se me pasa por la cabeza que no es algo que me suceda a menudo. Me la quedo mirando, pero ella no baja los ojos. Soy yo el primero en apartar la vista. Miro a Mark, que acude en mi ayuda.

—Tu técnica es horrorosa. Por mucho que uses el pedal de resonancia no logras camuflarlo. Olvídate del conservatorio. Las posibilidades de que te acepten son nulas.

Ella arruga la frente. Luego da un paso hacia delante y dirige toda su energía hacia Mark.

—Pero ¿no puede darme clase? Estudiaré mucho. Haré lo que sea para mejorar.

Mark se levanta.

—Si quieres que te dé un consejo: cásate y ten hijos.

—Como su esposa.

—Sí.

Ella nos mira a Mark y a mí alternativamente. Después hace una pequeña reverencia irónica.

—Espero que le haya gustado el café.

Sale del despacho con la espalda recta. Mark me mira negando con la cabeza.

—Qué mujer tan extraña.

—Tan mala no era —le digo.

—Pero es una mujer —replica él.

Asiento.

—Y bastante guapa.

WILLY

8

Cierro de golpe la reja del ascensor y me digo que quizá sea una batalla perdida. Que de todas formas Goldsmith no tenía intención de darme una oportunidad. Pulso el botón. A la planta baja, por favor. El ascensor se pone en movimiento con un largo chirrido.

Casi he desaparecido bajo el piso cuando Goldsmith sale corriendo de su casa. Llega a tiempo de ver desaparecer mi cabeza.

—¡Espera, espera! —grita, mientras corre escaleras abajo, siguiendo al ascensor para no perderme de vista.

No hago nada. «Que dé unas cuantas vueltas», pienso enfadada.

—Creía que querías ir al conservatorio.

—Pero estaría «loca» si quisiera, ¿no?

—¡Puedo prepararte para el examen de ingreso!

El ascensor va más rápido de lo que él puede correr.

—Tres clases semanales a dos dólares la hora.

Bueno, esa es una oferta que no puedo rechazar. Entonces detengo el ascensor.

Esa noche, cuando llego a casa, las puertas con vidriera del salón están cerradas. Detrás veo a mi madre con tres de sus amigas absortas en una sesión de espiritismo. Me viene de perlas que todas estén en trance con los ojos cerrados. Cuando me dispongo a pasar de largo, veo los bolsos de las mujeres sobre el aparador. Un neceser sobresale del bolso más caro. Debe de ser el de la señora Brown, que nunca sale de casa sin acicalarse. Abro la cremallera y veo todos los productos de maquillaje que nosotras nunca tenemos en casa. Me meto el neceser de la señora Brown en el bolso y me digo que después de usarlo lo devolveré a su sitio, puesto que no soy una ladrona.

Entro con cuidado en el dormitorio de mis padres. Sé dónde he de buscar. Debajo de un gran armario hay maletas con etiquetas de la compañía Holland America Line. Dentro, mi madre guarda la ropa y los zapatos de cuando era joven. Saco su vestido de fiesta, de tejido tornasolado y tul. Una de las costuras se ha soltado, es un contratiempo. Después saco su único par de zapatos de tacón del armario. Están como nuevos. Apuesto a que mi madre no ha caminado nunca con ellos.

Al día siguiente tengo la suerte de que mi madre ha previsto pasar fuera gran parte del día. He olvidado adónde va, lo único que he memorizado es a qué hora vuelve.

Estoy en mi cuarto y hago lo mismo de siempre: paseo la vista por las cosas que mantienen vivo mi sueño. Las he colgado de la pared encima del piano; las dos pequeñas fotos recortadas de mis dos ídolos: Willem Mengelberg dirigiendo una orquesta y Albert Schweitzer tocando el órgano. Al lado, la postal del Concertgebouw de Ámsterdam y el anuncio de la actuación de Albert Schweitzer como organista en una iglesia de Holanda. También he colgado varios artículos de prensa sobre su hospital en la selva de África. Se encuentra en Lambaréné, un poblado a orillas del río Ogowe en Gabón, al sur del ecuador.

En la biblioteca he leído el libro de Schweitzer *Entre el agua y la selva virgen*, en el que describe su aventura de construir un hospital desde la nada en la selva. Se me ocurre que su visión de los indígenas africanos es muy distinta a la de los colonos, que muchas veces tildan a sus semejantes negros de holgazanes porque opinan que no hay forma de ponerlos a trabajar. Schweitzer da un giro a esa idea diciendo que se trata de hombres naturales, en realidad «los únicos seres humanos libres», que no se dejan influir por nuestro ajetreo y nuestras prisas occidentales, y solo trabajan cuando lo consideran necesario y entonces son capaces de hacerlo sumamente bien.

En su libro pone el ejemplo de quince negros que remaron incansablemente durante treinta y seis horas para llevar su barco corriente arriba a fin de transportar al hospital de Schweitzer a un blanco gravemente enfermo. Una hazaña que, según él, no es capaz de emular un blanco.

Lo que más admiro de Schweitzer es esa capacidad de darle la vuelta a los manidos tópicos. Él no se deja impresionar por el traje nuevo del emperador. Simplemente dice lo que opina. Me gusta tenerlo como ejemplo.

Y esos hombres que piensan que yo no sé nada.

Unos cuantos puntos más y habré terminado de coser el vestido. Me dispongo a cerrar la puerta de mi ropero cuando veo la máscara de gas. La escondí en el rincón más oscuro. Me pregunto qué chica tiene semejante monstruosidad en su cuarto. No consigo desembarazarme de ese cadáver. Mi padre me la trajo en una ocasión, como tesoro rescatado de la basura. Yo no tenía ni idea de para qué se usaba la máscara, pero él pensó que me sería útil cuando tuviera que cortar cebollas.

—¿Qué te parece? —me preguntó.

No dije nada. Ya sabía lo que haría mi madre. La siguiente vez que me hizo cortar cebollas, fue a buscar la máscara a mi cuarto y empezó a ponérmela alrededor de la cabeza. Estuve a punto de hundir el cuchillo en la tabla de cortar. Ella no tenía paciencia para ponerme bien la máscara. Y por supuesto, yo estaba horrible. La penetrante risa de mi madre resonó por la cocina. A mí no me importaba que se burlaran de mí, estaba acostumbrada. Pero aquella cosa espantosa era lo peor de todo. Acabé por no ponérmela nunca más.

Me acerco a la ventana y miro fuera. La ropa tendida entre los bloques de viviendas forma largas guirnaldas, como si siempre estuviésemos de fiesta. Para que le dé el aire, los vecinos han metido a su bebé en una jaula que cuelga de la ventana y queda suspendida en el vacío. Aquí, las mujeres no tienen tiempo de sacar a sus bebés de paseo al parque. Pero tampoco quieren que sus retoños pillen raquitismo. Una jaula de esas es perfecta.

El bebé está tumbado boca abajo en su pequeña prisión. Ojalá no tenga vértigo. Lo he tranquilizado a menudo tocando el piano. Ahora no llora, mejor así, porque no tengo tiempo. Corto el hilo de coser con los dientes.

Una solo sabe si se atreve a hacer algo cuando lo hace. Yo misma no me habría extrañado si hubiese dado media vuelta al llegar delante del portero. Pero él me abrió la puerta como si fuera una reina y yo entré. Pensé en mi madre bajando por la escalera sobre su propia basura. Con la barbilla alzada, de eso se trata.

Seguro que están acostumbrados a todo, pero cuando entro se quedan todos boquiabiertos. El líder de la banda, Robin Jones, mira al artista que antes se paseaba en ropa de mujer, pero que ahora va vestido de hombre. Estaban estudiando una canción y ahora yo los he interrumpido.

Those educated babies are a bore
I'm gonna say what I said many times before
Oh, the dumber they come, the better I like 'em
'Cause the dumb ones know how to make love...

Eso coreaban. He captado el mensaje: las chicas listas son aburridas y las bobas son mejores en el amor. La letra de la canción sigue resonando en mi cabeza mientras intento caminar lo más seductoramente posible. Un poco como lo hizo la aspirante coqueta durante la prueba.

No es fácil, porque mis tobillos no están acostumbrados a los zapatos de tacón. Me tambaleo. Me siento desnuda en el vestido de mi madre, que me queda demasiado holgado. Los potingues que me he puesto están pegajosos y me noto la cara tirante, sobre todo cuando sonrío para causar buena impresión.

—¿En qué puedo servirte? —pregunta Robin.

—Me preguntaba si... ¿aún está disponible ese empleo? Me miran sin entender. No tienen ni idea de quién soy.

—Vine hace poco para hacer una prueba —le aclaro. Solo entonces cae en la cuenta.

—Oh, eres tú —dice Robin—. No te había reconocido. Tienes un aspecto, eh... diferente.

—Intento adaptarme —digo con toda la convicción de la que soy capaz.

He hecho lo imposible para parecerme a esa artista que causa furor en la ciudad, pero el problema es que nunca había utilizado maquillaje. Robin intercambia una mirada con su compañero. Es evidente que duda. Tengo que conseguir este empleo como sea, así que acelero.

—Por favor, contráteme. Trabajaré hasta desfallecer.

—Sí que estás desesperada —contesta Robin.

ROBIN

9

Vi que Dennis hacía un gesto de impaciencia cuando le propuse que Willy tocara con nosotros por la noche. Y su mirada era inequívoca antes de susurrarme al oído:

—Voto en contra.

En aquel momento podría haberme sumado a él, pero pensé: «De todas formas la chica ya está aquí y las mujeres lo tienen muy difícil en este negocio».

Si esta noche lo hace bien, le daré el empleo. Soy el líder de la banda, pero quiero que los demás estén de acuerdo. La he presentado a los otros músicos: al batería, al bajista, al trompetista y al clarinetista. Ahora estoy de pie con mi contrabajo y Willy está sentada al piano.

Las coristas finalizan su provocador baile de claqué. Van bastante más ligeras de ropa que Willy, que sigue ofreciendo el mismo aspecto que cuando entró: tan emperifollada que cuesta reconocerla. Parece una verdadera transformista. Las bailarinas le sonríen mientras salen al escenario. O eso creo... Espero que no se estén riendo de ella.

Me acerco al micrófono y anuncio la actuación de Miss Denise, el más famoso imitador de mujeres.

Tenemos un público mixto, pero lo extraño es que son

sobre todo las mujeres las que sienten auténtica fascinación por Miss Denise y no se cansan del fenómeno. Como si Miss Denise les pusiera un espejo delante que reflejara su coqueteo y su amaneramiento.

El público enloquece cuando Miss Denise sube al escenario con elegancia femenina. Le he contado a Willy que, antes de cantar, Dennis se dirigirá a los espectadores. Y que no debe extrañarse si después de su actuación se quita la peluca para enseñarle al público que es un hombre. Es la guinda de su espectáculo.

La veo relajarse detrás del piano. Pero se sobresalta cuando Miss Denise se vuelve hacia ella pomposamente.

—Mira a quién tenemos aquí —dice Miss Denise con voz aguda y femenina—. Una impostora al piano. ¿Intentas impresionarme? —El transformista lanza una mirada de complicidad a la sala—. ¿O eres una mujer de verdad? Es difícil distinguirlo, ¿no creen?

La gente se echa a reír.

—Alguien se está jugando el cuello por ti. Porque me han dicho que estás a prueba. Tienes pocas posibilidades, porque, como todos podemos ver, esta es una banda muy masculina.

Al decirlo, el muy canalla me mira furtivamente, para después volver a dirigirse a la nueva pianista.

—¿Por qué sigues aquí?

Willy lo mira con una sonrisa de oreja a oreja. Seguir sonriendo es siempre lo mejor que se puede hacer.

Dennis prosigue su actuación.

—No daría ni un centavo por ti, porque quiero toda la atención para mí. —Hace un mohín coqueto y espera que se apaguen las risas en la sala—. ¿Sabes tocar una escala?

Willy asiente y toca cinco notas con un dedo: mi-sol-si-re-fa, que aquí llamamos E-G-B-D-F.

Dennis, que no sabe leer una sola nota, intenta ponerla entre la espada y la pared.

—¿A eso lo llamas escala?

Willy sacude la cabeza.

—Entonces, ¿qué es? —insiste Miss Denise.

Willy contesta alto y claro:

—Algo para ayudar a los chicos: *Every Good Boy Does Fine*.

Su respuesta sarcástica provoca una carcajada en la sala. No sé si el público ha comprendido que se trata de un truco para recordar el pentagrama de la clave de sol, pero poco importa.

Dennis, que siempre da lo mejor de sí cuando puede improvisar, le responde:

—Claro que los «chicos buenos están bien», porque ahora me tienen a mí —dice paseándose alegremente por el escenario.

—Dime, ¿cómo te llamas?

—Willy.

Ese *willy*, como se llama coloquialmente al pene, provoca carcajadas. Y Dennis vuelve a aprovecharlo astutamente. Su voz sube una octava.

—¡Como nació sin pilila, sus padres le pusieron Willy a la niña! Creo que acabas de aumentar tus posibilidades con ese nombre.

Mientras lo dice, me mira. Sé que acaba de darme su bendición. Empiezo la cuenta atrás y la banda arranca con la introducción del tema *Oh! Boy, What a Girl*, con el que Eddie

Cantor cosechó tantos éxitos el año pasado. El ambiente en la sala es excelente. Oigo a Miss Denise cantar:

Oh gee, other girls are far behind her,
Oh gosh, hope nobody else will find her.

Y es justo lo que pienso de Willy: lleva mucha ventaja a las demás chicas y espero que nadie más la encuentre.

WILLY

10

La señora Brown está a punto de no abrir cuando llamo a su casa al día siguiente. Solo corre hacia la puerta después de mirar por los visillos y ver que soy yo con su tesoro perdido en la mano. Se deshace en excusas por su «deplorable aspecto», mientras yo me avergüenzo por el sufrimiento que le he causado.

Personalmente creo que tiene mejor aspecto sin maquillaje, pero me guardo mucho de decírselo. En las mujeres mayores, todos esos potingues no hacen más que resaltar las patas de gallo, los mofletes de hámster, los cuellos de pavo, o como quiera que se llamen todas esas arrugas. Creen que parecen más jóvenes, pero sucede justo lo contrario. Mi madre, que ya tiene cincuenta y ocho, hace bien en no ponerse nada.

Le digo a la señora Brown que encontré el neceser debajo del aparador del pasillo. Está feliz como una niña de tenerlo otra vez. Incluso coge su monedero para recompensarme. Le aseguro que no es necesario, pero ella insiste.

—No soy una tacaña como tu madre —me dice poniéndome un dólar en la mano. ¡Vivir para ver!

Bien pensado, tiene gracia: no saber lo que te espera hace que la vida sea una gran aventura. Me encanta mi nuevo trabajo. Lo único que me inquieta es que a mis padres les daría un ataque si supieran que existe ese mundo, y no digamos si se enteraran de que formo parte de él. Así que se lo oculto. Es una mentira piadosa.

Mi madre se tiene merecido que no le cuente nada. No es de fiar. Durante una clase de música en la escuela, la profesora preguntó quién sabía tocar el piano. Enseguida levanté el dedo. Me pidió que me sentara al piano para mostrar mis habilidades.

No sé qué esperaba de mí la clase, pero no que supiera tocar la *Tocata y Fuga en re menor* de Bach. Y sin equivocarme. Mis compañeros me miraban perplejos. La profesora me pidió que me quedara después de clase. Me dijo que sobre todo debía seguir con la música y que lo hablaría con mis padres. Yo me las vi venir y le supliqué muerta de miedo que no le dijera nada a mi madre. Ella quería que fuera secretaria o algo por el estilo, porque de todas formas, con lo fea que era, no conseguiría nunca un marido. Me lo recordaba cada dos por tres. Yo no lograba explicarme por qué había abandonado su inicial entusiasmo sobre la predicción de que yo sería una «gran música». (Solo mucho después caí en la cuenta de que sencillamente debía de tener celos. Ella misma no había acabado la escuela primaria y odiaba todas las formas de «erudición»).

Sin embargo, en su misión de asegurarme un futuro musical, mi obstinada profesora acabó yendo a ver a mi madre. Lo hizo a mis espaldas, pero casualmente yo estaba en casa y lo observé todo detrás de la puerta entreabierta de mi cuarto.

El sermón que soltó mi profesora duró media hora. Mi madre se comportaba como si estuviera encantada, pero mi ojo entrenado la veía echar chispas. La profesora apenas había salido de casa cuando sufrí las consecuencias. Y mi madre no se contentó con las palabras, sino que me dejó cubierta de moratones y, por supuesto, la tapa del piano permaneció cerrada durante semanas.

Lo solucioné practicando en una tira de cartón sobre la que había dibujado las teclas del piano. Un método sumamente eficaz cuando no se tiene otra cosa.

Durante mi fiesta de graduación, mi profesora no comprendía que mis padres fueran los grandes ausentes en el concierto que ofrecí como solista ante toda la escuela. Me cuidé mucho de confesarle que no les había dicho nada a ellos sobre la actuación.

Ahora gano más dinero que con mis dos anteriores empleos juntos. Es gracias a las propinas que se reparten entre todos. Al director Barnes había que entregarle las propinas y no volvíamos a ver la mayor parte del dinero.

La gran ventaja es que puedo entregarle a mi madre los sobres de salarios a los que cree tener derecho. Luego me queda suficiente dinero para pagar al señor Goldsmith. El resto lo guardo detrás del tablero inferior de mi piano.

Me mato trabajando para el examen de ingreso en el conservatorio al que me he apuntado. Tres veces por semana voy a clase con Goldsmith, los demás días voy a la sala de lectura de la biblioteca o practico en la habitación vacía del club. Se lo he explicado todo a Robin y le parece bien que estudie allí, siempre que no moleste a nadie. Nunca había dormido tanto porque ahora ya no tengo que levantarme de madrugada. Y además oigo lo que toco, lo cual es muy agradable para variar.

Las chicas de la revista me consideran una buena adquisición en su mundo de hombres. Esas bailarinas son las chicas más libres que he visto jamás, las llaman *flappers*, una palabra que yo nunca había oído. Todas tienen una actitud desafiante. Quizá deban comportarse así para entretener a los señores, pero lo hacen con naturalidad. Dolly es un poco la jefa. Se maquilla mucho, sobre todo los ojos, y se ha cortado sus rizos pelirrojos.

Las bailarinas fuman y beben mucho, esto último sobre todo cuando los clientes les pagan para hacerlo, en la medida en que lo permite la ley seca. Intentan que yo también me dé a la bebida, pero no lo hago.

Hace una semana me sentaron en una silla del camerino, de espaldas al espejo. Allí, Dolly se encargó de mí. Se empeñó en que me cambiara de ropa y sacó todo tipo de prendas del armario.

Mientras tanto, las chicas me miraban y querían saber de dónde venía mi nombre. Cuando les dije que sospechaba que era por la reina de Holanda, se echaron a reír, pues creían que la reina se llamaba Willy. Solo se calmaron un poco cuando les expliqué que su majestad se llamaba Wilhelmina y yo también.

Dolly solo me dejó mirarme al espejo cuando hubo acabado. No sabía qué decir, porque no me reconocía. Robin entró y dijo que estaba más guapa que nunca. Me di cuenta de que era sincero, así que me lo creí. Ahora que estas *flap-*

pers se han impuesto la tarea de enseñarme a peinarme y maquillarme, lo hago cada vez mejor.

También adquiero destreza en el jazz. Durante una lección de Goldsmith incluso descubrí jazz en una sonata de Beethoven. Dejé que las notas bailaran, pero solo conseguí que Goldsmith me regañara.

—¿Qué es eso? ¿Jazz?

Me apresuré a volver al redil.

Después de tres meses de duro trabajo, llega el día de mi última clase con Goldsmith. A diferencia de lo que es habitual en él, no parece estar del todo concentrado. Empiezo a preguntarme si considera que mi nivel es lo suficientemente alto para el conservatorio y me asalta la inseguridad.

De pronto, mientras aún estoy tocando, me pone una mano sobre el muslo. Me detengo. El sonido se apaga. Miro fijamente las teclas. ¿Me va a decir que es una lección de despedida? ¿O es su manera de demostrar que me aprecia?

—¿Me puedes acompañar a un viaje de fin de semana? Mi mujer no puede venir: es demasiado pesado para ella.

Sé que está en el último mes de embarazo.

—Mi audición es el lunes —le digo torpemente, como si él no lo supiera.

—Es un ambiente interesante. Estoy seguro de que habrá muchos músicos conocidos —me dice.

Desliza un poco la mano. Yo lo miro. No es una lección de despedida.

Mi madre nunca tiende la colada fuera. Justo cuando creo que puedo salir sin ser vista, aparece detrás de las sábanas que están colgadas en el salón. No la había visto.

—¿Adónde vas tan peripuesta?

—Eh... —titubeo demasiado tiempo—. A trabajar.

—¿Y esa maleta?

—No vuelvo esta noche, mamá. Me quedo a dormir en casa de Marjorie.

—¿Quién es Marjorie?

—Ya sabe, Marjorie. Una compañera de trabajo.

Me apresuro a salir por la puerta con mi maleta. No estoy segura de que se lo haya tragado.

WILLY

11

Long Island

Estoy sentada, tensa, al lado del señor Goldsmith en un automóvil que conduce un chófer chino. El cristal que se alza entre el asiento delantero y el trasero evidencia la separación de clases. Nunca había estado en un coche tan lujoso. Avanzamos por una carretera que atraviesa una zona de preciosos bosques. En un claro entre los grandes árboles centenarios galopan dos caballos que por un instante me dan una sensación de libertad. «Corren libremente», pienso. Hasta que veo la alambrada.

—Hoy estás muy guapa —me dice Goldsmith.

—Gracias.

Ya me arrepiento de haberlo acompañado. Y pensar que tenía una excelente excusa para decirle que no.

Un mayordomo nos da la bienvenida en el vestíbulo. Si bien la majestuosa alameda me ha deslumbrado, el vestíbulo de esta mansión me impresiona aún más. Para quien siempre ha vivido en un piso de cincuenta metros cuadrados, resulta difícil comprender tanta suntuosidad. ¿Quién vive aquí? Los edificios públicos, las salas de conciertos, los museos y teatros pueden tener toda la amplitud que se merecen. Pero ¿esto? Me niego a seguir admirando las pinturas del techo. Me está entrando tortícolis.

Se nos acerca un segundo criado. Sin pestañear, coge mi mísera maleta. Una pareja mayor sale del salón. La mujer, esbelta y elegante, va al encuentro de Goldsmith con los brazos extendidos. El doble collar de perlas que adorna su discreto busto oscila a cada paso que da.

—Hola, Mark, me alegro de verte. Nos acaba de llamar tu esposa por teléfono. Está de parto —le dice, saludándolo algo agitada.

El comentario pilla a Goldsmith por sorpresa.

—Oh, eh... —exclama mirándome desconcertado—, entonces no puedo quedarme.

—Le pediré al chófer que te lleve de regreso —le dice la anfitriona.

—Lo acompaño —me apresuro a decir.

El señor de la casa da un paso al frente.

—No, no, quédate. Ya estás aquí, ¿no? —me dice con una mirada complaciente.

Ahora, la señora se vuelve también hacia mí y me observa con los ojos bien abiertos.

—¿Con quién tengo el placer?

Goldsmith hace las presentaciones.

—Le presento a Willy Wolters, es alumna mía.

Le tiendo la mano.

—Encantada de conocerla, señora...

Mi mano se queda unos instantes colgada en el vacío.

—Thomsen —dice ella, estrechándome la mano sin fuerza—, y este es el señor Thomsen.

Afortunadamente, el apretón de manos del señor Thomsen es mucho más firme. Es un hombre apuesto y de aspecto distinguido, con el pelo gris ondulado.

—El criado te acompañará a tu habitación. Así podrás refrescarte —me dice la señora Thomsen.

Es evidente que preferiría que me fuera. Su marido se inclina hacia mí.

—Date prisa, el programa está a punto de empezar.

Su amabilidad me tranquiliza un poco. Le sonrío y sigo al criado por la monumental escalera.

¿A qué se referirá con refrescarse? ¿Se supone que he de tomar un baño? ¿Lavarme las axilas? ¿O la cara? ¿Tengo que cambiarme de ropa? Mi maleta sigue cerrada encima de la cama con dosel. Voy al baño o, como lo llaman aquí, *the restroom*, el cuarto de descanso. No comprendo de dónde sacan ese nombre, pues nadie descansa allí. Después me lavo las manos a conciencia.

Salgo de mi habitación sintiéndome incómoda y observo el interminable pasillo. Puertas y más puertas, parece un hotel. Aquí los techos también son altísimos, una se siente pequeña en un entorno como este.

Avanzo sobre la gruesa alfombra hacia la escalera. Alguien sube. Me quedo consternada al ver que es Frank. En un acto reflejo, doy media vuelta. Demasiado tarde.

—¿Adónde vas? —Le oigo decir detrás de mí.

Me vuelvo.

—Al otro lado —le contesto.

—La escalera está aquí —replica señalando en la dirección de donde viene.

—Oh, vale —digo avanzando hacia él, cabizbaja.

—¿Qué haces tú aquí? —me pregunta cuando me dispongo a pasar por delante de él.

Ahora lo miro.

—Lo mismo que tú, supongo.

—Esta es la casa de mis padres. Me he criado aquí.

Esa información me desconcierta, pero procuro que no se me note.

—Y yo he venido con el señor Goldsmith —le digo.

—No me dijo que vendrías.

—No soy responsable de lo que te explica o no te explica.

No parpadea cuando acerca la cara a la mía.

—Con tal de que esta vez no importunes a los músicos.

—Es lo último que haría —digo dolida por sus insinuaciones.

—Todos sabemos de qué eres capaz.

Lo dice en voz baja. Siento surgir la indignación, pero mantengo la cabeza fría.

—Ahora que sé que eres un caballero, ¿podrías esforzarte en comportarte como tal?

Ya está, lo he dicho. Acto seguido, me alejo de allí.

Poco después me encuentro sentada en el salón entre veinte invitados. Una *mezzosoprano* canta un aria. Un pianista la acompaña. Yo miro fijamente el título que figura en el programa: *L'amour est un oiseau rebelle* de la ópera *Carmen* de

Georges Bizet. *L'amour* es la única palabra que reconozco. La música me parece hermosa, pero no me siento en absoluto cómoda.

El que Frank me lance miradas sensuales no mejora en absoluto la situación. ¿Quizá me deje en paz si le devuelvo la mirada? Me sobresalto por el hormigueo que siento en el estómago cuando lo hago. Es comparable con los nervios, pero la sensación resulta agradable. No debo engañarme; ese hombre debe de trastornar a todas las mujeres. No quiero darle más vueltas y dejo de mirar en su dirección. Tampoco tiene sentido concentrarme en el contenido de la canción, puesto que no comprendo el francés y no sé nada del amor.

Después de media hora, cuando llega el descanso, me apresuro a levantarme y salgo a pasear para no tener que presenciar, muerta de vergüenza, la facilidad con la que todos se tratan mientras yo no conozco a nadie. Por supuesto no tiene sentido, ya que si he aceptado acompañar a Goldsmith ha sido por la idea de socializar con los músicos. Pero no puedo evitarlo, no lo consigo, pese a que mi incapacidad me retumba en la cabeza con un ruido sordo.

Solo me tranquilizo cuando veo una habitación llena de libros en la que no hay nadie. Ya no me asombro de que los ricos tengan su propia biblioteca. La puerta abierta me invita a entrar; la estancia es demasiado hermosa para pasarla por alto. Entro y deslizo la mirada por los innumerables lomos. Advierto que están ordenados alfabéticamente. Cuando llego a la S, empiezo a prestar más atención. Siento curiosidad por saber si tienen algo de Schweitzer. Hay toda una hilera de libros suyos. Vaya.

Sigo caminando con las manos en la espalda. Sobre un escritorio veo una pila de libros. El título del último me llama la atención. *Notable New Yorkers*, leo en letras negras sobre la cubierta verde ricamente adornada. Parece muy usado, así que siento curiosidad por saber quiénes son esos ilustres neoyorquinos.

Cuando lo abro, veo los retratos de ocho caballeros fotografiados con sus mejores galas. Al pie figuran sus nombres y sus cargos. Empiezo a hojearlo. Todos son retratos de rostros graves que rehúyen la cámara. Solo alguno se atreve a mirarme a los ojos.

Los primeros en aparecer son los alcaldes y a estos les siguen los dignatarios de la Iglesia. No sabía que hubiese tantas iglesias distintas, ni que se consideraran tan importantes. Por supuesto, todos son hombres. Empiezo a buscar una mujer. Paso revista a jueces, abogados, banqueros. Nada. ¿Tal vez entre los artistas? Sin duda habrá alguna mujer entre ellos, ¿no? Paso revista a escritores, escultores, pintores, fotógrafos, directores de orquesta, músicos, escritores de teatro, actores... Pero no. Tampoco aquí hay ninguna mujer, solo hombres; página tras página, el libro está lleno de hombres. Y tiene 616 páginas.

Leo que tardan tres años en elaborar el libro. Por mí no tendrían que haberse tomado la molestia, pero la señora Thomsen seguro que estará muy contenta con este libro. Así al menos sabrá a quién debe invitar.

Han organizado un paseo por la finca. Los invitados caminan juntos mientras charlan. Yo los sigo arrastrando los pies. Normalmente odio pasear, pero ahora estoy disfrutando porque el jardín —que más bien es un parque— es precioso.

Me meto en una senda que me parece más bonita que el camino que sigue la muchedumbre. Hay mucho que ver. Me fascina sobre todo el jardín de rosas y no me harto de mirarlo.

Después de un rato llego a un túnel de árboles, largo y arqueado. Me adentro en él. En este paseo cubierto se es invisible para el mundo exterior. Por lo visto, en estos círculos sociales también sienten necesidad de esconderse, pues dudo que solo hayan creado esta construcción para proteger de los rayos del sol la pálida piel de las damas.

Cuando llego a un lago, me siento en la hierba detrás de unos grandes rododendros. A medida que pasa el tiempo, el agua me parece más y más atrayente. Tengo calor. ¿Y si me mojara los pies? De todas formas nadie me ve.

Me descalzo, me levanto la falda y me meto en el agua poco profunda. El lodo es resbaladizo y me hace cosquillas en los pies, una sensación a la cual no estoy acostumbrada. A cada paso que doy, veo levantarse nubes de barro. Los patos que nadan un poco más allá advierten mi presencia y alzan el vuelo graznando con fuerza. Cuando estoy sola es cuando mejor me siento.

A lo lejos suena un gong. Tardo un poco en darme cuenta de lo que significa ese gong. He estado vadeando mucho más tiempo del que tenía previsto. Miro a mi alrededor.

No se ve ni un alma. Salgo del agua, cojo mis zapatos y echo a correr.

Cuando llego al vestíbulo ovalado estoy sin aliento. La grandeza del lugar me obliga a adaptarme y recobro rápidamente la compostura. Sigo avanzando, tranquila y con la mayor gracia posible. Justo a tiempo, afortunadamente, porque para mi espanto veo a Frank acercarse procedente del salón. Ha cambiado su traje de lino ligero por un esmoquin. Por desgracia, no se le escapa que llevo los pies descalzos y la falda empapada. Cuando está frente a mí, observa mucho más rato del estrictamente necesario el agua que gotea de mi falda y que forma un charco alrededor de mis pies.

Respiro hondo.

—¿Podría llevarme alguien a la estación? —le pregunto con firmeza.

No me importa tener que dar marcha atrás y le haré un gran favor largándome.

Por fin separa la mirada del suelo.

—Pero la mesa ya está puesta —dice como si fuera una pena que me marchara ahora.

—Nadie me echará de menos.

Antes de que pueda contestarme, el señor Thomsen aparece en el vestíbulo.

—Yo sí, querida —dice amablemente—, eres mi compañera de mesa. Será mejor que subas a cambiarte.

No me atrevo a negarme y subo la escalera dejando tras de mí un reguero de gotas.

Las coristas insistieron en que metiera un vestido de noche en la maleta. Y como no tenía ninguno, organizaron un pase de modelos. El que llevo ahora es el que consideraron unánimemente que me quedaba mejor.

Me he recogido el pelo y llevo joyas falsas que de lejos parecen auténticas, aunque tampoco entiendo de eso. Me miro en el espejo. ¿Esa soy yo?

Los tacones que llevo hacen que el vestido parezca aún más largo de lo que es. Pero sigo sin entender por qué las mujeres se torturan llevando semejantes zapatos. Si la naturaleza hubiese querido que las mujeres caminásemos de puntillas, no nos habría dado talones.

Me agacho de forma poco elegante para recoger el aro que debo ponerme alrededor de la muñeca para levantar la cola. «Hay demasiada tela para caminar con normalidad», pienso cuando lo he puesto todo en su sitio. Lo extraño de un vestido como este es que te sientes distinta, como si te fueras infiel a ti misma. Pero creo que es justo lo que necesito para esta cena de la que no puedo escabullirme.

FRANK

12

Mi padre insistió en esperarla en el vestíbulo. Intenté convencerlo para que me acompañara al comedor y se uniera a los demás, pero no quiso ni oír hablar de ello.

—Esa no es forma de tratar a una dama —se limitó a decir.

Después, se plantó delante de la escalera. No se ha movido de ahí mientras pasa el tiempo y yo le hago compañía. «Siempre un caballero», pienso inconscientemente. El caballero que, según la dama en cuestión, yo no soy. ¿Tenía razón en ponerme en mi lugar cuando no le di una bienvenida precisamente calurosa? Pienso en ello más de lo que quisiera.

Durante el programa musical, la espiaba de vez en cuando. Viéndola allí sentada, con su falda verde, su blusa a rayas amarillas y esos zapatos planos, que más bien parecen de hombre, no puede decirse que sea una chica que vaya a la última. Empecé a preguntarme la edad que tenía, dónde viviría. ¿Qué sabría Mark de ella? Tendría que preguntárselo. ¿Sería todo tan interesante como nuestra conversación cuando fue a su casa a tocar el piano?

Mi fantasía sobre ella se desbocó cuando empezó a sonar la *Habanera*. La idea de Bizet del amor rebelde. En su debut, la ópera fue considerada demasiado frívola y Bizet no pudo saborear el posterior éxito, dado que falleció prematuramente por paro cardíaco tres meses después del estreno mundial. Esas cosas pasan en la música; ahora, medio siglo después de su muerte, esta canción es cada vez más popular. «*L'amour, l'amour, l'amour*», cantaba la *mezzosoprano*. Por enésima vez, desvié la mirada hacia Willy. ¿Será una rebelde en el amor? ¿Un pájaro que no se deja atrapar? ¿Tendrá a alguien que la ame?

Como si hubiera notado que la observaba en secreto, se volvió de pronto hacia mí, lo que había evitado hasta entonces. Alzó un poco la barbilla, como queriendo decir: «¿Qué pasa?». Y yo me sentí como un completo idiota.

Esperar a las mujeres tiene algo de mágico. Tanto esperarlas te lleva a un estado de puro aburrimiento que se recompensa con su aparición. Está realmente impresionante cuando baja la escalera con su vestido de color ocre. Se me acelera el corazón. No puedo apartar los ojos de ella.

—Estás preciosa —le dice mi padre.

Sonriente, levanta el brazo doblado. Willy posa una mano encima. Tiene unos largos dedos de pianista.

Mi padre la acompaña al comedor. Siento una punzada de celos por no tener ese honor. Me llamo al orden. Tengo que dejar de comportarme como un imbécil.

Los sigo en silencio hasta la sala donde se han congregado todos los invitados antes de ir a la mesa. Un poco más allá veo a Willem Mengelberg hablando con mi madre. Advierto que Willy también lo ha visto, puesto que de pronto frena el paso, se vuelve hacia mí y me mira asustada, como un pájaro temeroso que ve un depredador. Es la primera mirada que me dedica.

—Venga —le dice mi padre para tranquilizarla—, no seas tímida, nadie lo es en esta casa.

Tímida. Cuánto conoce mi padre a las personas. Yo mismo he podido asomarme a su alma y he visto a la niña tímida e insegura, atemorizada por el mundo de los adultos.

Durante la cena está sentada frente a mí y al lado de mi padre, que recurre a todos sus encantos para ser un buen anfitrión. Veo que congenian. Yo estoy sentado al lado de mi madre, que mantiene una animada conversación con Willem Mengelberg, quien la flanquea por el otro lado.

Mi madre se encuentra de verdad en su elemento cuando puede dominar como anfitriona. Se asegura de que todo salga a pedir de boca, pero lo que realmente le gusta es codearse con artistas y famosos. Cuanto más famosos, más atención les presta, como si ella misma no pudiera brillar sin su resplandor. Ahora involucra a mi padre en la conversación, que gira en torno al inminente viaje de Mengelberg de vuelta a Europa.

Mi madre se pregunta si Willem puede volver con todas sus adquisiciones, puesto que durante sus viajes por el extranjero le encanta ir a la caza de antigüedades como un auténtico coleccionista. No pienso decir en voz alta que el director tiene para eso a un ayudante especial que se ocupa de sus innumerables baúles y de los polvos y pomadas que necesita cuando le molestan los forúnculos o la urticaria.

En un momento en que nadie presta atención, Willy aparta a un lado del plato las cebollas que se han servido con los entrantes. Me divierte que lo haga. La mayoría de los comensales tienen tan buenos modales que se comen sin rechistar todo lo que no les gusta.

Se sobresalta cuando Mengelberg le dirige la palabra.

—Perdona, tu cara me suena —dice observándola con aire interrogante—. ¿Nos conocemos de algo?

Willy me lanza una mirada. Me pregunto, alarmado, si este tema es seguro.

—Se llama Willy —le dice mi madre a Mengelberg y, por primera vez esa noche, la mira durante más de dos segundos—. Tal vez puedas explicarnos algo interesante sobre ti, Willy —añade con una sonrisa.

—No hay mucho que contar, señora.

Mi madre suspira y se inclina hacia mí.

—Me lo temía —me susurra demasiado alto al oído.

Me avergüenzo y espero que Willy no lo haya oído. Pero una breve mirada me hace sospechar que sí la ha escuchado.

Entretanto, Mengelberg se ha acordado de algo.

—¿No eres la chica que se sentó delante en mi concierto?

Las conversaciones en la mesa se apagan. Todos los ojos están puestos sobre Willy y yo me lamento para mis adentros. Ella tarda un poco en encontrar las palabras.

—Sí, soy yo.

—¡¿Tú?! —exclama mi madre con incredulidad.

—No hablemos de ello —digo en un intento por apartar el peligro.

Pero Mengelberg no afloja.

—Supongo que querías sentarte en la primera fila, pero no tenías dinero para comprar una entrada.

—El personal no puede sentarse en la sala durante los conciertos —contesta Willy.

—¿Trabajas allí? —pregunta Mengelberg.

—Ahora ya no... —dice lanzándome una rápida mirada. Contengo la respiración—. Lo he dejado.

«No me ha delatado».

—Detecto un ligero acento —continúa Mengelberg—. ¿De dónde eres?

—De Holanda, señor.

—¡Ah, una compatriota! —dice Mengelberg sonriendo—. Frank, ¿no dices siempre que todo lo bueno viene de Holanda?

Ni siquiera me da tiempo a contestar porque enseguida vuelve a dirigirse a Willy:

—¿Por qué leías la partitura?

Acorralada, Willy mira con inseguridad a los que la rodean.

—Yo, eh...

Capta mi mirada indulgente. He de admitir que en realidad siento curiosidad.

—¿Es un secreto? —pregunta Mengelberg.

Willy permanece en silencio.

—¿Y bien? —Mengelberg no se rinde.

Ahora, Willy tiene que contestar y lo hace en un idioma que ninguno de los comensales entiende, salvo Mengelberg.

—¿Qué dice? —pregunta mi madre con curiosidad.

Mengelberg guarda un breve silencio.

—... quiere ser directora de orquesta —dice muy tranquilo, como si no fuera nada del otro mundo.

Todos los rostros se vuelven ahora hacia Willy. Mi madre tiene los ojos como platos. Los comensales están perplejos. El silencio es atronador.

Entonces, mi madre suelta una carcajada. Los demás invitados la imitan. Yo tampoco puedo evitar sonreír, mientras pienso en la primera vez que la vi en el lavabo de hombres con el palillo en el aire. Solo ahora entiendo la relación.

Mientras tanto, observo de cerca la reacción de Willy. Mira a todas las personas que se ríen de ella. ¿Qué más podría hacer? Entonces posa sus ojos marrones en busca de ayuda en Mengelberg, que es el único que permanece serio. El caballero. Pero sé perfectamente que ha hecho una pausa para lograr el mayor efecto. Y lo ha conseguido.

La primera en recuperar el habla después del regocijo general es mi madre.

—Conozco bien el mundo de la música, pero no sé de ninguna mujer que haya dirigido una orquesta —observa burlonamente, echando más leña al fuego de esta desdichada conversación.

—¿Sabes tú de alguna? —le pregunto a Mengelberg, para dejar claro que me lo tomo en serio.

—He de admitir que, hasta donde yo sé, no hay ninguna —contesta él.

—Pero las mujeres no tienen por qué ser menos que los hombres —replica Willy.

—Quizá tengas razón —dice Mengelberg—. Mi esposa era una excelente cantante antes de casarnos.

—Sí, pero directora... —protesta mi madre mirando a Willy con actitud altanera—. ¿Cómo vas a lograr eso?

—Creía que América era la tierra de las oportunidades —se defiende Willy.

—No para todo el mundo —le contesta mi madre, dando así por zanjada la discusión.

Los comensales siguen charlando. A mí no se me escapa lo dolida que está Willy. Me mira por debajo de las pestañas. ¡Dios, qué guapa es!

WILLY

13

En cuanto tengo la oportunidad, me escabullo y salgo a la terraza por las puertas abiertas del salón. Puedo hacerlo fácilmente porque nadie se fija en mí. Apoyo las manos en la balaustrada de la gran terraza con vistas al jardín. La luna brilla en el estanque, una franja plateada sobre el agua oscura. Le doy la espalda al salón donde los demás invitados han formado corrillos mientras fuman y beben. Inhalo profundamente. Aunque el aire fresco de la noche me reconforta, nada puede borrar esta desastrosa velada. Ojalá pudiera irme de aquí.

—¿Contemplando las estrellas del cielo?

No hace falta que me vuelva para saber quién lo pregunta.

—No, las flores a mis pies —le contesto.

Apuesto a que no sabe que se trata de una frase de Schweitzer. Y qué más da; es la verdad. No miraba en absoluto las estrellas. Frank se coloca a mi lado y se queda allí con la vista perdida en el jardín. En la mesa, ya me había percatado de que no me dejaba indiferente que me mirara con mucha más dulzura de la habitual.

En el salón suena la música. Aquí no paran. Otro pianista se ha sentado al piano de cola. Nos quedamos un rato escuchando. Casualmente conozco está composición, una de las piezas más hermosas que conozco. *Romanza para piano y violín* de Antonín Dvořák. La música me llega directamente al corazón. Frank se acerca un poco más. Veo su mano descansar junto a la mía sobre la balaustrada. «Dedos que pueden acariciar». Y de repente siento una soledad tan profunda que me causa nostalgia. Odio ese sentimiento que me invade a menudo.

—Willy...

Aparto un poco la mano.

—Gracias por no contar que yo... Bueno, ya sabes.

Lo miro un breve instante.

—No pasa nada —le digo.

—¿Has encontrado otro trabajo?

—Sí.

—¿Dónde?

«Santo Dios, ¿qué debo contestar a eso?».

—Es algo relacionado con la música. —Me oigo decir.

—Sí, pero ¿dónde? —insiste girando la cabeza y mirándome de reojo.

—Prefiero no decírtelo.

—¿Por qué no?

No puedo explicarle de ningún modo por qué eludo esa pregunta.

—Con que te burles de mí una vez ya basta —digo sonriendo amargamente, con la esperanza de que se olvide del tema.

—Lo siento. He sido grosero.

Tiene tal expresión de arrepentimiento que me consuela. Aparto la cara rápidamente, pues de pronto siento la enorme necesidad de que me toque. Lo cual por supuesto es ridículo. Pero entonces noto su mano en mi rostro. Me alza la barbilla con los dedos, obligándome a mirarlo.

—¿Bailamos? —pregunta atrayéndome hacia él y rodeándome con los brazos.

Una vocecita en mi cabeza me dice que no es una buena idea, pero no puedo evitarlo.

Dentro, el violín se une al piano. Su armonía derriba con demasiada rapidez mi muro de defensa. Bailamos un rato muy apretados. Sentir el calor de su cuerpo a través de la fina tela de mi vestido casi me corta la respiración. Quiero mirarlo a los ojos y ahogarme en ellos. Él también lo quiere, puesto que dejamos de bailar. No logro recordar haberme sentido nunca tan atraída por un hombre. Él se inclina hacia mí. Nuestros corazones se tocan antes de que nuestras bocas se rocen. Entonces me besa y le dejo hacer. Libero mi pasión...

Esto no está bien. No quiero ser una diversión, no quiero que me trate como los hombres del club tratan a las coristas que a cambio reciben una buena propina. No es que no sienta nada, al contrario. Eso es lo que más me confunde, mis propios sentimientos. «¿Es que no recuerdas que te caía mal?».

Me separo de él y en sus ojos también veo confusión. En la puerta del salón está la señora Thomsen. Debe de habernos visto. Todo es demasiado complicado. Retrocedo unos pasos y de una cosa estoy segura: este no es mi lugar.

El chófer chino me deja en la estación. Cuánto me alegro de que no me haya hecho preguntas cuando le he pedido que me acompañara al tren. Cuando he visto que dudaba, le he dicho algunas palabras en chino que he aprendido del señor Huang. Con eso lo he convencido.

Como corresponde a una huida, no me he despedido de nadie. Me he cambiado muy rápido de ropa y lo he metido todo en la maleta. Lo único que lamento es no haberme marchado antes de la cena, lo que tenía previsto en un principio. Durante el viaje de regreso miro por la ventanilla, pero no veo nada, solo el rostro de Frank cuando bailábamos y me besaba.

WILLY

14

Nueva York

Cuando entro, veo a mi madre haciendo cuentas en su libreta. Estoy de suerte, puesto que es su ocupación preferida. Está sentada en la oscuridad, solo hay encendida una bombilla que proyecta una luz débil. Intento averiguar si mi padre está en casa, pero no veo su uniforme blanco colgando del perchero. Los turnos de noche en fin de semana pagan más.

—¿No te quedabas a dormir en casa de Marjorie? —me pregunta mi madre sin levantar la vista.

—No.

—¿Cómo te ha ido en el trabajo?

—Bien.

—¿Qué han tocado esta noche?

Empiezo a desconfiar, porque nunca me lo pregunta y porque esboza un rictus amargo, igual que en el dibujo que hice de ella de niña. Suelto lo primero que se me ocurre.

—La Quinta de Beethoven —le contesto—, la del destino.

Siempre funciona. Solo ahora levanta la cabeza. Me recuerda a mi antigua jefa sentada en su escritorio, solo que su trono es la mesa de la cocina.

—El destino —dice lentamente—. Era *Chekoski* y esa cosa patética.

Se refiere por supuesto a la Sexta Sinfonía de Chaikovski: la *Patética*.

—Lo había olvidado.

—¿El qué? ¿Que te han despedido?

Me sobresalto, dejo la maleta en el suelo y me acerco unos pasos a ella.

—¿Cómo lo sabe?

—Muy fácil. Me he pasado por allí —me contesta.

No quiero ni imaginármela buscándome, agitada, por la sala de conciertos. Molestando quizás a las otras acomodadoras o incluso interrogando al director Barnes sobre mis idas y venidas. ¿Por qué se entromete?

—¿Qué es esto?

Saca dinero y lo extiende sobre la mesa.

Reconozco el trapo de fieltro en el que guardo mis ahorros.

—¿Ha registrado mi habitación?

—¿De dónde ha salido? ¿Te han dado un aumento en la oficina?

Sé exactamente de qué humor está mi madre. Su furia contenida es lo más peligroso de todo, pues puede desembocar en una erupción volcánica. Pero nunca sucede de inmediato; primero suelta bocanadas de humo y un profundo gruñido. Me preparo para lo que va a venir.

—También he perdido ese empleo.

—¿Desde cuándo?

—El mismo día.

Mi madre me mira con incredulidad.

—Cada mañana sales de casa como si fueras a trabajar. Y vuelves tarde. ¿Qué haces durante todo ese tiempo?

—Trabajar.

—¿Dónde?

—No voy a decírselo.

—¡Quiero saberlo!

Mi madre me lanza una mirada intimidante. Echa fuego por los ojos. Antes, esa mirada me asustaba, pero una acaba siendo inmune a este tipo de cosas. Así que le hago frente.

—No se lo diré.

Ahora deja sobre la mesa la carta del conservatorio que también ha encontrado detrás del tablero del piano.

—¿Desde cuándo pasa esto?

—¿El qué?

—¿Prueba de admisión? ¿Para el conservatorio?

Normalmente, ahora empezaría a pelearme con ella, pero esta noche no tengo energía suficiente. Solo puedo pensar en Frank.

—Mamá, ¿podemos discutirlo más tarde? Estoy cansada.

Mi madre entorna los ojos y curva las comisuras de los labios. Expresa rechazo con toda la cara y baja la voz hasta el registro inferior.

—¿Cuánto hace que nos mientes?

—No miento, solo quiero guardarme algunas cosas para mí —me defiendo. Empiezo a estar realmente harta.

—¡Sí que mientes! ¡Sobre el despido, sobre el trabajo, sobre los estudios y qué sé yo qué más!

—Tengo veintitrés años, mamá. ¡Tengo que vivir mi vida!

—¡Sin nosotros no tendrías una vida! —exclama furiosa. Acerca su libreta y golpetea las cifras con el dedo índice—. Lo he sumado todo. La comida, la bebida, la ropa...

«Empieza a salir la lava».

—Mamá...

—... cada lección de piano. Aquí.

Ahora me muestra un importe que ha subrayado dos veces.

—Esto es lo que me he gastado en ti...

—Mamá...

—¿... y qué recibo a cambio? Mentiras, solo mentiras. Por eso voy a quedarme el dinero, como compensación por lo que nos has costado.

Avariciosamente, empieza a recoger el dinero y a metérselo en el bolsillo.

—¡Y ya puedes olvidarte del conservatorio ese! —me espeta para acabar.

—Pero, mamá, ¡¿qué madre hace eso?!

Ella me ignora, hace como si no existiera. Por pura malicia, vuelve a contar en voz alta mientras yo veo todos mis ahorros desaparecer en su delantal. Me desconcierta tanto que me haga pagar por mi educación que empiezo a tartamudear.

—Pero mamá... mamá... mamá...

—¡No me llames mamá, no soy tu madre!

Esas palabras salen de su boca como una erupción.

—¡¿Qué?!

—¡Ya me has oído! ¡Gracias a Dios, no soy tu madre!

Incluso ella se asusta de sus propias palabras, pues veo que le tiemblan los labios y que aprieta la mandíbula. En esos casos se le mueve un músculo de la cara, junto a la oreja.

Se levanta bruscamente.

—No es de mí de quien has heredado tanta mentira y tanto engaño —dice señalándome con el dedo, como si hubiera más personas en la habitación que pudieran sentirse aludidas—. Tu verdadera madre es una mujer malvada y astuta. Prometió pagarnos por tu educación, pero aún no he visto ni un céntimo —dice chillando—. Tu padre y yo no deberíamos haber contestado nunca a ese anuncio.

Está divagando, no entiendo nada de lo que dice.

—¿Qué anuncio?

En lugar de contestarme, abandona la cocina totalmente alterada.

—¡Mamá! —Me sale sin querer, pues de todos modos sé que es inútil.

Oigo el odioso sonido de las monedas en su bolsillo. «La Calderillera del quinto», pienso y sé que a mi madre ese tintineo le suena a música.

Totalmente perpleja, me dejo caer en la cama, pues ahora empiezo a asimilar los reproches que acaba de escupirme mi madre. Miro por la ventana y contemplo la nada. Al cabo de unos minutos advierto la jaula para bebés vacía que cuelga del balcón. El bebé debe de estar durmiendo en su cuna. Su amorosa madre sin duda lo habrá arropado.

Mi padre entra en mi cuarto, parece apenado. Así que estaba en casa. Seguro que mi madre lo desterró al dormitorio para que no se involucrara. Nuestras paredes son tan finas que debe de haber oído la discusión. «Vivir en casas como palacios puede tener sus ventajas», pienso involuntariamente.

—¿Es cierto? —le pregunto.

Él me dice que sí en silencio y se sienta a mi lado haciendo crujir los muelles.

—Lo siento, Willy.

—¿Por qué me adoptasteis?

—No podíamos tener hijos y vimos esto.

Del bolsillo, saca un recorte de periódico doblado y me lo entrega. Lo abro con desgana, temerosa de lo que voy a encontrar. En el papel viejo y amarillento veo un anuncio del que llama la atención el título.

BEBÉ EN ADOPCIÓN
Madre joven desea renunciar a su hija.
Se aceptará la mejor oferta...

Necesito un tiempo para asimilar lo que dice exactamente.

—Sencillamente estaba en venta —digo sintiendo un molesto nudo en la garganta—. ¿Qué edad tenía?

—Dos años —me dice mi padre en voz baja—. Y ya habías visto bastantes orfanatos.

No recuerdo nada de eso.

—¿Por qué no quiso quedarse conmigo?

Se encoge de hombros y baja aún más la voz.

—Me temo que no te amaba... Eso dice mamá.

Empiezo a tiritar, pese a que en mi cuarto hace calor.

—¿Y mi padre?

—No sabemos nada de él. Tu madre no estaba casada cuando te tuvo.

—¿No tenía familia?

—La repudiaron —me dice entregándome otro papel—. Este es tu certificado de nacimiento.

Le echo un vistazo y se lo devuelvo a mi padre.

—No es mío. Lleva otro nombre.

—Es tu nombre verdadero.

—¿Agnes? ¿Me llamo Agnes?

—No, ese es el nombre de tu madre. Tú te llamas Antonia. Antonia Brico.

Para mí es el nombre de una extraña. Oigo a mi madre sollozar en su dormitorio. Menuda comedianta. Mi padre exhala un profundo suspiro y luego se pone en pie.

—Será mejor que vaya a consolarla.

Mi padre lleva toda su maldita vida dominado por ella. Igual que yo.

—Dile que unas cuantas lágrimas no la matarán —le digo cuando está a punto de salir por la puerta.

Mi voz suena más chillona de lo que esperaba. El nudo que tengo en la garganta oprime toda mi frustración por lo que ha sucedido esta noche. Noto en las entrañas un dolor físico que busca desesperadamente una salida y casi me asfixia.

TIENE. QUE. SALIR.

Me levanto de golpe, abro la tapa superior del piano, arranco la tira de fieltro que había cosido con tanto esmero y la lanzo al suelo. Después, quito las mantas que había colocado entre el piano y la pared para amortiguar el sonido y me siento en la banqueta. Golpeo las teclas con toda la fuerza de que soy capaz, sobre todo los tonos graves. *Agitato, agitato, molto agitato;* que truene. El que paga el pato es *El pájaro de fuego* de Stravinsky. Por la habitación resuenan los ritmos extraños e imposibles. Es música sobre niñas mantenidas en cautiverio. «¿Quién acudirá en su auxilio?».

Enseguida oigo a los vecinos de arriba golpear el suelo. A través de las paredes se oyen maldiciones y voces que exigen silencio.

Mi padre abre la puerta.

—Mamá dice que pares —comenta.

Yo ni me inmuto. Me trae sin cuidado que el mundo entero quiera que pare. Y en cuanto a las lamentaciones de mi madre... Se acabó, no es mi madre.

WILLY

15

Mientras espero en el pasillo el resultado de mi audición constato que vuelvo a morderme las uñas. Lo había dejado hace unos años, pero de niña llegué a desesperar a mi madre con eso. Parecía sorda cuando ella me ordenaba que dejara de hacerlo. Las niñas no deben morderse las uñas. La primera amenaza que me lanzó fue que si seguía mordiéndomelas cogería lombrices, porque se escondían debajo de las uñas y se me meterían en la boca. Primero tuvo que aclararme lo que era una lombriz. «Un gusanito muy pequeño, que casi no se ve», me explicó. Cuando le pregunté adónde iban esas lombrices, me susurró la respuesta al oído. Tardé días en comprender lo que quería decir con esa palabra.

Sin embargo, ni siquiera así consiguió que abandonara mi mal hábito. Desesperada, mi madre me llevó al médico y este le dijo que yo era una «niña nerviosa». Preguntó si existía alguna posibilidad de que yo canalizara mi nerviosismo. Cuando se enteró de que había un piano en casa (cuya tapa mi madre siempre cerraba con llave, aunque eso no lo dijo), le aconsejó que me llevara a clases de piano.

Y así fue. A través de su círculo de amistades, mi madre encontró una señorita australiana que tocaba bastante bien.

Y con la llave de la tapa en sus manos, tenía el medio perfecto para obligarme a hacer lo que ella quisiera, porque una vez que pude tocar «mi» piano, ya no hubo forma de separarme de él. Si quería que quitara el polvo, fregara los suelos, hiciera las camas, cortara cebollas o le hiciera la compra, cerraba la tapa hasta que hubiese hecho mi trabajo. Yo me conformaba. En mi soledad infantil, el instrumento se convirtió en mi fiel amigo. Podía tocarlo durante horas enteras, pero lo tenía prohibido por «los vecinos». Unas simples mantas contra la pared y mi tira de trozos de fieltro solucionaron el problema. Poco me importaba que ese piano estuviera desafinado. Sin embargo, empecé a pedirle a mi padre una llave de afinar. Después de buscar en el vertedero, por fin la encontró entre la chatarra. La señorita australiana me enseñó los principios de la afinación y el resto lo aprendí yo sola, y así descubrí que tenía un oído absoluto.

Gracias a mi amor por él, el sonido del piano se fue haciendo más y más bello y eso era algo que mi madre no soportaba. Una y otra vez amenazaba con cancelar las clases de piano y yo me enfrentaba a ella. La sesión de espiritismo con sus amigas me dio la victoria. Sin embargo, en nuestra relación, algo se rompió definitivamente. Más tarde comprendí el motivo: yo quería más a mi piano que a ella.

Observo la puerta. ¿Habrán acabado ya de deliberar? La comisión estaba integrada por cinco hombres, pero a cuatro de ellos ya no los reconocería si me los encontrara en la calle. El profesor Goldsmith ocupaba el lugar central, eso sí lo recuerdo. No me atreví a mirarle y menos a preguntar si su mujer había tenido un niño o una niña. Toqué la pieza y no tengo la menor idea de si fue bien o mal.

Ahora estoy en el pasillo y de pronto soy plenamente consciente de lo importante que es esto para mí. Si la he fastidiado, ¿será culpa mía? Hecha un manojo de nervios, me mordisqueo los bordes irregulares de las uñas.

El cansancio se apodera de mis músculos. Las dos últimas noches apenas he dormido. El domingo hui de casa. Quería practicar en el club, pero las coristas estaban ensayando un nuevo baile y Robin no estaba; tenía su salida de los domingos. Evidentemente, todas las chicas querían saber cómo me había ido el fin de semana y por qué había vuelto tan pronto. No les di demasiadas explicaciones, les devolví el vestido de noche que me habían prestado y me fui después de tomarme dos cafés.

Estuve paseando mucho rato por la ciudad. Con el dinero que aún tenía en el bolso, quería comprar comida en la tienda del señor Huang, pero él no me dejó que le pagase. Me dijo que estaba apenado de verme tan poco y eso me infundió ánimos. De puro agradecimiento, me metí en la cocina para fregar los cacharros, pues ellos tenían muchísimo trabajo y yo era un alma en pena.

Tras horas con las manos en el agua caliente, las uñas se me habían reblandecido tanto que se rompían. Pero yo estaba tan aturdida que no me daba cuenta.

Solo me fui a casa cuando mis padres ya dormían. Estaba demasiado cansada para volver a amortiguar el piano y practicar, y me metí enseguida en la cama. Sin embargo, no logré conciliar el sueño, así que más me valdría haberme puesto a estudiar. Tomé la decisión equivocada.

FRANK

16

Llevo un tiempo esperando fuera. Mark me ha dicho por teléfono a qué hora sería la audición, después de resumirme brevemente cómo había ido el nacimiento de su sexto hijo: un niño al que ha puesto por nombre Guy, en francés, en honor al compositor italiano Giuseppe Verdi. También había considerado la posibilidad de llamarlo Sergei, pero ese nombre le sonaba demasiado ruso. Por otra parte, sus otros hijos también llevan los nombres de compositores famosos: Ludwig, Camille y Franz. Con sus dos hijas tuvo que improvisar. Se llaman Frederique y Johanna.

El sábado por la noche, cuando me di cuenta de que Willy se había marchado, me sentí perdido. Perdido y por segunda vez puesto en mi sitio. Al fin y al cabo, quien huye está enviando un mensaje, alto y claro, ¿no? Me maldije por haberme enfrascado en las conversaciones hinchadas e insustanciales de todos aquellos artistas y no haberle prestado más atención.

Afortunadamente, pude interrogar a Shing, mi chófer, cuando me enteré de que la había acompañado a la estación. De alguna manera, eso me tranquilizó, como si estuviera vinculado a ella a través de Shing.

Veo a Willy salir del edificio y me separo del automóvil, contra el cual estaba apoyado. Cuando me ve, se pone en guardia y no viene a mi encuentro.

—Hola —le digo mientras me acerco a ella y me propongo abordarla con cautela.

—Hola —me contesta—. El señor Goldsmith está dentro.

Señala la puerta con un gesto rápido. ¡Como si yo hubiese venido para ver a Mark! Quiero tocarla, pero la distancia es demasiado grande. Le pregunto cómo ha ido la audición. Cuando me dice que la han admitido, la felicito. Willy se limita a asentir con la cabeza. Le señalo mi coche.

—¿Quieres que te lleve? ¿Adónde vas?

—A casa. Pero puedo coger el autobús...

—Solo quiero llevarte...

—... y no está lejos —dice acabando la frase.

—... y te librarás de mí enseguida —le digo.

Los dos guardamos silencio. Me echo a reír y ella sonríe tímidamente.

—No nos despedimos como es debido, y como dijiste: tengo que comportarme como un caballero.

Le abro la portezuela y, tras un breve titubeo, ella sube al coche.

Por el camino le hablo de las actuaciones que se perdió el domingo. Hablo a propósito de banalidades. Ella escucha y solo abre la boca para indicarme el camino.

—Vivo en esta calle —me dice después de un cuarto de hora, cuando hemos llegado al Lower East Side.

Enfilo por una calle larga con viviendas de alquiler a ambos lados. Son edificios altos con escaleras interminables y sin ascensor, entre los que la gente ha tendido la colada, lo único limpio de la calle. Me pregunto si se avergüenza de vivir allí, pues de pronto me observa con una mirada intensa.

—Seguro que esperabas otra cosa.

—No —le digo.

No sé bien lo que esperaba. Solo quería volver a verla, eso es todo. Tengo que adaptar mi velocidad puesto que la calle está muy concurrida. Hay vendedores que comercian con sus productos. En la calzada, unos niños juegan a béisbol con un bate improvisado. Tienen que apartarse para dejarme paso. Entonces veo muebles y trastos un poco más allá, en la acera.

Un niño pelirrojo de unos siete años utiliza el somier de una cama de hierro como cama elástica, pero no me fijo en él. Reparo enseguida en la máscara de gas tirada en la cuneta. Aparto los ojos demasiado tarde; se me pasan por la cabeza imágenes que desearía haber olvidado, pero que no he conseguido apartar ni un solo día.

—Alguien se está mudando —digo mirando al frente.

Willy también ve los muebles. Vuelve la vista atrás y se asoma por la ventanilla. No logro verle los ojos.

—¿Qué número?

—Eh...

Me deja pasar los muebles y después de unos treinta metros me dice:

—Es aquí.

Me detengo, aún no quiero separarme de ella. La observo con todo el calor que tengo dentro de mí.

—Tus padres deben de estar orgullosos —le digo.

Ella no me contesta. ¿Qué otra cosa puede hacer con mis comentarios estúpidos? Le cojo la mano y noto que tiembla. ¿Qué le pasa? ¿Son los nervios por la audición? ¿O por estar en el coche? Es decir, ¿por mi presencia? No logro recordar que me haya costado nunca tanto hacerle la corte a una mujer.

—Estaré fuera unas semanas, preparando la gira de Paderewski. ¿Sabes quién es?

—El anterior presidente de Polonia —dice.

¿Por qué no me asombra que sepa este hecho, aparte de que es un gran pianista?

—¿Podría volver a verte cuando regrese? —le pregunto de la forma más despreocupada posible.

—Ya sabes dónde encontrarme —me dice con una sonrisa irónica, como si esa no fuera la intención.

Se apea antes de que pueda salir para abrirle la portezuela.

Mientras me alejo, veo en el retrovisor que se queda parada. Como una estatua. No he conseguido derretirla.

WILLY

17

Espero a que se haya ido y entonces vuelvo arrastrando los pies. Paso delante de los muebles esparcidos por la acera: no puedo creer que sean realmente mis cosas y, sin embargo, las reconocería entre miles. Mi cama, sobre la que el niño está saltando como si quisiera burlarse de mí. Mi colchón y mis mantas, también las mantas con las que amortiguaba el piano, mi lámpara, el ropero y la mesilla de noche, y mi máscara de gas. Otro niño se pasea como un soldado haciendo ondear el palo de las tiras de fieltro, como si fuera la bandera estadounidense.

Veo mis partituras tiradas en el suelo, las mismas que se abrieron cuando Frank ha pasado por delante con el coche. Entonces no me he atrevido a mirarlas, me aterraba la idea de que él lo viera. No ha dicho nada al respecto, así que supongo que mantenía los ojos puestos en la calzada. Le he dejado parar un poco más lejos, allí donde he tenido el valor de apearme.

Mi miedo aumenta cuando veo una tecla del piano suelta en la escalera. La recojo y miro hacia arriba, por el hueco. Algo anda mal.

Cuando entro, voy directamente a mi cuarto. Aunque sé

que estará vacío, me conmociona verlo sin muebles. En el suelo hay algunas cuerdas y trozos de madera de mi piano. En el papel pintado veo los lugares donde había colgado las fotos y los recortes sobre Schweitzer y Mengelberg. El bebé en la jaula de la ventana está llorando. Siento compasión por él, porque nunca más podré consolarlo con mi música. Ya no soporto más ver el desastre y me voy a la cocina. Mi madre está junto a los fogones.

Ahora me percato del desagradable olor.

—¿Dónde está mi piano? —le grito con voz ronca.

Ella se vuelve, sosteniendo el cucharón como una espada.

—Lo he metido en el fogón para poder cocinar la sopa. ¡Sopa de cebolla! —dice, poniendo todo su empeño en herirme.

—¡Está loca! —le grito.

Me dispongo a atacarla, pero mi padre, al que no había visto, frena el golpe con una maleta que sostiene en alto.

—Willy —se limita a decir.

Me doy cuenta de que está emocionado, pero ¿de qué me sirve su emoción? Lo que yo quiero es su apoyo.

Me pone en las manos la vieja maleta con las desgastadas etiquetas de la Holland America Line, mientras mi madre sigue removiendo la sopa sin inmutarse. Ninguno de los dos abre la boca. Tienen razón. No tenemos nada más que decirnos.

ROBIN

18

Mi primer impulso es cerrarle la puerta en las narices. No quiero fisgones por aquí.

—¿Puedo dormir aquí esta noche? —me pregunta después de haberme comunicado que sus padres la han echado de casa.

Pienso que es una mala idea. Pero entonces veo que lleva una maleta en una mano mientras sostiene una pesada pila de partituras debajo del otro brazo, y advierto el desamparo en su mirada. Y me derrito.

—Por supuesto —le digo abriendo más la puerta y dejándola pasar.

Mientras le preparo té y yo me sirvo algo más fuerte, ella me explica toda la historia a trompicones. Le hago las preguntas adecuadas para que no se vaya por las ramas y, después de tres tazas de té y una comida, todas las piezas encajan y tengo una imagen clara de lo sucedido. Sobre todo de lo que ella misma no comprende: que está enamorada del hombre con el que se topó en el servicio de caballeros, cuyo nombre, por cierto, no menciona. A mí ese tipo ya me cae mal. Por malvados que sean sus padres, ese tío es incluso peor.

Pero como soy Robin, no toco ese tema. En lugar de ello recalco varias veces lo fantástico que es que la hayan aceptado en el conservatorio. Entonces la veo asentir con incredulidad, como si todavía no acabara de asimilarlo del todo. ¿Cómo es ese refrán? ¿Que cuando se cierra una puerta se abre una ventana? Algo así.

Empiezo a recoger la mesa. Willy ni siquiera parece percatarse de que hay movimiento. Ya lleva un rato mirando con tristeza la tecla de piano que tiene en la mano.

—Ese piano me servía de consuelo... Sin él me habría vuelto loca.

—Todos enloquecemos de vez en cuando —le digo intentando quitarle hierro al asunto.

Ahora he conseguido despertar su atención y levanta la vista de la tecla.

—¿Tú también?

No logro reprimir una sonrisa irónica.

—Incluso yo.

Ella me mira con interés.

—No desesperes —le digo mientras empiezo a enjuagar los platos bajo el grifo—. Simplemente quítate el polvo de encima y empieza de nuevo.

—¿Qué sabrá un hombre de quitar el polvo? —me pregunta ella.

—Más que tú, sucia holandesa —le digo bromeando.

Ahora no me queda más remedio que hacer lo que he intentado aplazar al máximo: mostrarle mi casa. Menos mal que soy ordenado. Es mi segunda naturaleza, así no me topo con sorpresas.

—Ven, te enseñaré la casa.

Willy se levanta y me sigue.

—Este es mi dormitorio... con su propio baño. Aquí no se le ha perdido nada a nadie, así que lo tengo cerrado.

Paso de las palabras a los hechos y cierro con llave. Willy está tan entumecida por las emociones que ni siquiera reacciona.

Le enseño el segundo cuarto de baño de que dispone mi apartamento.

—Y tú puedes usar este... Y dormirás aquí.

Abro la puerta del cuarto de los invitados. Willy entra delante de mí. La dejo echar un vistazo mientras voy en busca de su maleta y sus partituras, que luego dejo sobre la cama de invitados.

—¡No sé cómo agradecértelo! Te pagaré. Dime cuánto.

—Ya veremos más tarde —le digo frenándola.

Lo primero que veo cuando abre la maleta son algunos papeles y recortes de periódicos. Parece conmoverla que estén ahí. Después empieza a sacar la ropa y a meterla en el armario. Yo me quedo en la puerta mirando cómo cuelga sus vestidos.

—¿Sabes lo que me pregunto todo este tiempo? —me dice sin mirarme—. ¿Guardar silencio sobre algo es lo mismo que mentir?

Reflexiono sobre esa pregunta, pero no pienso responderla en voz alta.

WILLY

19

Por primera vez en mi vida tengo la sensación de que puedo respirar en el lugar que llamo «hogar». Robin me da libertad para ser yo misma. Me deja en paz, pese a que a veces tengo la impresión de que me vigila. Eso no me preocupa, al contrario. Simplemente, es mi mejor amigo.

El hecho de trabajar para él podría ser una desventaja, pero no lo es. No es tan autoritario. Su forma de imponer respeto es muy distinta a la del director Barnes o a la de mi antigua jefa. Casi siempre le basta una mirada para que le hagamos caso. Y cuando necesita utilizar palabras, nos explica sus argumentos en el tono adecuado y con pocas frases. Lo hace durante los ensayos, aunque también en las conversaciones. Así, en una ocasión, me habló de mi madre biológica.

—Tu verdadera madre... —empezó a decir y luego se quedó en silencio.

—¿Sí? ¿Qué pasa con ella?

—¿No deberías averiguar quién es?

Resoplé. No tenía la menor intención de hacerlo. Si no me quería, yo tampoco a ella. (Y lo mismo podía decir de mi madre adoptiva, que tampoco me quería y a la que empecé a llamar madrastra para mis adentros, porque me parecía

igual de malvada que la madrastra de Cenicienta y Blanca-
nieves).

—¿Y qué hay de tus padres? —le pregunté a mi vez—.
Háblame de ellos.

Robin nunca hablaba de su pasado.

—No tengo familia —dijo sonriendo.

—Todo el mundo tiene una familia —le dije—. Te guste
o no.

Sonrió y se me quedó mirando con sus ojos azul claro.

—Muy bien —dijo finalmente—, no debes creerte todo
lo que cuentan.

Acto seguido volvió a sumergirse en su *Variety*.

Piano, arpa y violín son los instrumentos de las cinco mujeres que estudian conmigo. Curiosamente, estas son las únicas especialidades para las que existe una palabra femenina
en holandés. Allí puedo ser pianista, pero no directora de
orquesta. Aquí en Estados Unidos añaden una palabra para
referirse a una pianista: *lady pianist*. En cambio, los treinta
y cuatro hombres de la clase pueden elegir todas las varia-
ciones instrumentales y no hace falta añadirles nada.

Desde que empecé mis estudios hace tres semanas, me
siento feliz. Los días de vacaciones avanzaban a paso de tortuga y yo ardía en deseos de enseñar de lo que era capaz en
el conservatorio.

Ahora que me han aceptado, quiero demostrar a los profesores que no se han equivocado conmigo. Cada vez que sé
la respuesta a una pregunta, levanto el dedo con fanatismo.
Eso molesta sobre todo a las chicas. Las oigo suspirar o las

veo dirigir la mirada al techo con impaciencia. Que hagan lo que quieran.

Por un momento pensé en olvidarme de mi fanatismo y solidarizarme con su ignorancia, pero luego recordé que eso no beneficiaría a nadie. Para llegar a algún sitio, no hay que ponerse trabas.

Acaba de sonar el timbre y salgo de clase con los demás estudiantes. Para mi asombro, Robin está allí, vestido con un esmoquin.

—¿Me estás esperando? —le pregunto.

Él apaga su cigarrillo cuando me ve.

—Vamos a sustituir a una banda que ha cancelado en el último minuto.

—¿Dónde actuamos?

—Aquí.

¿Qué? Le explico a Robin que no me apetece en absoluto que me reconozcan mis compañeros de clase. Ya me consideran una engreída y solo me faltaría esto. Robin me tranquiliza diciéndome que es una función privada en el salón de actos y sostiene en alto una bolsa con un traje.

—Ve a ponerte guapa.

A Robin no se le puede decir que no. Me cambio de ropa en los servicios, me recojo el pelo y utilizo los trucos que he aprendido de las bailarinas. La que veo en el espejo no soy yo, sino una muñeca, lista para que jueguen con ella. Me río al pensarlo. Voy a recurrir a todos mis encantos.

Cuando estoy cerca del salón de actos me doy cuenta de que se celebra una recepción para conseguir fondos de la gente adinerada. Lo sé no solo por los letreros que anuncian este acto benéfico, sino también porque el vestíbulo está repleto de elegantes invitados que hablan en grupos pequeños mientras saborean un vaso de limonada.

Por supuesto, me alegro de que la escuela consiga ingresos adicionales de personas que tienen dinero en abundancia, pero no sé si tengo tantas ganas de actuar para ellos.

En realidad, estoy buscando las bambalinas del salón de actos, pero no logro encontrar la entrada. Para evitar el alboroto de la recepción, me dirijo hacia un pasillo más tranquilo. Pero no tardo en arrepentirme, pues acabo dándome de narices con la señora Thomsen. Es la última persona a la que quiero ver. A su lado hay una hermosa rubia que, calculo, tendrá la misma edad que yo.

—Willy Wolters, ¿también te han invitado?

Sonaría como una pregunta normal si no fuera por el retintín con el que la formula, como si fuera la invitada más inverosímil del mundo.

—Hola, señora Thomsen.

La chica que está a su lado no quiere inmiscuirse en nuestra conversación o le trae sin cuidado, también podría ser.

—Yo ya entro —dice.

—Por supuesto, querida, haces bien —le dice la señora Thomsen.

La educada criatura me saluda cortésmente y se marcha, mientras la señora Thomsen la sigue con la mirada.

—¡Emma es una mujer tan adorable! Somos amigos de sus padres. Esperamos secretamente que ella y Frank se prometan algún día.

Ni siquiera me tomo la molestia de escucharla, puesto

que a lo lejos veo a Frank acercarse. Se le ilumina el rostro cuando me ve junto a su madre. Lo que faltaba.

—¡Willy! ¿Cómo estás?

—De maravilla —miento.

—Me alegro mucho de verte. Entra con nosotros.

Su voz suena tan cordial que me hace sonreír tontamente. Me recompongo. Debo mantener el control.

—Eh... estaba buscando a Robin.

—¿Robin? ¿Quién es Robin? ¿Un amigo?

—Algo así.

No tiene por qué saber que Robin es mi jefe. Quiero seguir mi camino, pero Frank no se rinde.

—No puedes irte sin saludar a mi padre. Le romperías el corazón.

Enseguida me percato de que la invitación de Frank no le gusta en absoluto a la señora Thomsen. Así que me digo que sería de muy mala educación negarme. Siento debilidad por el padre de Frank.

El señor Thomsen me saluda calurosamente y me presenta a los tres hombres con los que está hablando.

—Las amigas de Frank son amigas mías. Qué alegría verte aquí.

«No todo el mundo opina lo mismo», pienso, pero me callo. Uno de sus interlocutores me pregunta a qué me dedico. Antes de que pueda contestarle, la señora Thomsen desvía la atención.

—¿Son esos los Rothschild? —pregunta sin dirigirse a nadie en concreto—. ¡Qué interesante!

Los presentes vuelven la cabeza para ver cómo entra el rico matrimonio, pero yo no doy mi brazo a torcer.

—Estudio aquí —digo, respondiendo a la pregunta que me acaban de formular, y tras una pausa añado—: Piano.

—Hablábamos de cómo el talento musical se manifiesta a menudo a temprana edad —me explica el señor Thomsen.

—¿Es tu caso? —quiere saber Frank.

El corazón me da un vuelco cuando nuestras miradas se cruzan. Por todos los santos, eso sí que no.

—Tenía cinco años —le digo—. Pasaba delante de una iglesia y oí un órgano. Nunca había oído nada parecido, porque no había estado en ninguna iglesia.

Ahora veo sus miradas de sorpresa, aquí no están acostumbrados a encontrarse con gente que no va a misa.

—Incluso había personas escuchando en la calle —continúo.

De nuevo me interrumpe la señora Thomsen.

—¿Os habéis enterado de la cantidad de dinero que han donado los Rothschild?

Nadie le contesta. Yo imito el comportamiento de los demás y dejo de hacerle caso.

—Entonces me colé y subí las escaleras —sigo explicando—, lo cual estaba terminantemente prohibido. Allí me encontré con el organista. No tenía ni idea de quién era, pero estaba completamente fascinada. No podía dejar de mirarlo.

—Más de cinco mil dólares. —Le oigo decir a la señora Thomsen. Sigue ignorándome.

—Fue solo más tarde cuando me enteré de que era Albert Schweitzer...

Guardo silencio adrede, porque sé que ese nombre causará impresión.

—A partir de ese momento empecé a pedir un piano.

Y en efecto, cómo no, ahora he conseguido la atención de la señora Thomsen, que me observa con incredulidad.

—Schweitzer nunca ha visitado Estados Unidos.

—Vivíamos en Holanda —le digo—. Tocó Bach.

Le lanzo una mirada a Frank, que examina la limonada rosa que hay en su vaso.

—¿Tus padres también tienen talento para la música? —me pregunta el señor Thomsen.

—Eh... no... en realidad no —le contesto—. Pero no son mis verdaderos padres. Me adoptaron.

Frank alza la vista enseguida y me encuentro con su mirada atenta. ¿Qué bicho me ha picado, por qué les estoy contando todo esto?

—¡Ay, cuánto lo siento! ¿Tus verdaderos padres murieron? —pregunta el señor Thomsen compasivo.

—No, de mi padre no se sabe nada. Y lo único que sé de mi madre es que me vendió.

La señora Thomsen dirige la mirada hacia Frank. Su boca me recuerda los finos labios de mi madre. No saca precisamente lo mejor de mí.

—Y los que me criaron me compraron. Es decir... me adoptaron. Debería averiguar cuánto pagaron por mí.

Los veo a todos mirarme boquiabiertos.

—Así que en realidad tienes otro nombre —observa Frank.

—Sí —le contesto.

—¿Cuál es?

—No importa. Todo pasó sin mi consentimiento. Yo solo tenía dos años. —Miro desafiante a la señora Thomsen—. ¿Le ha parecido suficientemente interesante? —le pregunto—. Ya me lo parecía. Me lo he inventado todo.

El grupito se echa a reír a carcajadas. La señora Thomsen se ha quedado tan desconcertada que se limita a asentir sin convicción. Pero cuando miro a Frank, veo que me observa con severidad. Me disculpo y digo que debo irme. En realidad, estoy orgullosa de mí misma. Si quiero, puedo dominar la conversación.

Frank me alcanza.

—¿Era realmente necesario?

—¿Perdona?

—¿Avergonzar así a mi madre?

—Va siendo hora de que utilices la misma vara de medir —le digo enfadada.

Se planta delante de mí, una posición peligrosa que me obliga a mirarlo a los ojos.

—¿Por qué te pones tanto a la defensiva?

—¿Quizá porque tu madre me atacó?

Ya está, ahora no sabe qué contestar.

—Willy, no te entiendo.

Con el rabillo del ojo veo a Emma, que espera un poco más lejos.

—En tal caso búscate otra compañía. Seguro que encontrarás a alguien que te entienda.

Lo dejo solo. Si se siente frustrado, estamos en paz.

ROBIN

20

Willy todavía no ha llegado y tenemos que empezar. Ya la he buscado en los pasillos y ahora entro en el salón de actos. Está lleno de humo y huele a cigarros y a mucho perfume. La luz está muy atenuada y aún no se me han acostumbrado los ojos. Pero ya la veo.

Al parecer está enzarzada en una conversación con un joven muy apuesto. Enseguida sé quién es, aunque no lo conozco personalmente. No me sorprende que esté aquí, pues es el vástago de una familia muy rica, su padre es propietario de una gran empresa farmacéutica. Willy haría bien siendo un poco amable con él, pero por lo visto no está de humor. Su cara anuncia tormenta cuando viene a mi encuentro. El hombre la observa alejarse con una mirada sombría. Ella me pasa de largo. Me pongo a caminar a su lado y me cuesta mantener el ritmo.

—¿Estabas discutiendo con ese chico? —le pregunto.

—Le he preguntado cómo llegar al escenario.

El hecho de que me mienta ya lo dice todo. Aquí está pasando mucho más. Quiero saber de qué va.

—¿Sabes quién es? —le pregunto.

—Sí, se llama Frank.

Así que lo conoce. La cuestión es hasta qué punto.

—Frank Thomsen, uno de los más importantes empresarios del momento —añado.

¡Qué fácil resulta tender la trampa!

—Me basta con que me deje en paz —replica ella secamente.

Mientras se dirige hacia la puerta que lleva detrás del escenario, me vuelvo para observar a Frank Thomsen. Él sigue donde estaba y me mira a los ojos con la misma expresión sombría, como si yo tuviera la culpa de su riña. Después aparta la vista como si no soportara mirarme por más tiempo. Un rasgo muy masculino.

Cuando subo al escenario, Willy ya ha tomado asiento al piano. Cojo el contrabajo y la observo con discreción. Ella no mira a los músicos, tampoco a mí.

Inicio la cuenta atrás y, mientras se levanta el telón, empezamos a tocar. La luz en el salón de actos se amortigua y se enciende el foco del escenario. El círculo luminoso se va deslizando por todos los miembros de la banda y acaba en Willy.

Entre el público descubro a Frank Thomsen, que parece clavado al suelo cuando el foco ilumina a Willy. Como si viera a un fantasma tocando el piano. Ella da la impresión de querer que se la trague la tierra. La tensión entre ambos casi parece sentirse en toda la sala.

Y de golpe caigo en la cuenta: Frank Thomsen y el tipo de los servicios del que está enamorada son la misma persona. ¿Por qué tenía que ser un hombre tan afortunado en su aspecto y en sus negocios? Es un tipo con suerte. Yo no soy más que un triste espectador de mi propia desgracia. *Who's Sorry Now?*, toca la banda: ¿quién lo lamenta ahora? Yo mismo elegí la canción con la que empezamos, y ahora la maldigo.

WILLY

21

—Ya está.

Aparto las manos del teclado en el aula del profesor Goldsmith. Él siempre me deja tocar algo sencillo para acabar una clase difícil. Esta vez era *Rêverie* de Debussy. La melodía soñadora se me queda en la cabeza.

Me viene bien un poco de distracción. A lo largo de la clase, Goldsmith me ha hecho tocar una y otra vez una pieza difícil que no conseguía dominar. Odio fallar, sobre todo cuando veo que Goldsmith se vuelve más impaciente. Al final me ha dicho que la practique en casa. Sin embargo, después de *Rêverie* veo por su rostro que por fin se relaja y yo respiro aliviada.

Goldsmith me pone una mano en el muslo. Intento interpretarlo como un gesto paternal del maestro hacia su alumna, pero seguro que advierte mi tensión.

—¿Me tienes miedo? —me pregunta Goldsmith.

—Oh no, señor. Tengo la sensación de que lo conozco desde hace años.

—Y yo tengo la sensación de que me admiras mucho —me dice—. ¿No es cierto, Willy?

—Lo admiro, porque quiero ser como usted.

Él me mira asombrado.

—¿Qué? ¿Profesor?

—No... directora de orquesta.

Me sorprende que no se haya enterado aún por los rumores que corren. Mueve la mano que tiene apoyada en mi muslo y la sube un poco.

—Solo lo dices porque estás enamorada de mí.

No entiendo por qué los hombres confunden la admiración con el enamoramiento. En primer lugar, tiene cuarenta y cinco años y me parece demasiado viejo. En segundo lugar, si tuviera que solidarizarme con alguien sería con su esposa. Y en tercer lugar, el enamoramiento no se deja guiar. Con un sobresalto me percato de que Frank se está colando en mis pensamientos. No es posible que él sea el cuarto argumento: que ese lugar en mi corazón ya esté ocupado.

—Lo digo porque quiero ser directora.

—Eso es imposible. Las mujeres no dirigen orquestas. No pueden hacerlo.

—¿Por qué no?

—No saben dirigir.

—Pero usted podría enseñarme —le digo.

—¿Una mujer con una batuta que gesticula exageradamente delante de un grupo de hombres? ¡Tendrías un aspecto ridículo!

—¿A quién le importa el aspecto que tenga?

—A mí me importa —dice apartándome un mechón de la cara—. Quiero que estés guapa.

Guardo silencio, tragándome mi frustración.

Goldsmith se me acerca demasiado. Huelo por su aliento que ha comido queso en el almuerzo. Intento apartar la cara.

—¿Se trata de una cuestión de control? —musita en mi nuca.

—En absoluto. Lo que quiero precisamente es perderme en la música.

Sigo intentando fingir que mantenemos una conversación normal, con la esperanza de que deje de toquetearme.

—Y yo quiero perderme en ti —dice deslizando la mano entre mis muslos.

Le aparto la mano y él empieza a besarme el cuello.

—Y recuerda que las mujeres yacen debajo. Ya llegan bastante lejos con eso —me susurra al oído, excitado.

Sus labios me dejan un rastro en la mejilla hacia la boca. Siento un fuerte rechazo y le pido que pare. Pero él no se detiene sino que me empuja cada vez más hacia atrás.

Veo que apoya una mano sobre las teclas, para acorralarme. Intento apartarlo de mí, escabullirme. Para mantener el equilibrio, me agarro al piano. Bang. La tapa se cierra de golpe.

Goldsmith emite un chillido de dolor. La mano se le ha quedado atrapada. Empieza a maldecirme y me grita que le he roto la mano. Me quedo mirándolo, paralizada, hasta que me grita que me largue. Me apresuro a desaparecer de allí.

Atravieso los pasillos confundida y cuando veo la salida, me empiezan a temblar los hombros. «La debilidad de una mujer», me dice una vocecita en la cabeza cuando ya no logro reprimir las lágrimas.

Al día siguiente, me encuentro en la comisaría frente a un policía malhumorado, un auténtico quisquilloso, cuya sola mirada ya me da la sensación de que debería estar entre rejas.

No sé qué medidas ha tomado Goldsmith, pero esta mañana cuando he vuelto a la escuela, me han denegado el acceso. En administración me han dicho que fuera a comisaría. Como no acababa de fiarme, le he pedido a Robin que me acompañara. Está detrás de mí, apoyado en un archivador. Veo pasar el humo de su cigarrillo.

El agente examina la denuncia de Goldsmith y carraspea por enésima vez. Muchas personas lo hacen sin motivo. En todos los conciertos siempre había alguien que se aclaraba la voz y carraspeaba, como si diera su propio concierto de toses.

Siempre es bueno oír otras voces, pero en este caso no.

—Él insiste en que, y cito, «me atacó como una histérica después de que criticara su forma de tocar el piano».

—Histérica —repito.

—Eso pone aquí —dice señalando la denuncia.

—¿Así que es su palabra contra la mía?

—Eso es. No hay más testigos... —Me mira con compasión por encima de sus gafas de montura negra—. Retirará la denuncia si dejas los estudios.

Después se queda callado demasiado tiempo.

—Ya he redactado una declaración —dice entonces.

Me trago la injusticia de ser la que sale peor parada. ¿Qué puedo hacer al respecto? De todas formas no me creerían. Maldito Goldsmith.

—¿Dónde firmo?

El policía posa los dedos huesudos sobre las teclas de la máquina de escribir.

—¿Cómo te llamas, querida? —me pregunta.

Miro la máquina de escribir y trago. No me fío de mi voz, en realidad necesito carraspear, pero me niego a hacerlo.

—Willy... —Oigo decir a Robin—. Willy Wo...

—Brico —lo interrumpo—. Antonia Brico.

El agente empieza a escribir. Letra tras letra teclea mi nueva identidad en el papel.

ANTONIA

22

Alentada por Robin, una semana más tarde yo misma me siento ante una máquina de escribir. He acabado de mecanografiar la carta a la embajada estadounidense en Holanda. En ella explico quién soy y les pido que me faciliten la dirección de mi madre biológica. Firmo la carta con mi nuevo nombre.

A-n-t-o-n-i-a espacio B-r-i-c-o punto.

Alzo los ojos y veo que Robin no me pierde de vista. Está sentado al piano, pero ha dejado de tocar. El teatro está vacío y estos momentos son para mí los más preciados. El ambiente relajado que se respira aquí, la sensación de ser una gran familia. ¿Por qué no me basta con eso, por qué tengo que estropear las cosas?

Sobre la mesa está mi partida de nacimiento —expedida por la ciudad de Róterdam—, pero no pienso enviar el original. Tendrán que contentarse con los datos y la foto de carnet que me he hecho.

Miro el anuncio. «Bebé en adopción... Se aceptará la mejor oferta». ¿Qué madre hace algo así? ¿Quiero de verdad conocer a esa mujer? Lo dudo. ¿Debo hacerlo? Robin dice que cuando emprendes un nuevo camino no se puede saber de antemano lo que te encontrarás. Por supuesto, es una obviedad.

Pero ¿y si al final del camino me topo con lo obvio, es decir, que mi madre sigue sin querer saber nada de mí? Mi padre me lo dijo: «No te quería». ¿Tengo que romper la carta? ¿Olvidarme de todo? ¿Aceptar simplemente que no me quieren?

Alargo la mano hacia la hoja que está en la máquina de escribir, pero Robin se me adelanta y saca el papel de un tirón. No lo había oído acercarse.

—Ten —me dice dándome una partitura—. Una nueva vida debe tener una nueva música.

Rhapsody in Blue, pone en la portada. Y debajo: *An Experiment in Modern Music*: un experimento en música moderna. Una composición de George Gershwin.

—La compuso hace dos años —me dice Robin—, en solo algunas semanas. La inspiración le vino durante un viaje en tren. ¿Quieres saber cuántos años tenía?

No tengo ni idea.

—Veinticinco —me dice.

¡Veinticinco! Los cumpliré dentro de un año. En verano cumplí veinticuatro. Lo celebramos aquí. Por primera vez en mi vida tuve una fiesta de cumpleaños.

Abro la partitura. Me atrapa desde la primera nota poco ortodoxa.

—Interesante apertura para el clarinete —digo cuando veo el *glissando*.

—Exacto, tiene que tocarse con mucha fuerza, como un aullido —me dice Robin mientras, con gesto decidido, mete la carta y mi foto en un sobre que cierra.

Es como si no hablara de la música, sino de mi estado de ánimo. Como si quisiera decir: «Ahórrate la autocompasión, hay cosas peores en el mundo».

La maniobra de distracción de Robin funciona a la perfección, pues ahora solo puedo leer las notas. Mi mano dirige con suavidad. Poco después estoy sentada al piano. La música es tan diferente de lo que conozco que me provoca una descarga y siento que me invade una prisa enorme; la misma urgencia que transmite la música, de saltar a un tren en marcha, avanzar hacia delante y no parar.

Los pensamientos en mi cabeza van mucho más rápido que mis dedos en el piano. Aparto de mi mente a Goldsmith, que se ha librado de mí. Aparto a mis padres, que se han librado de mí. Y aparto a Frank, de quien me he librado.

Por la tarde, echo al buzón la carta para la embajada, y comprendo que esperar es detenerse.

FRANK

23

Junto a la puerta veo veinte rótulos. Ninguno de ellos lleva el nombre Wolters. Tal vez estuviera en uno de los lugares vacíos donde ahora solo se ven los orificios de los tornillos.

Hace ya un mes que la he perdido. Llamé a Mark para interrogarlo, pero solo me dijo que no sabía dónde estaba Willy. Sugirió que quizás estuviera enferma. Seguro que volvería cuando se sintiera mejor. Sin embargo, el decano me contó que había dejado la escuela de música.

Volví a acudir a Mark. A él también le asombraba que Willy hubiese abandonado de la noche a la mañana los estudios que tanto deseaba. Lo atribuyó a la inconstancia de las mujeres. Consideré en serio si esta podía ser una razón verosímil.

Espero fervientemente encontrármela sana y salva. Que esté contenta con la clase magistral que le he organizado con el famoso pianista Zygmunt Stoiovski. Es un buen amigo de su compatriota Paderewski, con quien he pasado mucho tiempo este último verano.

Stoiovski dedicará un fin de semana a dar clases a alumnos avanzados que tienen un diploma de una escuela de música. Era un requisito indispensable, pero le pedí que aceptara como favor que Willy pudiera asistir en calidad de oyente. Primero puso pegas, pero cuando le conté la anécdota de Willy sentada en una silla plegable en la parte delantera de la sala durante el concierto de Mengelberg, dijo que estaría encantado de dar la bienvenida a su clase magistral a alguien que admiraba tanto al maestro. Convenientemente, omití el hecho de que yo había despedido a Willy por ese motivo.

Este barrio ha conocido épocas mejores. No obstante, estoy seguro de que la dejé delante de esta entrada y esta puerta. Por la calle veo bajar a un niño flaco. Cuando abre la puerta exterior le pregunto si conoce a Willy Wolters.

—¿Quién?

Repito el nombre. Él se encoge de hombros.

—No la conozco —me dice sin mostrar interés.

Cuando ya se ha ido me percato de que es el pequeño pelirrojo que saltaba en el somier como si fuera una cama elástica. Lo sigo y veo que se dirige a un grupo de niños que admiran mi coche, aparcado en la calle. Puede que alguno conozca a la familia Wolters. Me acerco a ellos.

—Bonito coche, ¿no? —les digo.

—¿Qué quieres? —pregunta el más desvergonzado del grupo. Lleva la cabeza rapada, por lo que sus orejas de soplillo parecen aún más grandes de lo que son—. Métete en tus asuntos.

Saca pecho y se las da de gallito. Hay cosas que nunca cambian con los jóvenes.

—Ah, ya lo entiendo. Es una pena que no queráis ganar un dinerito —digo—. Buscaba a alguien que me lo cuidara.

Como era de esperar, se olvidan enseguida de sus principios.

—¿Por cuánto? —pregunta el de las orejas de soplillo.

Apuesto bajo, y los dejo disfrutar de la victoria en una buena negociación, cosa que hacen de inmediato. Aceptan un dólar con veinticinco, que equivale a veinticinco céntimos por cabeza. Por su reacción veo que les parece una fortuna. Como quien no quiere la cosa les pregunto si conocen a los Wolters. Están tan eufóricos sobre su suerte que olvidan que podríamos haber negociado también sobre esto.

—¿No es la Calderillera?

—¿La Calderillera? —pregunto sin comprender a qué se refieren.

—Sí, la que siempre lleva monedas en los bolsillos. Siempre se la oye venir de lejos —dice el de las orejas de soplillo mirando a sus camaradas. Todos asienten.

No tengo ni idea de a qué se refieren, pero el chico señala el siguiente edificio. Estoy a punto de decirles que no viven allí, pero decido probar suerte.

El muchacho me acompaña, servicial, y me indica el nombre en el rótulo junto a la puerta. Me da un vuelco el corazón. La he encontrado. El chico abre la puerta, señala la escalera y me dice que vive arriba.

—¿Qué planta? —le pregunto.

Se encoge de hombros.

—Arriba.

Dónde exactamente tendré que averiguarlo por mí mismo.

Subo la escalera corriendo y me detengo en cada rellano en busca del apartamento. Si no veo un rótulo con nombre, llamo a la puerta.

—Un piso más arriba —me dice una pequeña mujer con voz quebradiza cuando he llegado a la cuarta planta. Señala hacia arriba con un dedo encorvado por el reumatismo.

En ese último tramo subo los escalones de dos en dos. Debe de ser aquí. Llamo a la puerta con impaciencia. Una mujer corpulenta abre la puerta justo lo necesario y ni un centímetro más. Enseguida me llama la atención que no se parece en nada a Willy, pero oigo la calderilla que tintinea en su bolsillo.

—¿Señora Wolters? —pregunto para mayor seguridad.

—¿Sí? —me contesta ella con brusquedad.

Con solo esa palabra detecto el fuerte acento holandés. Me echa un rápido vistazo de pies a cabeza.

—Busco a Willy.

—Ya no vive aquí —dice empezando a cerrar la puerta.

Reprimo el impulso de bloquearla con el pie.

—¿Sabe dónde está? No la encuentro por ninguna parte.

—Si no la encuentra, es porque ella no quiere.

Y tras estas palabras me cierra la puerta en las narices.

ROBIN

24

Nueva York, 1927

Es maravilloso lo silencioso que se queda el mundo cuando lo cubre una gruesa capa de nieve. Los sonidos de la ciudad suenan apagados, como si les asustara este mundo nuevo y blanco.

Estoy fumando un cigarrillo con Dennis debajo del soportal y miro los gruesos copos de nieve que caen lentamente. Siento el frío que penetra a través de mi abrigo beis. Dennis se cuida algo mejor y se ha levantado el grueso cuello de piel del suyo.

La paz se acaba de golpe cuando se abre la puerta y las coristas salen corriendo, perseguidas por los músicos de la banda. Antonia es la última en salir. Al igual que las demás, se agacha para coger nieve fresca y en un abrir y cerrar de ojos empiezan a volar las bolas de nieve.

Dennis y yo sacudimos la cabeza ante tanto alboroto y las miramos como una pareja de viejecitos, apartándonos de vez en cuando para escapar de una bola de nieve que pasa rozando. Me gusta creerme intocable. Incluso en medio de esta fría violencia.

Pero no puedo esquivarlas todas. Paf, una me da de lleno en la cara. Cuando la nieve me cae de los ojos, a través de los cristales de hielo que se han posado sobre mis pestañas veo a Antonia acercarse corriendo.

—¡Venga, Robin! No seas mariquita, defiéndete —me desafía plantándose ante mí.

Tiene las mejillas sonrosadas y una expresión risueña en la mirada.

—Aguafiestas —me dice riéndose cuando se percata de que no pienso mover un dedo.

Dennis me sopla el humo del cigarrillo en la cara. Lo hace a menudo cuando está de mal humor.

—¿Es que no sabes que Robin tuvo un accidente?

—No, no lo sabía —dice Antonia mientras aparta la vista de él y me observa de una manera que no me gusta en absoluto.

Miro a Dennis a modo de advertencia, pero él decide obviarlo.

—Tiene dolor de espalda. Lleva un corsé... igual que yo —dice soltando una risita—. ¿Nunca lo has visto?

Antonia niega con la cabeza.

Dennis se inclina hacia mí con un gesto de complicidad:

—Olvidaba que lo llevas siempre con mucho secretismo.

Me entran ganas de estrangularlo. Pero por supuesto no lo hago. En lugar de eso, arrojo mi cigarrillo al suelo y me alejo por el callejón.

Voy camino a casa. La distancia no es grande, normalmente tardo diez minutos en recorrerla. Pero ahora que tengo que avanzar hundiendo los pies en la nieve tardo el doble. Eso me da tiempo para tranquilizarme, porque estoy furioso.

¿Cómo que secretismo? Lo que faltaba. ¿Por qué me habré inventado esa historia del accidente? No es en absoluto necesaria. Qué más da que explique o no que iba en bicicleta y que me atropelló un autobús escolar. Que me quedé paralizado en el suelo y todos los niños me rodearon. Unos cuantos no comprendieron la gravedad de mis lesiones y se echaron a reír.

Si alguien se empeña en saber más, también le hablo de mi larga rehabilitación, cuando tuve que aprender a caminar de nuevo. Por desgracia, mi espalda siempre hace de las suyas. Algunas personas no se ponen voluntariamente una jaula alrededor del cuerpo, sino que están obligadas a hacerlo. Nadie se para a pensarlo. Yo pertenezco a esa categoría. Tengo la suerte de que haya suficientes corsés del tipo que me ayuda a sobrevivir.

Entre las mujeres está de moda tener aspecto amuchachado, las llaman las *garçonnes*. Ofrecen una imagen andrógina, sin curvas, sin cintura y sin pecho. Esa moda es una consecuencia de la guerra, cuando las mujeres tuvieron que realizar el trabajo de los hombres que se marchaban al frente. Después de la contienda, la moda empezó a jugar con ese aspecto.

La industria de los corsés, que predicaba como máximo ideal de belleza femenina el estrechar la cintura y realzar el pecho de las mujeres, tuvo que adaptarse. Por supuesto con grandes ganancias, puesto que lo nuevo se vende. Y resulta que precisamente esos corsés son los adecuados en mi caso. Pero no hace falta que Miss Denise lo vaya pregonando por ahí. Que zurzan a esa perra. Y Antonia se ha equivocado de cabo a rabo. No soy un mariquita, sino la personificación del heroísmo.

Estoy desnudo en el cuarto de baño cuando percibo que se abre la puerta de mi apartamento. A través de las paredes oigo que Antonia me llama. ¿Me habrá seguido? Voy a fingir que no estoy en casa. De todas formas no puede entrar aquí. Este lugar es mi único puerto seguro, gracias a la cerradura.

Por su voz sé que avanza por el pasillo hacia el salón y que vuelve sobre sus pasos. Después, llama a la puerta del dormitorio.

—¿Robin?

Me quedo inmóvil. Pero por poco me da un infarto cuando se abre la puerta. ¿He olvidado cerrarla por dentro? Ella entra. Me imagino que echará un vistazo a mi dormitorio. He hecho la cama. En las paredes hay fotos mías. De mí como artista, rodeado de músicos de jazz. Nada de fotos antiguas. Hay carteles de nuestro teatro de variedades. Todo lo que me enorgullece.

Mientras me pongo el pantalón procurando hacer el menor ruido posible, me llega el sonido del papel al rasgarse. ¿Estará abriendo un sobre? No logro definirlo. Entonces se hace un largo silencio. Cuando creo que se ha ido, salgo del cuarto de baño en mangas de camisa. Pero ella sigue allí, dándome la espalda.

—¿Qué haces aquí? —pregunto con más dureza de lo que pretendía.

Ella se vuelve y posa en mí una mirada perdida, mientras sostiene una carta en alto.

—Es una carta de la embajada —me dice.

—¿Malas noticias?

Qué pregunta más tonta, basta con verla: tiene el rostro empapado de lágrimas.

—La han encontrado.

—¿No te alegras?

—No... porque está muerta.

Empieza a sollozar. Ver su tristeza me resulta insoportable. En busca de consuelo se pega a mí. Apoya la cabeza sobre mi pecho, en mi camisa. Nunca me ha visto sin chaqueta, que ahora está colgada de la silla al pie de mi cama. ¿Por qué soy tan patoso? «Porque ella debe de notar mi corsé».

Tras un ligero titubeo la estrecho con torpeza entre mis brazos. Así nos quedamos por unos instantes. Y mientras dura, soy tan egoísta como para deleitarme en el amor que siento por ella. Dios mío, si supiera.

Poco después apoya una mano en mi corsé y me mira.

—¿Te duele? —inquiere preocupada.

—Cada día —le digo en voz baja.

Y no miento.

ANTONIA

25

—*Can you tame wild wimmen?* —canta Miss Denise a pleno pulmón, mientras la acompaño al piano alegremente.

Dennis ha añadido un nuevo número cómico a su repertorio. La canción va de un artista de circo, capaz de enseñar todo tipo de trucos a fieras, al que un hombre le pregunta si puede domar a mujeres salvajes. Y acaba suplicándole que dome a su mujer. La gracia de la canción es que domar a las mujeres resulta ser lo más difícil de todo. Bueno, aquí no hay que tomárselo todo al pie de la letra.

Observo al público que hay en la sala mientras cavilo sobre mi próximo viaje a Holanda. Desde el momento en que me enteré de que mi madre había muerto, Robin empezó a insistir cada dos por tres en que fuera en busca de mis raíces. De vez en cuando me decía que en Holanda también había conservatorios. ¿No había pensado en eso?

Al principio me resistí, pero él ya había sembrado la semilla. Y resultó ser en tierra fértil, pues empecé a ahorrar como loca. Calculé lo que necesitaba exactamente para el viaje y unos meses de estancia en Holanda y empecé a guardar todo el dinero que ganaba en el club. Mi madrastra me había dado un buen ejemplo.

Sin embargo, también hay un lado malo. Estoy segura de que echaré muchísimo de menos a la gente. Sobre todo a Robin. A él parece traerle sin cuidado. (O quiere librarse de mí, que también podría ser). Hace dos semanas me arrastró a la oficina de la Holland America Line, donde compré el billete. Seguí su consejo de comprar solo un billete de ida para no atarme. Por el precio daba igual. La naviera transporta sobre todo a personas que se mudan a otro país, y esos solo van en una dirección. Ahora que falta poco, cuento los días.

> *You made a tiger stand and eat out of your hand.*
> *You made the hippo do the flippo, honest it was grand,*
> *but can you tame wild wimmen,*
> *so they'll always lead a sweet and simple life?*

De repente, entre el público veo una cara conocida. Estoy tan perpleja que dejo de tocar. Robin se ha dado cuenta enseguida y sigue mi mirada. Entre las piernas de las bailarinas que suben y bajan veo que Frank se acerca y se detiene porque me ha visto.

Me pongo a tocar de nuevo, pero noto el corazón a punto de salírseme del pecho. Empiezo a darle vueltas a la cabeza. ¿Qué hace aquí? ¿Qué pensará de mí? Todos los meses que no lo he visto parecen esfumarse. Su presencia me provoca un mayor impacto que antes.

—*Can you tame wild wimmen?* —canta Miss Denise—. *If you can please tame my wife!*

Es la frase final. Gracias a Dios que se ha acabado el número. Ahora puedo irme. Mientras el público aplaude y las bailarinas saludan, me levanto y me apresuro a ir a los camerinos que están detrás del escenario.

Me siento delante de un tocador con el único objetivo de tranquilizarme, pues retocarme el maquillaje es lo último en lo que pienso ahora. Por el espejo veo que Frank irrumpe en el camerino. He de admitir que no le falta valor. Este es terreno prohibido para el público, y así lo indica un gran letrero colocado en la entrada. Se acerca a mí, me mira en el espejo. En este lugar se ve reflejado por todos lados, seguro que eso mejorará aún más la imagen que tiene de sí mismo.

—¿Tienes idea de cuánto tiempo llevo buscándote? Habías desaparecido de la faz de la tierra, sin decir nada y ahora huyes de nuevo.

—En el intermedio siempre vamos al camerino —le digo.

Suena a débil excusa y lo es.

—No puedes apartar a la gente como si no te importara nadie —continúa de inmediato—. ¿Y por qué has dejado de ir al conservatorio?

—Eso podrías preguntárselo a Goldsmith —replico, mordaz.

—¿Crees que no lo he hecho?

—¿Y qué te ha dicho? —pregunto, sin poder evitar un retintín de sarcasmo.

Frank niega con la cabeza como si la conversación fuera en una dirección que no quiere. Exasperado, va y viene por el camerino. Me acuerdo a tiempo de que Goldsmith es amigo suyo. ¿Qué sentido tiene hacerlo quedar mal? De todas formas, el daño ya está hecho.

Robin entra en la estancia y nos mira en el espejo. Frank frena un poco.

—Te he encontrado, eso es lo que importa —dice con una mirada mucho más dulce—. ¿Cómo estás?

—Estoy bien. Dentro de poco me iré de viaje —contesto.

Veo la sombra de pánico que le cruza el rostro. «¿Será el mismo pánico que siento desde que entró?», me pregunto sin querer.

—¿Adónde?

—A Holanda.

—¿Cuándo te marchas?

—Dentro de una semana.

—No puedes irte.

Me mira con tanta intensidad que casi no me atrevo a devolverle la mirada.

—¿Por qué no?

—Porque no puedo estar sin ti.

Lo miro llena de incredulidad. Debo de haberlo entendido mal. Robin, como siempre el salvador, da un paso al frente.

—Antonia, empezamos ya.

Me levanto para seguirlo. Cuando paso, cabizbaja, por delante de Frank, él me agarra del brazo.

—¿Antonia? —pregunta.

—Es mi nombre.

—¿Así que la historia de la adopción era verdad?

Por primera vez lo miro directamente a los ojos y no a través de los estúpidos espejos.

—Sí, Frank, soy una bastarda.

Y acto seguido me separo de él.

ROBIN

26

«¡Qué distinto sería todo si las mujeres pudieran domar a los hombres!», pienso cuando ella le restriega por la cara que es una bastarda. Seguro que el niño rico no sabrá qué replicar a eso. Ella se suelta el brazo y sale conmigo del camerino. Esta historia tiene que acabar. Es lo mejor para todos, porque si de algo estoy convencido es de que, en esos círculos, un bastardo es una vergüenza. Esos creen que su sangre es especial y que no debe ensuciarse. Es el mundo al revés, pues si hay un lugar donde nacen bastardos es en la nobleza. Seguro que la dejará tirada.

Cojo mi contrabajo y justo cuando me dispongo a ocupar mi lugar entre los músicos veo que Frank sigue a Antonia entre bastidores. Justo antes de que ella suba al escenario, él la vuelve a agarrar del brazo. Ella se da media vuelta.

—¿Por qué haces esto? —le grita.

Entonces, él la atrae hacia sí y la besa.

Cuando entra en razón, la suelta. Los dos jadean. Espero que ella le dé una bofetada. Y con razón, porque él se ha propasado. Él la mira como si se arrepintiera pero aún la deseara apasionadamente. No logro saber qué piensa ella, hasta que le rodea el cuello con los brazos y lo besa ardientemente. La pasión es recíproca. No hay un sentimiento peor que este.

La última semana antes de su partida apenas la veo, pues ella dedica a Frank cada minuto de su tiempo libre. Y he de admitir que eso la hace feliz. En los ojos tiene un brillo soñador y una sonrisa permanente en los labios. Cuando cree que nadie la ve, silba, cosa que antes nunca hacía. Y no se percata en absoluto de que sufro. Por las bailarinas me entero de todo lo que hacen juntos, pues ellas también presenciaron el abrazo entre bastidores y se divierten cotilleando.

Frank la lleva a todas partes, a restaurantes, a parques, a museos, a su casa en las afueras de la ciudad. Ella llega por los pelos a tiempo al trabajo. Y yo vuelvo a ver su sonrisa, pero después se marcha de nuevo. Con él. Permanecen juntos hasta la madrugada. Entonces la oigo volver a casa en silencio y caminar de puntillas hasta su cuarto. Qué gracia, seguro que cree que estoy dormido.

Una vez, cuando llegó a casa, yo estaba sentado a oscuras en el sillón junto a la ventana. Había apagado la luz para contemplar la lluvia que caía a cántaros. Ella se detuvo junto a la mesa del comedor y se quedó mirando el tablero. La punta candente de mi cigarrillo delató mi presencia.

—Robin —dijo. Nada más.

Se sentó en una silla de madera. Yo ya me había acostumbrado a la oscuridad, así que me fijé en que Antonia estaba empapada y parecía estresada. No hablamos. ¿Qué podíamos decirnos? Creo que el silencio duró unos cinco minutos. Después, apagué el cigarrillo en el cenicero.

—Acabo de ver a mi padre... —dijo en tono grave—. Estaba trabajando bajo la lluvia... Barría toda esa basura de la calle. Maldita ciudad asquerosa.

Yo sabía mejor que nadie lo mucho que le encantaba Nueva York.

—¿Se lo presentaste a Frank? —le pregunté.

—No... Mi padre no me ha visto.

—Podrías haberte acercado.

—Sí... Podría haberlo hecho.

Le dolía haber renegado de su padre. Conozco ese sentimiento. Sé mejor que ella lo que significa renegar de algo. Llevo años renegando de mis orígenes.

Y sí, lo admito: tengo un padre y una madre. Tuve que distanciarme de ellos porque no podía confrontarlos con lo que hago. Mi madre era una sencilla ama de casa que horneaba galletas y se ocupaba del huerto, y todos los lunes hacía la colada que había puesto en remojo la víspera. A mi padre no le parecía necesario aliviar su tarea con una lavadora, ni con cualquier otra máquina. Así que ella lo hacía todo a mano, pero siempre con una sonrisa.

También se ocupaba de las gallinas y de los terneros que al poco de nacer eran separados de sus madres para poder vender la leche de la vaca. Mi madre consolaba a las crías que mugían llamando a su madre, como siempre consolaba a los que estaban tristes. Hasta que su propia tristeza fue demasiado grande. Hace una eternidad que no la veo, pero sospecho que sigue sin poder sonreír.

Mi padre era un agricultor que también tenía algo de

ganado. Salía siempre de casa antes del amanecer para or-
deñar las vacas. Después se subía al tractor para trabajar la
tierra, porque era indiscutible que él sí necesitaba esa máquina. A fin de cuentas había que arar, trillar, sembrar, re-
gar y cosechar.

Mi padre tenía el rostro curtido y los brazos morenos,
pero debajo de su mono azul, el resto de su piel era tan blanca como la leche de sus vacas. A las cinco de la tarde, volvía
a ordeñarlas y después se sentaba a la mesa donde mi madre
le servía la comida.

Mis viejos nunca se iban a ninguna parte, pues no se lo
permitían las vacas. Solo iban a la iglesia y ese era el punto
álgido de la semana. Supongo que todavía lo hacen, pero no
creo que recen por mí. No me importa, estoy acostumbrado
a quedar subordinado a mi hermano mayor, al que irán dirigidas todas sus oraciones.

Ray era para ellos el hijo ideal y para mí el hermano ideal.
Era el preferido de todos, no solo de mis padres, sino también de la gente del pueblo: de los feligreses, de sus profesores, de sus compañeros de clase y sobre todo de las niñas en
la escuela. Cuando lo mirabas, veías su futuro: el de alguien
que llegará muy lejos. Era alto, musculoso y apuesto, con
su pelo rubio y sus ojos azules, y cuando sonreía, cosa que
hacía a menudo, mostraba unos preciosos dientes blancos.

Aparte de su atractivo físico, era simpático y atento, y
—lo principal de todo— tocaba la guitarra como nadie. A
las chicas les encantan los chicos que tocan la guitarra.

Cuando descubrimos juntos la música de jazz, él cambió
su guitarra por un contrabajo y —después de mucho supli-
carle— me enseñó algunos acordes. Yo era igual de entusias-

ta que él, pero solo podía tocar su contrabajo cuando él no practicaba. Era lógico que estuviera mucho más avanzado y tocara mucho mejor que yo. Me consolaba pensar que lo superaba al piano, una herencia de mi abuela.

Ray era mi maravilloso, guapo y vital hermano al que todos admiraban. Me alegraba de poder estar a su sombra. Entonces estalló la Gran Guerra. Y resultó ser buena para la agricultura estadounidense. Para poder suplir la escasez de alimentos en los países aliados de ultramar, las empresas agrícolas trabajaban a toda máquina. Mi padre no quería perder esa oportunidad de ganar dinero y tenía grandes planes con Ray. Él debía hacerse cargo de la empresa y ampliarla.

Sin embargo, los buques de abastecimiento eran una presa fácil para los submarinos alemanes y muchos de los envíos de alimentos acabaron en el fondo del océano. La necesidad de que Estados Unidos participara en aquella maldita guerra se hacía cada vez más patente.

Aún veo los rostros de mis padres cuando su maravilloso hijo fue a decirles que había contemplado demasiado rato la mirada hipnótica del Tío Sam en el póster que colgaba en la oficina de correos de nuestro pueblo.

«Te necesito para el Ejército de los Estados Unidos», decía el Tío Sam, apuntando a Ray con el dedo. Mi hermano se había presentado en la oficina de reclutamiento más cercana.

Ray se fue y yo tuve todo el tiempo del mundo para practicar con su contrabajo y recuperar el tiempo perdido. Me imaginaba lo que diría cuando oyera mis progresos al volver de la guerra. A nuestro alrededor veíamos a muchas familias llorar cuando recibían la noticia de que sus hijos habían fallecido o habían resultado heridos en el campo de batalla.

En casa también teníamos miedo de que le sucediera algo a nuestro Ray. Pero en lo más profundo de mi ser, yo sabía que Ray era inmortal. Y estaba en lo cierto. Ray regresó, había vivido una experiencia infernal, pero estaba físicamente ileso, o al menos eso parecía.

Se sintió orgulloso de mí cuando escuchó lo mucho que había progresado con su contrabajo. Me abrazó y me hizo prometerle solemnemente que seguiría en el mundo de la música. Era lo que él también deseaba, aunque nuestro padre no paraba de decir que Ray debía encargarse de la empresa familiar.

Durante las primeras semanas tras su regreso, mientras Ray intentaba adaptarse, yo lo veía a menudo llevarse las manos a los oídos. Él parecía no ser consciente de ello, pero a mí me llamaba la atención. Antes nunca lo hacía. Le pregunté si le pasaba algo.

—De vez en cuando no oigo nada, solo un fuerte pitido —me contestó.

—¿Un fuerte pitido?

—En la cabeza.

—¿Por qué?

—Porque los disparos no cesaban nunca... y yo tenía que cargar los obuses.

—¿Los qué?

Ray me explicó que un obús era una especie de cañón que puede disparar con una curva y que a él le habían asignado la misión de encargarse de él.

Entonces me dirigió una mirada muy intensa. Detecté miedo en sus ojos.

—Robin, ¿qué haré si me quedo sordo?

—Seguro que no te quedas sordo —lo tranquilicé—. Lo oyes todo, ¿verdad?

Él apartó la vista y observó por la ventana a mi madre, que estaba trabajando en su huerto.

Un músico y su oído.

Debió de suceder unas semanas más tarde. Recuerdo aún la fecha exacta. Mi padre estaba en su tractor y daba marcha atrás. Le gritó a Ray que debía apartarse, pero Ray no lo oyó. Seguro que oyó el pitido, pero no pudimos preguntárselo nunca más, porque mi padre atropelló a su propio hijo. Mis padres no pudieron hacer frente a las terribles consecuencias. Y yo no pude soportar que ellos no supieran manejar la situación. Pero, por supuesto, la única víctima de verdad era Ray. Los accidentes suceden cuando menos te lo esperas.

Sigo viendo a Ray. Todos los domingos, cuando voy a visitarlo en la residencia donde pasa sus días como un vegetal. Él ni siquiera me reconoce, podría ser un extraño el que lo visita. Nos sentamos frente a frente, él en su silla de ruedas y yo en una silla normal. Las enfermeras me traen té y ayudan a Ray a beberse el suyo cuando se ha enfriado lo suficiente.

Si el tiempo lo permite, paseo con él por el jardín o, en raras ocasiones, salimos a la calle. A tomar algo de aire fresco. Él sigue teniendo buen aspecto, solo que la mirada se le ha apagado y a veces se le cae algo de saliva de la boca. Entonces se la seco con un pañuelo. Él no puede hacerlo, pues no tiene músculos. Después lo llevo de vuelta a su habitación.

Coloco la silla de ruedas de tal forma que quede de cara a la pared donde cuelga un cartel que compré especialmente para él cuando lo vi en una tienda.

Es un cartel parecido al de reclutamiento del Tío Sam, pero en su versión británica. Un hombre barrigón con sombrero alto, bastón y la bandera británica en la chaqueta te apunta con el dedo índice y te mira a los ojos como si te hablara directamente:

¿Quién está ausente? ¿Eres tú?

Me parece bien que Ray lo mire, aunque no lo entienda. Al viejo Ray le hubiese encantado mi hallazgo.

ANTONIA

27

Long Island – Nueva York

Me quedé destrozada al ver a mi padre ayer. Frank y yo volvíamos de la representación de *Castles in the Air* e íbamos camino a casa cuando se desató una tormenta de verano. Afortunadamente, Frank llevaba consigo un paraguas que nos permitió mantener seca la cabeza. Lo bajó varias veces para escondernos y besarme sin que nos viera la gente en la calle. Todo fue bien hasta que nos chocamos con un transeúnte malhumorado que nos lanzó una sarta de insultos. No nos afectó y seguimos nuestro camino riendo bajo la lluvia.

Durante todo este tiempo me llamaba la atención lo bien que podíamos reírnos juntos. En el corazón sentía una ligereza que me era desconocida y me gusta imaginarme que él sentía lo mismo. De haber sabido tanto de los hombres como de la música, no lo habría dudado.

Su forma de cortejarme hacía que me sintiera especial. Elegida por él. Además, teníamos prisa, puesto que solo nos quedaba una semana para estar juntos.

Y entonces lo vi. A mi padre. Con su uniforme blanco de basurero, totalmente empapado. Estaba con un compañero de trabajo barriendo la cuneta. Por si eso no fuera suficiente, los coches que pasaban por los charcos de barro lo mojaban aún más.

Se me cortó la respiración. No sabía lo que debía hacer. ¿Acaso no me había aferrado a sueños imposibles? ¿Mi historia con Frank no era tan ridícula como la de los actores que acabábamos de ver en el teatro?

Ni siquiera me percaté de que me había quedado parada y de que la lluvia me calaba, porque Frank había seguido avanzando. Enseguida dio media vuelta y regresó sobre sus pasos para protegerme con el paraguas. Lo cogí del brazo y me dejé llevar. Me preguntó por qué me había quedado parada y le di una excusa, ni siquiera recuerdo cuál. Cuando llegamos a casa de Robin, me besó y me susurró cosas dulces al oído, pero yo solo podía pensar en que no era un buen partido para él.

Ya ha pasado un día y no logro apartar esa idea de mi mente. Estoy sentada en el jardín de la casa de Frank y miro el mar. Vive en las afueras de la ciudad, en el entorno verde de Long Island. Me alegro de que no tenga las dimensiones gigantescas de su casa paterna, aunque aquí también me llama la atención la diferencia respecto al lugar de donde vengo yo.

Siento la cabeza como un metrónomo desbocado. Tic-tac, tic-tic-tac, tac-tac-tic. Mis ideas van y vienen. Por un lado, el péndulo me señala mi posible futuro con Frank y, por otro, marca justo lo contrario: mi imposible futuro con él. Mis sentimientos oscilan con tal violencia que no logro controlarlos. La semana pasada, «posible» ganó la batalla a «imposible». Mi enamoramiento era más fuerte. El amor inclinó la balanza.

Hasta que vi a mi padre y no me atreví a presentárselo a Frank. Robin había puesto el dedo en la llaga: me avergonzaba de mi padre. No obstante, Frank sabe desde hace tiempo que mi padre es basurero. ¿Qué importa? La respuesta era: mucho. Ahora resuena una vocecita en mi cabeza que me dice «imposible».

Frank cruza el césped y se acerca a mí. Alzo la cabeza y lo miro.

—¡Qué bonito es esto! —digo.

—Sí —me contesta él sentándose a mi lado en la hierba—, sobre todo desde que estás tú.

Durante un tiempo guardamos silencio y contemplamos el agua. Hace un día soleado, pero pienso que ambos somos conscientes de que, dentro de poco, las aguas del océano Atlántico nos separarán.

—Antonia, no quiero decirte adiós. Quiero estar contigo.

—Yo también —le contesto y nos miramos como si nuestro deseo fuera lo único que existe, y todo parece posible.

Entonces, él dice en voz alta lo que llevo pensando toda la semana.

—Olvídate del viaje y quédate.

No se me ocurre nada que decirle. Solo sé que quiero besarlo y no parar.

Todo empezó allí, en el césped de este hermoso lugar, y acaba en el cuarto de Frank, donde pasamos la noche entera en la cama. No dormimos. Lo que hacemos es nuevo para mí. Vivimos el amor en lo más profundo de nuestro ser, un amor cantado en la música, descrito en los poemas, pintado en los lienzos, esculpido en la piedra, para no olvidarlo nunca. Siento una conexión profunda entre mi espíritu y mi cuerpo, y también con él. Y percibo que él siente lo mismo. Como si nuestras almas abandonaran nuestros cuerpos para unirse y no volver a separarse nunca más. Nos fundimos el uno en el otro. No podemos hacer nada más porque... ¿qué pasará cuando la distancia entre nosotros sea demasiado grande? Él en América y yo en Europa. Es ahora o nunca.

Al día siguiente hago la maleta. Encima de todo coloco los restos de mis sueños: los libros, los recortes de periódicos y las fotos de Albert Schweitzer y Willem Mengelberg. Lo último que meto en la maleta es la solitaria tecla de mi destrozado piano. Por muy maltrecha que esté sigue siendo mi posesión más preciada.

Frank me acompaña en coche hasta el barco, pero por el camino nos topamos con un enorme caos. Teníamos tantas cosas en la cabeza que habíamos olvidado por completo que, precisamente el día de mi partida, la ciudad iba a celebrar un homenaje al aviador Charles Lindbergh.

Parece que nadie quiere perdérselo. Toda la ciudad ha salido para ver a este héroe que realizó en solitario el vuelo sin escalas desde Nueva York hasta París. Tardó treinta y tres horas en realizar la travesía en su avioneta. En barco tardaré diez días en cruzar el océano. Y eso que es un buque rápido, pues los hay que realizan la travesía en cuarenta días.

El tráfico avanza a paso de tortuga. Tengo miedo de perder el barco y propongo ir en metro. Al principio, Frank no quiere ni oír hablar de eso, pero cuando coge un atajo por la Séptima Avenida y acabamos estancados en pleno desfile, decide que será lo mejor. Una vez alcance el río, seguro que podré llegar al muelle donde está amarrado el barco de la Holland America Line.

Salgo deprisa del automóvil. Frank me ayuda con la maleta. Nos miramos. Tendremos que despedirnos aquí el uno del otro mientras cae sobre nosotros una lluvia de confeti desde los rascacielos. Entonces, Frank me coge por la cintura y me estrecha entre sus brazos. La gente está desbordante de alegría y aclama a su glorioso héroe Lindbergh, pero por un instante nos imaginamos que es a nosotros a quienes vitorean y saludan con sus banderines. Es una situación tan absurda que ambos nos echamos a reír a carcajadas cuando nos damos cuenta: es demasiado pronto para volar, demasiado tarde para zarpar, demasiado ajetreo para las despedidas y demasiada celebración para la tristeza.

Me tengo que ir. Cuando bajo hacia la boca de metro, vuelvo la vista una vez más. Veo a Frank de pie junto a su coche, me mira sonriente. Me da un vuelco el corazón y entonces él desaparece de mi vista.

Cuando el barco zarpa y pasamos delante de la Estatua de la Libertad, por fin logro respirar. Es increíble la forma en que un hombre como Frank se ha apoderado de golpe de mi corazón y de mi mente. Estar enamorada es una sensación deliciosa, pero dejas de pertenecerte a ti misma.

Me apoyo en la borda y contemplo el horizonte, donde se tocan los dos azules del cielo y del mar. Después de la interminable noche esperaba estar agotada, pero estoy muy despierta.

«Me voy a ver mundo».

Se me ocurre que ya crucé el océano siendo Willy, aunque no tengo ni idea de cómo se llamaba aquel barco. Ahora vuelvo a cruzarlo como Antonia en el *S.S. Rotterdam IV* y navego hacia el lugar de donde vengo. El buque de doscientos metros de eslora transporta a más de tres mil pasajeros. La mayoría de ellos viaja en tercera clase, como yo. Ocupamos la parte inferior, donde se encuentran los camarotes más baratos.

Contemplo el humo que expulsan las dos chimeneas amarillas. Un periódico sale volando y se queda atrapado entre mis piernas. El viento se esfuerza en llevárselo hasta el mar. Lo cojo y en la portada veo un artículo sobre el vuelo de Charles Lindbergh. Paso la mirada por sus hazañas, todas descritas en superlativos. Incluso le han puesto un apodo que apela a la imaginación: *El Águila Solitaria*.

Pero lo que más me impresiona es su edad. No sabía que este hombre ya legendario hubiese nacido el mismo año que yo. ¡Tan solo tiene veinticinco años! Yo los cumpliré dentro de dos semanas. Me apresuro a contener mis prisas.

ANTONIA

28

Ámsterdam

Llego a la ciudad de Ámsterdam el día de mi cumpleaños. El barco no atracó aquí, sino en el puerto de Róterdam, la ciudad donde nací y donde sería lógico iniciar mi búsqueda, pero tengo tantas ganas de ver el Concertgebouw, la sala de conciertos de Ámsterdam, que pensé que podría ser mi regalo de cumpleaños. Además, la carta de la embajada decía que mi madre era de Ámsterdam, así que tengo otra excusa para empezar aquí.

Después de llegar en tren a la Estación Central cojo un tranvía que me lleva por los famosos canales de la ciudad. Me causan tal sensación que me apeo antes de tiempo para poder realizar la ruta a pie y verlo todo despacio.

Me paseo por el Prinsengracht, donde me deleito con los edificios históricos a ambos lados del canal. Después de unos doscientos metros, veo a la derecha el Rijksmuseum, el museo donde al parecer cuelgan los cuadros de Rembrandt. Aquí se respira cultura por todas partes.

En el centro del museo hay un pasaje que atraviesa todo el edificio y que permite al tráfico pasar por debajo. Cuando atravieso el oscuro pórtico veo la luz del sol que me espera al otro lado. Allí, la calle se divide en dos ramales, a izquierda y derecha, y ante mí se extiende una enorme explanada de hierba. Al otro extremo entreveo el Concertgebouw. El corazón me empieza a palpitar más rápido, aunque también podría ser porque estoy cansada de llevar la maleta.

Descanso un poco y asimilo la imagen. Por desgracia, desde donde estoy solo veo la punta en triángulo de la fachada, lo demás queda escondido detrás de un ancho edificio que entorpece la vista.

Diez minutos más tarde, cuando paso delante de ese edificio, veo que se trata del club de patinaje de Ámsterdam. En las vitrinas hay fotos del aspecto que ofrece la plaza en invierno. Entonces se inunda la explanada de hierba y decenas de personas patinan sobre una pista de hielo de cuatrocientos metros, según indica la leyenda. Parece muy divertido, aunque jamás he patinado.

Pero es verano y ahora que ya no se interponen obstáculos mi atención se centra por completo en el Concertgebouw. El estilo del edificio recuerda al grecorromano de la antigüedad clásica, sobre todo por las seis columnas sobre las que descansa el tejado delantero.

Al lado del Concertgebouw hay un bar-restaurante. Me muero de sed y decido invitarme a un café. Poco después estoy sentada junto a la ventana con vistas a la entrada de artistas en el lateral del edificio. Por desgracia, solo puedo admirar la parte exterior, pero se me ocurre que si me quedo sentada aquí suficiente tiempo acabaré viendo a Mengelberg entrando o saliendo del Concertgebouw. El gran Mengelberg: ¡mi ídolo! ¡Aquí es donde vive y trabaja!

Sin darme cuenta acabo pensando en Frank y me asalta una oleada de añoranza. ¿Qué hago pensando en Mengelberg? Tengo que completar cuanto antes la misión que me ha traído hasta aquí para poder regresar a Estados Unidos.

Después de un rato, pago la consumición y salgo en busca de un lugar donde pasar la noche. En la calle, le pregunto a una mujer dónde podría encontrar un alojamiento barato. Me dice que debo evitar el barrio moderno que hay detrás del Concertgebouw, pues es demasiado caro. Me envía al Pijp, un barrio popular cerca de allí. Por suerte, hablo el idioma y puedo comunicarme con la gente de aquí. En ese barrio recorro las callejuelas.

Los edificios me recuerdan los bloques de viviendas de Nueva York, por lo que me siento en casa. De vez en cuando hay fábricas escondidas. En una de las calles, veo una gran tienda de pianos y por supuesto me detengo delante del escaparate. La tienda está bastante llena de pianos de cola y pianos verticales. Y entonces veo el letrero detrás de la ventana: SE BUSCA AFINADOR.

Estoy escribiendo una carta a Frank. ¿Qué le digo? ¿Que me alojo en un hotel muy bonito y que desde mi ventana tengo unas vistas preciosas? Miro a mi alrededor. Veo la cuerda que he tendido para secar mi ropa interior. En la pared, encima de la mesa de trabajo, cuelga un pequeño cuadro de un paisaje en el que está segando un granjero. Esas son las vistas que tengo desde mi catre. Por lo demás, el taller de restauración está sembrado de piezas de piano. Para mí un *valhalla*. Estoy contentísima de que el propietario de la tienda de pianos me permitiera dormir aquí. Así me ahorro el gasto en hotel, y al mismo tiempo gano un dinero, aunque no es mucho.

Frank insistió en que me instalara en un buen hotel. Incluso quería darme dinero para ello, igual que para una travesía en primera clase. Pero no acepté. Le dije que había ahorrado lo suficiente, lo cual era más o menos cierto, pero el verdadero motivo es que no quiero ser de ningún modo una aprovechada. No quiero ni imaginarme que pueda pensar que voy detrás de su dinero. Además, creo que también hay que tener en cuenta lo práctico. Y... ¿puede haber algo más práctico que estar rodeada de pianos con los que practicar? Por si al final decido seguir estudios de música en Holanda.

Siento un escalofrío. ¿No había aparcado ese plan? Aún no lo he hablado con Frank. No tenía tiempo para eso, y sigo sin tenerlo, me digo. Fui a visitar el conservatorio, que no está lejos de aquí, pero eso no significa nada. Solo lo hice para comprobar si allí daban clases de dirección, ¿qué hay de malo? El decano me miró como si fuera un bicho raro.

—La dirección de orquesta se aprende solo con la práctica —me soltó despectivamente con sus carnosos labios.

En cualquier caso, le escribiré a Frank para decirle que estoy averiguando dónde está enterrada mi madre y si tengo más familia. Ya he comprobado que el apellido Brico es poco frecuente aquí. Mi jefe me pidió que fuera a recoger un paquete en la oficina de correos y allí busqué el apellido Brico en la guía telefónica de Ámsterdam. ¡Aparecía una única vez! Enseguida anoté la dirección, en la calle Kalverstraat.

Al principio no sabía cómo abordarlo. ¿Debía llamar a ese número de teléfono? En tal caso podría hacerlo desde una de las muchas cabinas que había en la oficina de correos. También podía llamar desde la tienda, una noche cualquiera. O quizá fuera mejor no usar el teléfono e ir directamente a la casa. Es más difícil cerrarle la puerta a alguien que colgar el auricular. Además, me dijeron que la dirección quedaba a tiro de piedra de la oficina de correos. Pensé que debía correr el riesgo. Estaba segura de que de lo contrario seguiría dándole vueltas y que al final me faltaría el valor.

Después de un paseo de cinco minutos llegué a mi destino en una calle larga y estrecha con tiendas en los bajos y viviendas en las plantas superiores. Tardé un poco en atreverme a llamar y después estuve esperando una eternidad —por poco exploto de los nervios—, pero no abrieron. Menos mal, porque mi jefe esperaba impaciente a que volviera con su paquete.

Ahora, todas las noches voy hasta el teléfono que hay en la tienda y marco el número que ya me sé de memoria. Mientras lo hago, tiemblo como una hoja y, en cierto sentido, confío en que no contesten. A fin de cuentas, ¿qué voy a decirles? ¿No me dijo mi padre adoptivo que mi familia había repudiado a mi madre? Sin embargo, cuando cuelgo, siempre me siento decepcionada. Nunca están en casa.

Exhalo un profundo suspiro. Me gustaría tanto causarle una buena impresión a Frank. ¿Qué más puedo contarle sin que la historia le resulte demasiado triste? Difícilmente puedo decirle que aquí me es fácil practicar con el piano porque de todas formas nadie me oye y tengo toda la noche para hacerlo.

Tampoco le explicaré que toco siempre *Romanza para piano y violín* de Dvořák, pero sin violín. Se ha convertido en la melodía de mi vida, porque su música me permite soñar despierta sobre nuestro amor.

Tampoco quiero decirle que duermo aferrada a la tecla de mi piano, porque tengo miedo de perderla entre los trastos del abarrotado taller de restauración.

Y no diré ni una palabra de que en los ratos libres voy al café que hay frente a la salida de artistas del auditorio, con la esperanza de vislumbrar a Mengelberg. Eso suena muy triste.

Aunque en una ocasión tuve la suerte de que Mengelberg cruzara la calle con otros hombres para almorzar en ese café. Cuando estaba casi a mi altura, me levanté esbozando mi sonrisa estadounidense lista para abordarlo, pero él pasó de largo sin verme.

FRANK

29

Long Island

Estoy trabajando en el escritorio de mi despacho cuando mi madre entra con el correo. Mira los remitentes uno por uno, una mala costumbre que no abandona. Se fija sobre todo en la última carta del montón, que me entrega separada del resto.

—¿Quién es esta mujer? —me pregunta con curiosidad.

Leo el nombre del remitente y mi corazón enamorado da un brinco. Sin duda no podré seguir escondiéndoselo a mi madre, así que pongo todas las cartas sobre la mesa.

—La conoces, es... Willy.

—¿Utiliza un nombre artístico? —quiere saber.

Pero yo he abierto la carta de Antonia y me absorbe su contenido, que empiezo a leer con una sonrisa.

Queridísimo Frank: me alojo en un hotel encantador, en una habitación con vistas preciosas. No temas perderme por la música. Aquí no hay nada que escuchar y no tengo dinero para ir a un concierto. No me importa. Ahora te tengo a ti. Me encanta Ámsterdam. Exploro todas sus calles y callejones. ¿En busca de qué? No lo sé. No conozco a nadie. Mientras tanto, intento reunir el valor para averiguar de dónde vengo...

—Frank, te he hecho una pregunta.

Mi madre me estorba como un mosquito molesto que zumba junto a mi oído. Me había olvidado por completo de ella.

—¿Ahora utiliza un nombre artístico? —pregunta con impaciencia. Si no fuera porque tiene tantos modales, patalearía.

En el pasado tuve grandes enfrentamientos con mi madre. Sobre todo cuando se enteró de que iría al frente a luchar contra los alemanes. En sus ojos se leía el terror, y ahora, muchos años más tarde, comprendo que no puedo reprochárselo. Soy su único hijo y sospecho que la noticia de mi marcha equivalía más o menos a recibir una notificación de mi muerte.

No dejó piedra por mover para conseguir que me trasladaran a la retaguardia, una posición que consideraba mucho más segura. Yo me opuse, pero un buen día me comunicó que, gracias a mis estudios de medicina, había conseguido que me aceptaran en la Cruz Roja. A ella le traía sin cuidado que yo no hubiese completado ni de lejos esos estudios. Aquello provocó una enorme pelea, y mi madre acabó llorando.

—¿Es que no lo entiendes? —dijo entre sollozos—. Quiero que sigas con vida.

Al final acepté y ahora me doy cuenta de que seguramente su instinto maternal me salvó la vida. Sin embargo, nunca se lo he dicho. Aquella guerra era demasiado asquerosa para hablar de ella.

Dejo un momento la carta y le explico de la forma más breve posible que la historia de la adopción de Antonia era cierta. Mi madre juguetea con el largo collar de perlas que cuelga sobre su vestido rosa. Me sorprende que no pontifique sobre la cuestión. Siempre es la primera en hacer comentarios en lo que respecta a las mujeres que me interesan. Me propongo no dejar que nada se interponga entre Antonia y yo, y menos mi madre. Me levanto y salgo al jardín. Devoro con los ojos el resto de la carta de Antonia y siento una sonrisa deslizarse por mi cara.

Una semana más tarde, mi madre me invita a cenar a su casa. Consulto mi agenda y veo que tengo una cita. Pero ella insiste hasta que le prometo solemnemente que la aplazaré.

Me pongo el esmoquin y le pido a Shing que me lleve. Durante todo el trayecto, no dejo de pensar en Antonia. No había estado nunca tan enamorado.

Esa noche, mi madre ha invitado a cenar a un grupo selecto. Normalmente se puede confiar plenamente en ella en lo que respecta a la disposición de los comensales, pero en esa ocasión veo con gran disgusto que me ha puesto al lado de Emma.

ANTONIA
30

Ámsterdam – Nimega

De tanto remover con la cucharilla, casi desgasto el fondo de
la taza de café cuyo contenido me acabé hace media hora. El
bar-restaurante está muy concurrido y yo llevo ya un buen
rato ocupando una mesita con la misma taza. Veo que los camareros me miran; ya me han preguntado tres veces si quiero algo más. Les he dicho que espero a alguien. Ni siquiera es
una mentira. Desde una distancia, espío a Mengelberg, que
está almorzando con unos hombres, y espero a que se levante.

Sobre la mesita tengo papel de carta en el que solo he escrito una frase: que dentro de poco iré al convento donde se
encuentra la tumba de mi madre. Hace unos días me enteré
de que estaba enterrada en Nimega.

Cuando estoy a punto de escribirle a Frank para contarle cómo he conseguido averiguarlo, veo que Mengelberg se
aparta por fin de la mesita y se dirige a la salida. Suelto la
pluma y me levanto de un salto.

—¿Señor Mengelberg? ¿Me reconoce? —le pregunto poniéndome delante de él e impidiéndole seguir avanzando—.
Soy Antonia Brico.

Soy consciente de que ese nombre no le sonará de nada, pero pienso que de todas formas habrá olvidado cómo me llamaba antes.

Le doy la mano. Él tarda un poco en ubicarme.

—¿Cómo podría olvidarte? —me dice.

—Esperaba que dijera eso, pues quiero pedirle un favor. ¿Quiere darme clases de dirección?

Se queda boquiabierto.

—¿Clases de dirección?

—Para que pueda aprender.

—Me pides mucho.

Me percato de que intenta ganar tiempo. Así que tendré que lanzarme.

—Entiendo que está usted muy ocupado, pero no sé por dónde empezar. He pensado... —y me juego mi última carta—, que como conoce a Frank Thomsen... y como soy amiga suya... esperaba que...

—¿Puedo pensármelo?

—Por supuesto —digo sonriendo amablemente.

Acto seguido, él se apresura a marcharse, lo cual no resulta muy esperanzador. Pago mi café y veo que los camareros sienten alivio al ver que por fin me largo. Está claro: aquí todos prefieren perderme de vista.

Unos días más tarde, avanzo con un ramo de flores junto a las interminables rejas que separan el convento católico del mundo exterior. Busco la puerta. Cuando veo una campanilla a lo lejos, sé que casi he llegado.

Tiro de la cadena y oigo sonar la campana. Una monja

mayor con el rostro lleno de arrugas se acerca a la puerta. No tiene ninguna prisa y cuando está justo delante de mí, no hace ademán de ir a abrir la puerta.

—El Señor esté contigo. ¿Por qué has venido? —me pregunta entre dientes, intentando tal vez ocultar una mala dentadura.

—Yo, eh...

¿Cómo se pregunta algo así? Sostengo el ramo de flores en alto.

—Quiero visitar una tumba.

—¿De quién?

—De mi madre, Agnes Brico.

La monja me observa con atención. ¿Conocería a mi madre? Lleva ya dieciocho años muerta. Por otra parte: ¿acaso las monjas no se quedan eternamente en un convento? Entonces bien podría haberla conocido. Decido no preguntárselo todavía y esperar a ver lo que pasa.

De repente, saca un gran llavero de debajo de su vestido de monja, prenda que seguramente tendrá un nombre que yo desconozco. Abre la puerta que chirría aparatosamente, como si quisiera señalar que aquí no entra ni sale nadie.

A las monjas les gusta resguardarse de la lluvia, pienso, mientras la sigo bajo una larga galería abovedada que se apoya en columnas y conecta con el jardín. Me imagino que nos dirigimos al cementerio, puesto que la monja no dice ni una palabra.

A lo lejos, veo más monjas. Parecen llevar el rostro vendado con tiras blancas y la parte interior de sus cofias también es de tela blanca, a diferencia de la parte exterior negra y almidonada que les tapa parte de la vista. ¿Se lavarán el pelo? ¿Y qué llevarán debajo del hábito? ¿Solo la ropa interior? ¿O combinaciones? ¿Se ponen sujetador? ¿Y dónde lo compran? Al fin y al cabo, no pueden salir de aquí.

Acto seguido empiezo a preguntarme qué hacen durante todo el santo día en su encierro voluntario y llego a la conclusión de que realmente no tengo ni idea.

Después de avanzar por un pequeño campo con decenas de cruces idénticas, que sospecho pertenecen a las monjas que son enterradas anónimamente, llegamos a lo que parece un cementerio más mundano.

La monja me indica una tumba bien cuidada, con flores junto a una lápida sobre la que leo una sencilla inscripción: AQUÍ DESCANSA AGNES BRICO. 1880-1909.

Conmovida, me agacho para depositar las flores sobre la tumba. Nunca estaré más cerca de mi madre. Me seco una lágrima que me resbala por la mejilla y me pongo en pie. Después de un rato, me llama la atención que la tumba está rodeada de otras cubiertas por las malas hierbas. Señalo la de mi madre y pregunto:

—¿Quién la cuida tan bien?

—Sor Louigiana. La hermana de tu madre —me contesta la monja.

Me sorprende mucho saber que tengo familia aquí.

—¿Dónde está? ¿Puedo hablar con ella?

La monja aprieta más los labios.

—No puede ser. Ha hecho voto de silencio.

—¿Puedo verla?

—No.

—¿Por qué no?

—Los caminos de Dios son inescrutables.

No lo dudo, pero no tengo por qué contentarme con eso.

—¿Puedo hablar con su jefe?

Me mira desdeñosa.

—¿Con la madre superiora? —pregunta.

—Sí, con esa.

Veo que la monja titubea.

—Por favor. Lo siento. No sé cómo se llaman ustedes.

—¿No has tenido una educación religiosa?

Guardo un prudente silencio. No creo que le apetezca saber nada sobre la sesiones de espiritismo de mi madrastra.

Poco después, la monja me lleva a un claustro. Creo que vamos a ver a la madre superiora, pero me equivoco. Con su llavero, la monja abre una celda en la que una hermana reza con los ojos cerrados delante de un crucifijo.

—Diez minutos, en absoluto silencio.

Entro. Una reja me separa de sor Louigiana, que se vuelve y me mira con el espanto de quien ha visto un fantasma.

—Agnes —exclama con una voz ronca que hace tiempo que no ha usado. Se santigua.

La monja con las llaves alza los ojos al cielo.

—Dios mío, perdónala —dice en voz alta, pero yo no le hago caso.

No puedo apartar los ojos de la hermana arrodillada. Observo su rostro con sumo detenimiento, diciéndome que es mi tía, el primer pariente de sangre que veo desde que tengo conciencia. Me doy cuenta de que debo de parecerme mucho a mi madre, si me ha confundido con ella.

—Soy su hija... Antonia —le digo.

La monja nos deja a solas, pero oigo que cierra la puerta con llave. «Apenas llevo unos segundos dentro y ya me encierran».

Sor Louigiana escribe con una tiza sobre una pequeña pizarra y luego me lo muestra: *¿Dónde estabas?*

—En Estados Unidos —le digo.

Luego escribe frenéticamente y me muestra: *¡Habías desaparecido!*

Doy un paso al frente y agarro las rejas con las manos.

—¿Me buscó? —pregunto.

Sor Louigiana empieza a rezar para sus adentros. Con gesto nervioso, va pasando entre los dedos las cuentas de su rosario.

—¿Sabe quizá cómo se conocieron mis padres? —pregunto.

Sor Louigiana sigue rezando, imperturbable.

—Entiendo que deba guardar silencio, pero de todas formas ya ha roto el voto —le digo.

Ella me ignora. Echo un vistazo a la celda. Me rebela ver esta vida de reclusión.

—¿Por qué me vendió? Es lo que quiero saber.

Sor Louigiana sigue rezando a Dios. Está a apenas tres metros de mí, pero la distancia parece insalvable.

—Quizá pueda rogarle a Dios que alguien responda a mis preguntas.

Ahora la cruz que cuelga de su rosario también queda silenciada entre sus puños cerrados. Aquí nadie puede respirar. Comprendo que es inútil interponerme entre ella y Dios, y llego a una conclusión: «Guardar silencio sobre algo es mentir».

Me dirijo hacia la puerta y empiezo a aporrearla, pese a que todavía no han acabado los diez minutos. Después oigo detrás de mí a sor Louigiana, que habla en voz baja:

—Nunca quiso abandonarte. ¿Sabes cuáles fueron sus últimas palabras antes de morir? «Por el amor de Dios, encuentra a Antonia».

ANTONIA

31

Nimega

Me olvido del tiempo. No sé cuánto llevo dentro cuando la monja viene a buscarme. Dijo diez minutos. Sor Louigiana insiste en darme algo. La monja de las llaves protesta, pero deja bien claro que piensa hacerlo, porque he venido especialmente desde Estados Unidos. Por primera vez reconozco algo de mí en ella.

Me lleva a su aposento, que se encuentra en un laberinto de decenas de celdas de madera, levantadas dentro de una enorme sala del convento. Los tabiques de madera tienen apenas dos metros de altura.

Dentro de cada celda de madera, de dos por tres metros, hay una cama, un armario estrecho y alto, una silla de madera y un orinal de esmalte blanco en el suelo. Sobre la cabecera de la cama cuelga un crucifijo.

Estas celdas deben de ser muy ruidosas. Si alguna tiene que orinar, seguro que las demás monjas la oyen. ¿Qué hacen cuando deben defecar? ¿O cuando tienen la menstruación? ¿Qué hacen cuando el orinal está lleno? Seguro que también huelen el contenido de todos esos orinales. No veo una tapa por ningún sitio. ¿Cómo pueden vivir de manera tan espartana? Todas esas preguntas se agolpan en mi cabeza.

—¿Mi madre también vivió aquí? —es la única pregunta que me atrevo a formular en voz alta.

—Sí, dormía donde duermo yo ahora.

Se me rompe el corazón.

—Pero no quería ser monja. No podía confesarse. No se arrepentía de haberte tenido.

Sor Louigiana abre el armario y de una cajita de metal saca un fajo de cartas que me entrega.

—Son de tu madre —me dice.

Después me lleva a la iglesia, donde la monja con las llaves me espera como un carcelero.

—Seguramente querrás rezar —es lo último que me dice sor Louigiana.

Asiento en silencio, pues se me ha hecho un nudo en la garganta. Aunque las cartas en el bolso me queman, no me veo capaz de emprender de inmediato el viaje de vuelta a Ámsterdam, después de todo lo que he oído.

La carcelera me franquea el paso. No se le ponen trabas a quien quiere rezar. Atravieso la iglesia, cuyas columnas, bóvedas y vidrieras le otorgan un aspecto majestuoso. La casa del Señor, me decían siempre. Tiene muchas.

Me vuelvo y veo a la carcelera inmóvil junto a la entrada. ¿Creerá que ha ganado un alma? Ese parece ser el objetivo de la Iglesia. Si pensaba que iba a sentarme en uno de los bancos, está muy equivocada. Soy demasiado inquieta para eso.

Mi madre Agnes era la mayor de ocho hermanos y apenas tenía veinte años cuando su madre falleció a causa de una peritonitis. Destrozado por la repentina pérdida, su padre la hizo asumir el papel de madre de sus hermanos pequeños. A mi abuelo (que, en efecto, vive en la dirección a la que he llamado en vano, pero que ahora está ingresado en un sanatorio aquejado de tuberculosis) no le quedaba otra alternativa. El más pequeño de sus hijos tenía un año y medio, y él debía seguir trabajando para alimentarlos a todos. Según sor Louigiana, Agnes se tomó esa tarea en serio. Tenía un carácter alegre y todos los niños la adoraban. Pero también era una mujer joven y se enamoró de mi padre biológico.

Se conocieron en Nochebuena, durante la misa del gallo. Mi padre formaba parte de un grupo de músicos de Amberes que actuaba allí. Agnes no podía quitarle los ojos de encima. Se le acercó decidida a conocerlo. Se llamaba Robbers.

En los meses siguientes, Agnes lo dejaba entrar de día a escondidas en la casa. Sor Louigiana recordaba que cantaban con él. Él se sentaba al piano. Agnes les suplicaba a los pequeños que no le dijeran nada a su padre. Pero este acabó enterándose y le prohibió a Agnes que volviera a verlo en cuanto averiguó que Robbers era un seductor y que tenía reputación de mujeriego.

Sin embargo, Agnes estaba tan enamorada que huyó con él a Amberes. Su padre la fue a buscar al día siguiente. Pero era demasiado tarde... Agnes estaba embarazada. Sor Louigiana me dijo que debido a «lo delicado del caso», la enviaron a una casa para muchachas deshonradas en Róterdam. Allí dio a luz sola, mientras estaba al cuidado de las monjas. Mi padre biológico no volvió a preocuparse nunca más de mi madre.

Deambulo delante de las velas encendidas aquí y allí, ante imágenes de personas que no me dicen nada. «Me atrae la luz», pienso involuntariamente cuando me detengo ante un nicho donde un grupo de monjas arrodilladas en reclinatorios rezan delante de la imagen de la Virgen. También aquí estoy separada por rejas de las monjas.

Pienso en mi madre, en cómo debía hacer penitencia aquí por el pecado de parirme. Entonces tendría más o menos la misma edad que yo. De pronto, me echo a llorar; el llanto brota como un espasmo y es imparable. Sacudo los hombros sin control y dejo que las lágrimas fluyan.

Solo me calmo cuando oigo la música celestial de Bach. Es la pieza para órgano BWV 731, *Amado Jesús, aquí estamos.* Hipnotizada por la música, vuelvo la cabeza y veo un magnífico órgano. Como atraída por un imán avanzo por la nave central de la iglesia hacia la escalera que da acceso al órgano. Recuerdo cuando tenía cinco años y subí la escalera prohibida, peldaño tras peldaño. Ahora necesito tantísimo la magia de la música. «Bach era un compositor que hablaba la lengua de Dios», me dijo Frank.

En aquella ocasión lo primero que vi fueron los pies en los pedales, después las manos sobre el teclado y finalmente el impresionante rostro de Albert Schweitzer, que parecía tocar solo para mí. Pero hoy, cuando llego al nicho donde debería estar el organista, veo que el sitio está vacío. La música que oía estaba en mi cabeza.

ANTONIA

32

Ámsterdam

He tenido suerte de haber podido colarme sin que me vieran. Aún sé con exactitud cuál es el momento adecuado en que las acomodadoras están demasiado ocupadas controlando las entradas y no se percatan de que no formo parte del grupo al que sigo. El truco consiste en desviarse en el momento oportuno.

Tengo que hablar con Mengelberg. Está dirigiendo un concierto, pero yo no soy una espectadora. Las entradas se han agotado. Por ello espero sentada en el pasillo superior del Concertgebouw, detrás del escenario. Como si fuera una acomodadora.

Oigo la música del tercer movimiento de la Tercera Sinfonía de Mahler a través de las puertas cerradas de la sala. «Lo que me dicen los animales del bosque», leo en uno de los programas que he cogido del suelo. Un poco más allá, un solitario corneta de posta espera, tenso, a poder intervenir. Después, la puerta se abrirá para él. La gente en la sala oirá la melodía de lejos, justo como quería Mahler de esta orquesta entre bastidores. Pero gracias a mi posición en el pasillo, tengo el privilegio de oír de cerca su solo.

Para el compositor, esta corneta anunciaba la irrupción del hombre en la naturaleza. Para mí, la corneta de posta representa la llegada del cartero que trae cartas lejanas con buenas o malas noticias. Pienso en las cartas de mi madre que he leído hoy en el tren mientras volvía del convento y le cambio el nombre a este movimiento: «Lo que me dicen las cartas de mi madre».

Sus cartas iban dirigidas a Cato Brico, como se llamaba sor Louigiana antes de hacer los votos. Su escritura me conmovió porque se parece mucho a la mía.

Antes de nacer yo, mi madre se quejaba desesperadamente de la falta de dinero y de las monjas que insistían en que debía comprar cosas para el bebé. Lloraba mucho y no sabía a quién recurrir. Las cartas que le escribía a su indignado padre quedaban sin respuesta.

Durante el parto, tuvo una complicación que le provocó fuertes hemorragias durante años. No entiendo de partos ni de todo lo que puede salir mal. Mi madrastra nunca hablaba de esas cosas. ¿Por qué iba a hacerlo si nunca había parido? ¿Lamentaría no haber tenido hijos propios? No quiero pensar en mi madrastra.

En cualquier caso, mi madre tuvo que dejar a las monjas y la trasladaron conmigo a una residencia protestante, donde debía defender continuamente su fe católica. Seguía sin tener dinero y confeccionaba mi ropita de bebé con sus propios vestidos. Su situación era tan desesperada que confiaba en morir pronto, pues no veía futuro ni para ella ni para mí.

Sin embargo, la dirección protestante no vio ningún motivo para apiadarse de ella y echó a mi madre en cuanto dejó de amamantarme. Yo podía quedarme un poco más.

Mi madre encontró empleo de criada, con el que recibía alojamiento y comida, además de un pequeño salario. La gente para la que trabajaba la reclamaba día y noche, por lo que no tenía tiempo de verme. Eso la hacía muy infeliz. Mientras tanto, me habían trasladado a un orfanato protestante. Por lo visto, llevaba tanto retraso en mi desarrollo que a los dos años ni siquiera era capaz de caminar debidamente. Mi madre estaba furiosa. Reprochaba al orfanato que me ataran a los barrotes de la cama para que no los molestara.

Por enésima vez, mi madre se encontraba en un callejón sin salida. Escribió a Cato para contarle que no veía más alternativa que renunciar a mí y que había puesto un anuncio en un periódico. Después, me «compraron» los Wolters, que afirmaban ser protestantes (si lo eran, lo disimulaban muy bien) y que no podían tener hijos.

La tristeza entumeció a mi madre, que se refugió en el convento. Su propia Iglesia católica le dijo que si dejaba que me educaran en la religión protestante, la «excomulgarían» (tuve que buscar la palabra en el diccionario del propietario de la tienda de pianos).

Repudiada...

Observo al corneta de posta, el músico excluido pero esencial para la composición. Él también importa.

Dos empleados de la orquesta abren la doble puerta del escenario y el corneta empieza a tocar desde su posición elevada en el pasillo. Una melodía tan hermosa y melancólica que me conmueve profundamente.

Así lo había ideado el pionero Mahler, como impulsado por una fuerza mayor. Su filosofía era que «no somos más que un instrumento del universo».

¿Es eso cierto? ¿No tenemos nada que decir sobre nuestro destino?

La monja me ha preguntado hoy si había recibido una educación religiosa. La respuesta rebelde ruge en mi interior: «Sí, la música es mi religión».

Tras una pausa y *Lo que me dice el hombre, Lo que me dicen los ángeles* y *Lo que me dice el amor,* Mengelberg sale por fin por la puerta. El sudor le corre por la frente cuando entra en el pasillo. (Los directores de orquesta consideran que esta larga y complicada sinfonía es una prueba de maestría, he oído decir a un espectador durante el descanso).

Debo tener paciencia, puesto que el maestro Mengelberg tendrá que regresar varias veces para recibir la ovación que le dedica el público. Cuando por fin cesan los aplausos y él hace su salida definitiva, lo abordo.

—¿Qué haces aquí? —me pregunta.

Voy directa al grano:

—¿Lo ha pensado ya?

Él no para de secarse la frente con un pañuelo blanco, como si no supiera cómo librarse de mí.

—Vuelve a casa —dice, mirándome por fin.

—No tengo casa.

—A Estados Unidos.

Me apoyo en la otra pierna y digo algo que me asombra incluso a mí:

—No lo entiende. La música lo es todo para mí. No puedo rendirme. Prefiero morir en el intento a no hacer nada.

Mi súplica surte efecto y él cede.

ANTONIA

33

Hamburgo

Dos días más tarde estoy sentada en el tren rumbo a Alemania. Miro fijamente mi reflejo en la ventana. Escucho el ruido del tren. Las ruedas de hierro sobre las vías tienen prisa. Y a mí, ¿qué me impulsa? ¿No es ridículo que esté de camino sin saber hacia dónde?

Intento no pensar en lo que le parecerá todo esto a Frank. Me he visto obligada a hacer horas extra en la tienda de pianos y por ello aún no he tenido tiempo de escribirle. Es una pésima excusa, claro; simplemente no me atrevía a hacerlo.

Mengelberg me tenía preparada una sorpresa. Yo esperaba que pudiera darme clases de dirección, pero él tenía pensada otra cosa. Durante cuatro años había colaborado con Karl Muck, un famoso director alemán. Yo no conocía su nombre, pero si lo decía Mengelberg...

Me explicó toda su trayectoria, como si él mismo quisiera convencerse de que aquel hombre era un genio. Y me entregó un sobre con una carta de recomendación para el maestro. En la parte delantera anotó la dirección. ¿Acaso no era increíblemente amable por su parte? Casi reventaba de orgullo.

¿Qué podía decir yo? Cogí la carta y le di las gracias inclinándome sumisamente, tal como había aprendido cuando trabajaba de acomodadora. Y sonriendo. Si una mujer no sonríe, puede olvidarse de la esperanza de tener una vida mejor.

No se puede parar un tren en marcha. Suspiro profundamente y saco un libro del bolso: *Alemán para principiantes*. Lo acabo de comprar en la estación. Lo abro.

—*Ich heiße Antonia Brico. Ich freue mich Sie kennen zu lernen.*

Esa es la primera frase que memorizo: «Me llamo Antonia Brico. Encantada de conocerlo». Veo que los alemanes tienen una letra rara. La pronuncio como una be. Un servicial pasajero me explica cómo debo pronunciar esa β. Como una S. Y «zu» se pronuncia «tsu». Me equivoqué al pensar que sería fácil decir «Encantada de conocerlo».

Me paseo por Hamburgo cargando con la maleta, en busca de la calle donde vive Muck. Mientras tanto repito mentalmente las frases en alemán. Me detengo delante de la casa. Es una mansión señorial; para llegar a la puerta delantera tengo que cruzar una verja. Por fortuna no está cerrada con llave.

Después de que he golpeado la puerta con la pesada aldaba, me abre el ama de llaves. Al menos no creo que sea la esposa de Muck, pues lleva un delantal y ropa negra.

—*Was wollen Sie?* —me pregunta irritada.

Creo que significa que a qué he venido.

—*Ich heiße Antonia Brico* —le digo en mi mejor alemán—. *Ich freue mich Sie kennen zu lernen.*

El ama de llaves enarca las cejas, asombrada. Me bloqueo y paso al inglés.

—He venido a ver al señor Muck.

Siempre me asombra que los europeos hablen más idiomas que los norteamericanos. Y una vez más vuelve a suceder, pues ella me contesta en inglés.

—¿De dónde vienes?

—Vengo de Estados Unidos —le contesto, esperando impresionarla.

—*Herr* Muck no está en casa. Y no quiere que se le moleste antes del mediodía.

—Oh —digo completamente derrotada.

Pero entonces, Karl Muck aparece en el pasillo armando mucho ruido. Se golpea el pie contra un cubo de cinc que el ama de llaves ha dejado allí.

—*Ja, Else, was ist das denn?* —Le oigo refunfuñar.

La mujer empieza a disculparse, pero él me ha visto y ya no la escucha. Con la bata abierta sobre el pijama, baja la escalera hasta la puerta delantera. Tiene las manos llenas: en una sostiene una taza de café mientras sujeta un periódico bajo la axila y en la otra mano veo un cigarrillo. Una cicatriz le cruza la mejilla derecha del rostro afilado y algo demacrado. Intento calcular su edad. ¿Tendrá unos sesenta?

—*Und wer sind Sie?*

—Yo...

—Viene de América —le explica el ama de llaves en inglés, para que yo también pueda entenderlo.

Ahora Muck también pasa al inglés. Mengelberg me explicó que Muck había trabajado durante años en Boston.

—No estoy en casa para los americanos.

Aunque lleve pijama, sus punzantes ojos marrones parecen muy despiertos. Saco la carta de Mengelberg del bolso.

—Soy de origen holandés. En realidad aún soy holandesa —parloteo—, puesto que nunca me he nacionalizado. Tengo una carta de recomendación del maestro Mengelberg.

Él le da la taza al ama de llaves que está a su lado y me quita la carta de la mano.

—¿Qué querrá ese cabrón?

Con un gesto teatral abre el sobre y lee rápidamente la carta. En dos ocasiones, suelta una risita desdeñosa. No sé por qué. Hasta que rompe la carta en pedazos que luego tira al suelo.

—Si eso es una carta de recomendación, me trago el cigarrillo —dice.

Luego coge su taza de café y sube por la escalera. La mujer cierra la pesada puerta.

—¡Quiero dirigir orquestas! —le grito.

—Tengo prejuicios con las mujeres —me suelta él por encima del hombro. Ni siquiera se toma la molestia de mirarme.

La puerta se cierra delante de mí. Desesperada, recojo los trozos de carta. ¿He hecho todo el viaje hasta Hamburgo para nada?

Salgo a la calle sin cerrar la verja. Entonces, por la ventana abierta de la parte delantera, veo a Muck pasearse dentro de casa. Decido intentarlo de nuevo. De todos modos, no tengo nada que perder. Así que me acerco a la ventana a la que no puedo acceder, porque está demasiado alta. Pero estoy tan fuera de mí que aparto una planta que hay sobre un pedestal de piedra. La maceta se rompe en pedazos al caer al suelo.

Me subo al pedestal y me asomo al despacho de Muck. En la pared veo una foto del hombre que me es tan querido.

—¿Es amigo suyo? —pregunto, balanceándome sobre el pedestal.

Muck se acerca a la ventana: parece enojado y me mira desde lo alto.

—¿Quién?

Le señalo la foto:

—Albert Schweitzer.

Muck se vuelve hacia la foto y después de nuevo hacia mí.

—Tenemos algunas cosas en común.

Tengo que encontrar la manera de convencerlo.

—Durante la Gran Guerra, Schweitzer fue encarcelado en Francia, no porque hubiese herido a alguien, sino solo porque era alemán. ¿Y ahora usted me juzga a mí, no porque haya hecho algo malo, sino solo porque soy americana, u holandesa, o mujer, o joven o no fumadora? Yo a eso lo llamo miopía.

Muck se encoge de hombros.

—Pues entonces soy miope.

—En su libro sobre Bach escribe que una de las características de los artistas es que esperan su «gran día», y que, hasta que llegue ese día, agotan todas sus fuerzas en esa espera. Eso me pasa a mí.

—¿Y? ¿Ya caes rendida?

Niego con la cabeza.

—Aún no. Schweitzer fue lo bastante loco como para dejar la música por otra vida. Y yo estoy tan loca como para dejar mi otra vida por la música. Con su ayuda o sin ella llegaré a ser directora.

Esboza una sonrisa astuta mientras enciende otro cigarrillo.

—Entonces, ¿estás dispuesta a agotar tus fuerzas?

La primera carta que escribo desde mi habitación en la pensión es para Robin:

Querido Robin: después de deambular por varios sitios he acabado en Alemania. Recibo clases de Karl Muck. Por supuesto, no te sonará de nada, pero es fantástico. Tiene sesenta y siete años y vive en Hamburgo, donde dirige la Orquesta Filarmónica de la ciudad. Además lleva años siendo director del Festival de Bayreuth, que se celebra durante todo el mes de agosto.

Muck me ha aceptado como discípula y ante mí se ha abierto un mundo nuevo, puesto que puedo asistir a los ensayos de la orquesta. Incluso a las grabaciones para un disco de gramófono de la ópera Parsifal, *que él mismo dirige.*

Este hombre vive únicamente para la música. Su ama de llaves, Else, me ha contado que Muck se quedó viudo hace unos años. Me enseñó la foto de su difunta esposa, pero me advirtió que Muck no habla nunca de su vida privada.

Mi nuevo mentor me ha dado mi primera batuta oficial y me enseña los principios de la dirección de orquesta. ¡Por fin estoy aprendiendo lo que de verdad importa! A diferencia de Mengelberg, Muck me ha dado una oportunidad.

Insistió en que hiciera el examen de ingreso en la Real Academia de Música de Berlín. Afortunadamente, llegué a tiempo para apuntarme. El año académico en esa escuela se compone de dos semestres: uno de invierno y otro de verano. El primer semestre empieza en octubre. Allí tendré que demostrar realmente mi valía, puesto que se han presentado veinte candidatos para dirección de orquesta, pero solo admiten a dos estudiantes. Y nunca han aceptado a una mujer...

No le escribo que he vuelto a pegar la carta de Mengelberg y la he colgado enmarcada encima de mi cama. A modo de recuerdo. No debo olvidar su contenido cuando dude si debo escribir a Frank. O no.

FRANK

34

Long Island – Nueva York

Cada día miro el correo, y cada día me llevo una decepción al ver que no hay ninguna carta de Antonia. Hace semanas que espero, y eso que habíamos acordado que nos escribiríamos a menudo. Me vuelve loco y repercute negativamente en mi humor. Debe de estar pasando algo malo, solo que no sé el qué. Las cartas que le escribo se las envío a la poste restante de la oficina de correos de Ámsterdam. Me dijo que no podía darme ninguna dirección, porque quizá cambiaba de hotel.

La última noticia que he tenido de ella es a través de Willem Mengelberg. Hace dos meses me envió un telegrama con una noticia alarmante. Aún recuerdo que Shing me trajo el mensaje a mi despacho y que cuando lo leí me invadió una oleada de pánico.

Miss Brico me pide lecciones de dirección — stop — Qué hago —stop — Willem Mengelberg — stop.

¿Clases de dirección? ¡La idea no era en absoluto que se quedara en Holanda! Quiero que regrese. Es lo que habíamos acordado: que volvería pronto. Envié de inmediato a Shing a la oficina de correos para telegrafiar mi respuesta a Mengelberg:

Envíela a casa — stop — Frank Thomsen — stop.

Ahora hace ya semanas que no sé nada de ella. Por supuesto, he intentado ponerme en contacto con Mengelberg para preguntarle si sabe algo. Pero está en su apartada «Chasa Mengelberg», su finca de los Alpes suizos, y no me contesta.

Tengo miedo de que esté enfadada, de que no quiera volver conmigo. Por desgracia, el resultado de ese temor es que despierta mis demonios.

Hoy, cuando estaba en el distrito de teatros, he pasado por delante de un músico callejero ciego que tocaba el acordeón. Enseguida he comprendido que era una víctima del gas.

En la estación de bajas número 11, donde trabajé durante la guerra, cuidé a cientos de ellos. Los terribles recuerdos de hace diez años volvieron a dar vueltas en mi cabeza, como un disco rayado cuya aguja se queda siempre enganchada en el mismo surco. El surco de la guerra de las trincheras. No podía pararlo y estaba otra vez allí...

El enemigo fue el que empezó a utilizar gas tóxico. Aunque los aliados consideraban poco deportiva aquella manera de hacer la guerra, pagaron al enemigo con la misma moneda. La consecuencia fue un fuego cruzado de granadas a las que no seguía un estallido sino un silbido, después del cual el gas de cloro, de fosgeno o de mostaza, dependiendo del contenido del arma, intentaba ejercer su efecto mortal.

Durante el año en que trabajé en el puesto médico, de cada cinco granadas de mano una era de gas nervioso. No nos permitían llamarlas así. El Estado Mayor hablaba de «accesorios», como si se tratara de un bolso femenino. Los alemanes las llamaban «medios de combate», un término que podía abarcar cualquier cosa.

Para hacer frente al gas venenoso, en las trincheras los soldados debían llevar máscaras antigás y ropa protectora. Las máscaras eran en sí mismas un infierno. Llevaban un clip que pellizcaba la nariz y había que respirar por un tubo apretado entre las mandíbulas para que el aire inspirado pasara «filtrado» a los pulmones. Aquello te dejaba la boca reseca.

Las máscaras antigás estaban hechas de una tela impregnada que desprendía un olor agobiante. Los cristales redondos se empañaban antes de que uno pudiera darse cuenta y entonces no se veía ni torta. Los soldados casi se asfixiaban con aquellas máscaras, pero la alternativa era peor. Algo tenían que hacer si querían escapar de aquel asesino alevoso al que tanto temían.

Los científicos que diseñaban las armas químicas encontraron una solución a la máscara. Mezclaron su cóctel de gases de forma que la primera reacción de los soldados era vomitar, por lo que tenían que quitarse las máscaras. Así, los demás gases podían hacer su trabajo como es debido.

Pero más que todos esos inconvenientes, los «hocicos de cerdo», como las llamaba un médico de mi sección, provocaban el efecto psicológico de que los soldados dejaban de parecer humanos, por lo que el enemigo insensible tenía menos reparos en matarlos o herirlos.

Yo formaba parte de un equipo médico canadiense que había creado un hospital de campaña cerca de la localidad de Passendale, en Bélgica. En inglés, la primera parte del nombre suena a pasión, pero en aquel lugar del mundo no quedaba ni rastro de ella.

Se preparó una ofensiva para reconquistar el territorio a los alemanes. Los alrededores, llenos de cráteres y orificios tras tres años de contienda en esa zona, parecían un paisaje lunar muerto.

Para colmo de desgracias, en agosto de 1917 empezó a diluviar: eran las lluvias más intensas de los últimos setenta y cinco años. Las trincheras y los cráteres de bombas se llenaron de agua que no podía evacuarse. En aquel barrizal sucio se inició la batalla que duraría meses y costaría cientos de miles de vidas. Los tanques quedaban atascados en los pantanos que se habían formado y la artillería ya no podía apuntar con precisión debido a la falta de una base estable. Así que se utilizaron otros «medios de combate».

De todos los gases que se utilizaron, el más infame fue el gas mostaza. Era prácticamente inodoro y la granada lo repartía como un líquido marrón que evidenciaba los primeros síntomas de envenenamiento solo horas después, por lo que, muchas veces, los soldados no tenían tiempo de protegerse. Sus vías respiratorias y su piel ya habían sido atacadas inadvertidamente por los productos químicos que empezaban a corroerlo y quemarlo todo. Si tenían mala suerte, un ataque de tos podía provocarles una horrible muerte por asfixia en la que las víctimas se ahogaban en su propio líquido pulmonar amarillento y viscoso, a veces tras semanas de agonía.

Los gemidos de los soldados víctimas del gas eran espantosos y mucho peores que los quejidos de los que habían sufrido graves heridas a causa del fuego de artillería. Morían de dolor, tosían hasta escupir literalmente los pulmones o exhalaban un último aliento entre estertores.

Era muy poco lo que yo podía hacer por ellos, salvo lavarles cada día las quemaduras y untarlas con aceite, o instilarles gotas en los ojos quemados y pegados, lo que les provocaba un nuevo suplicio. Solo me quedaba esperar que se salvaran o que su sufrimiento acabara pronto.

Día tras día nuevas víctimas, día tras día esperanza, día tras día impotencia...

Era insoportable para todos.

El músico callejero se ha refugiado en la música. Aunque sus ojos estén cegados, en su mente aún lo ve todo. Deposito una gran suma de dinero en el sombrero que ha dejado boca arriba en el suelo.

En busca de distracción, decido que esta noche pasaré por el club In the Mood. Abrigo la esperanza de que Robin pueda arrojar algo de luz sobre Antonia.

Cuando entro, veo que Robin está actuando con su banda en el escenario. Antonia me había dicho que buscaría a alguien que la sustituyera, pero veo que, en lugar de ello, Robin ha contratado a un contrabajista y él está al piano.

No tarda mucho en detectarme entre el público que ocupa la barra y no me quita el ojo de encima. Entiende que he venido aquí por él y en cuanto acaba el número, hace una pausa y se acerca a mí.

Tras intercambiar un saludo formal, le hace un gesto al camarero para que traiga dos bebidas. Es algo que suele hacerse con cautela debido a la ley seca. El barman deja dos vasos de whisky sobre la barra. Espero que no sea whisky *moonshine*, ese brebaje ilegal que, se supone, es destilado. Como necesito anestesia, tomo un sorbo. Me sorprende que sea de tan buena calidad.

—¿Has oído algo de Antonia últimamente? —le pregunto.

Odio que mi pregunta delate mi debilidad.

—¿No te escribe?

—No... No me escribe desde hace un tiempo.

Doy vueltas al vaso de whisky sin apartar la vista del líquido que gira. Estoy más nervioso de lo que quiero admitir e intento ocultarlo. Entonces vuelvo a mirar a Robin.

—¿Tienes idea de cuándo volverá?

Esa pregunta lo asombra; enseguida advierto que está alerta.

—Me ha escrito diciendo que está en Berlín —dice.

—¿En Berlín?

—Quiere hacer el examen de ingreso de la Real Academia de Música.

Por poco me atraganto.

—Para dirección de orquesta —añade.

Tengo que asimilarlo. Busco rápidamente en mi memoria. No me ha dicho ni una palabra al respecto.

—¿Cuánto duran esos estudios? —pregunto.

—Dos años.

—¡¿Dos años?! ¿De dónde sacará el dinero?

—¿Es eso lo primero que se te ocurre? —me pregunta.

Lo dice con un tono de superioridad que me hace sentir pequeño. Intento justificar mis palabras.

—Nunca la aceptarán.

Él se inclina hacia delante.

—La subestimas, Berlín ya la ha aceptado.

Esa observación me golpea como una bofetada, pero Robin no tiene compasión conmigo. Alza su vaso y brinda:

—Por el coraje holandés.

Vacía su vaso de un trago y regresa al escenario.

Me explota la cabeza. ¿Qué demonios le ha pasado a Antonia?

ANTONIA

35

Berlín

Muck me hace dirigir la *Sinfonía del Nuevo Mundo*, la nove-
na sinfonía de Antonín Dvořák. Mientras tanto, él me mira
con su eterno cigarrillo en la mano y sigue mis movimientos
a través de las nubes de humo.

Me alegro de que haya venido tan pronto a la academia
a dar una clase como profesor invitado. Con él me siento
cómoda, porque lo conozco bien, y además ahora no tendré
que hacer el viaje en tren hasta Hamburgo, donde vive y
donde voy a menudo los fines de semana para que me im-
parta clases adicionales.

Eso no significa que en la escuela estemos de brazos
cruzados. Tenemos toda una lista de asignaturas, como
armonía, solfeo, composición, lectura de partituras, con-
trapunto, historia de la música, conocimiento de instrumentos, instrumentación, estética y acústica. Esas lecciones nos las imparten en aulas más grandes. Y luego he
escogido el piano como instrumento solista. Eso me da
muchas horas de estudio a solas. Pero lo que yo quiero es
sobre todo las seis horas de clase de dirección de orques-

ta que recibo cada semana junto con mi compañero de veinte años.

Para comprender bien la *Sinfonía del Nuevo Mundo* he estudiado la vida de Antonín Dvořák. Siento debilidad por su obra, porque, a pesar de todo, me vincula a Frank. Este compositor checo, que también dirigía, murió dos años después de nacer yo. Su nombre de pila se diferencia en una sola letra del mío.

Y hay más similitudes. Lo que en su caso estaba repartido entre dos padres, en el mío estaba unido en uno; su padre era el mayor de ocho hermanos y su madre era criada. Dvořák tuvo que trabajar en cafés para poder salir adelante. Sus padres eran pobres. Sin embargo, consiguió cambiar su destino cuando se le brindó la oportunidad. Una vida como la suya constituye para mí una fuente de inspiración, pero es sobre todo su música la que me apasiona. Así que hago todo lo que puedo para infundirle vida con la mayor perfección posible.

Sin embargo, el ensayo sale mal. Tener la música en la cabeza es una cosa, pero conseguir que los miembros de la orquesta la toquen así, es algo muy distinto. Con unas cuantas indicaciones intento conseguir un mejor resultado de los músicos, pero es como si hablara con una pared. La orquesta se muestra muy reservada, casi hostil, y al siguiente intento, la música sigue sonando como una máquina estropeada y no como la impresionante América a la que alude la *Sinfonía del Nuevo Mundo* y que tanto fascinó a Dvořák durante su primera visita a mi país de adopción. Irritada, muevo la batuta arriba y abajo, a sabiendas de que estoy fracasando. Me entra calor.

Con un gesto del brazo, Muck silencia a la orquesta. Ojalá dispusiera de la misma autoridad natural que él. Quizá se deba a su forma de vestir: va siempre impecablemente trajeado, como un auténtico aristócrata, con un cuello blanco almidonado que le llega hasta la barbilla. Se inclina hacia mí.

—Una mujer al frente de cien hombres. ¿Qué harás para que te obedezcan? —me susurra al oído.

Alzo la barbilla y miro con recelo a los músicos. Sospecho que me están saboteando, puesto que estoy agotando las indicaciones que darles. Muck vuelve a susurrarme al oído:

—¿Estás segura de ese enfoque suave o adoptarás uno duro?

Lo miro. Advierto que me mira la frente en lugar de los ojos.

—Y otra cosa, Brico: no puedes dirigir sudando.

Tiene razón. Siento las gotas de sudor en la frente, pero me niego a secármelas. A estas alturas he aprendido que a la hora de la verdad es mejor defenderse que mostrar debilidad. Es la debilidad lo que Muck odia de las mujeres. Así que no le doy esa satisfacción. Y lo mismo vale para todos esos hombres que tengo delante. Ellos también sudan, pero no se me pasa por la cabeza decirles nada al respecto.

—El *crescendo* va de *pianissimo* a *forte*. Y ustedes llegan solo a *mezzoforte*. Ni eso —digo con dureza en alemán.

Les infunde respeto que haya aprendido su idioma en pocos meses.

—Así, muy bien, con la batuta hay que ser un tirano, un *Taktstock-Tyrann,* no un demócrata —me susurra Muck en alemán.

«Estupendo —pienso—, entonces seré una tirana de la batuta». La participación no sirve de nada. Les indico dónde empezamos de nuevo y el ensayo avanza a marchas forzadas. Así debe sonar la música. Y por primera vez siento una enorme alegría cuando noto que lo estoy consiguiendo.

Solo recojo mis cosas una vez que ha acabado el ensayo y todos los miembros de la orquesta han abandonado la sala. Me gusta quedarme en la escuela, porque la buhardilla que alquilo es fría y oscura. Tengo previsto practicar con el piano. En la escuela tienen un largo pasillo con cabinas de ensayo a izquierda y derecha, en total unas treinta. Cada una de ellas tiene un piano.

Cuando camino entre las filas de sillas hacia la salida, veo con sorpresa a Frank. No puedo creer que haya venido hasta aquí desde Estados Unidos para verme, así que el corazón se me detiene unos segundos.

Él también espera. Me pregunto cuánto tiempo lleva en la sala. ¿Cuánto habrá oído de mi lección? En su rostro serio aparece una débil sonrisa. ¿Se alegra de verme?

Dejo caer mi bolso y corro hacia él. Nos abrazamos y por un instante, un instante muy breve, todo parece estar bien. Sin embargo, entre mis sentimientos por él surge un viejo rencor que ahora vuelve a aflorar. Me separo y nos miramos.

Él es el primero en romper el silencio.

—¿Podemos hablar en algún sitio?

FRANK

36

Antonia me lleva a un café-restaurante que está a unas cuantas calles de la Real Academia. Por el camino apenas hablamos. Las hojas otoñales vuelan a nuestro alrededor; los árboles se desprenden de su follaje de noviembre.

Todavía estoy procesando las impresiones que me ha causado verla trabajando durante la lección. He percibido su respeto por Karl Muck, un hombre con un pasado dudoso. Durante la Gran Guerra trabajó en Boston, Massachusetts, para la Orquesta Filarmónica de Boston. Cuando los norteamericanos se percataron de lo nacionalista que era, empezaron a surgir problemas. Ponía a Alemania por encima de todo. Su repertorio estaba impregnado de ello. Cuando le pidieron que introdujera a compositores franceses, se mostró menos inspirado.

Parece ser amigo personal del emperador Guillermo II, nuestro gran enemigo en la Gran Guerra. Ese asesino de masas consiguió asilo en Holanda después de la contienda. Pero lo obligaron a abdicar. Eso les pareció castigo suficiente.

Aquí, en las calles de Berlín, vi algunos soldados que habían estado en las trincheras. Los reconocí por los rostros desfigurados, como cráteres de bombas en pequeño. En una guerra como esa, solo hay perdedores.

La aventura de Muck en Estados Unidos no acabó bien y está tan amargado por eso que se niega a poner de nuevo un pie en suelo estadounidense. No es que tenga previsto contratarlo. Por cierto, es el típico hombre que desprecia a las mujeres. Lo ponen nervioso, me contó en una ocasión Mengelberg.

Y ahora este hombre ha tomado bajo su protección a Antonia. ¿Quién lo hubiese dicho?

El camarero se acerca con nuestro pedido. Dice algo en alemán y deja un cuenco de sopa delante de Antonia. Veo que es de cebolla. Ella la mira y la remueve un poco, pero no parpadea. A mí me sirven una escalopa. El camarero se va y yo me dispongo a iniciar la conversación para la que he hecho el viaje de dos semanas. «Empieza amablemente», pienso.

—Estoy muy orgulloso de que te hayan aceptado —le digo sonriendo.

—¿De verdad? —me pregunta ella con recelo.

—Sí, podrías haberme escrito para contármelo.

Antonia permanece en silencio, como si dudara qué decir, pero entonces contesta.

—Tengo una carta de recomendación de Mengelberg enmarcada que colgué sobre mi cama. Está dirigida a Muck, que detesta Estados Unidos y a las mujeres. ¿Sabes lo que escribió?

Me mira con insistencia. Hago un ademán para indicar que no lo sé.

—Que todo lo bueno viene de Holanda, excepto yo. Y no hay que ser un genio para adivinar quién estaba detrás.

Detecto su enfado, aunque lo dice con tranquilidad. Intento disculparme sin explicarle las circunstancias exactas.

—Por supuesto, esperaba que volvieras. De hecho, aún lo espero. Te quiero.

Veo que eso la conmueve.

—Solo lo crees.

—¿Cómo puedes saber lo que siento? —le pregunto.

—No soy la chica que te conviene. Mira a tus padres... y mira a los míos.

Maldita diferencia de clases. ¿Cómo se la quito de la cabeza?

—No me importa. Te quiero a ti. Quiero casarme, tener hijos.

Ella mira alrededor antes de contestar:

—Seguro que encontrarás a alguien.

—¿Me estás diciendo que no me amas? —le pregunto, herido.

Ella coge la cuchara y remueve la sopa. Me tomo su silencio por un no. Miro hacia fuera y me fijo en la belleza de las ventanas modernistas, de cristales esmerilados y ricamente adornados, de este restaurante. Luego vuelvo a posar los ojos en ella. Antonia levanta la cuchara llena de cebollas y se la lleva a la boca.

—¿Está buena la sopa?

—Sí... deliciosa.

—Creía que odiabas la cebolla.

Antonia sigue comiendo. Me inclino hacia ella.

—Antonia, tengo que saberlo y me gustaría que me contestaras con un sí o con un no. Si la respuesta es que sí, te esperaré...

Ella deja de comer. Le cojo la mano libre que descansa sobre la mesa y la miro a los ojos.

—¿Quieres casarte conmigo?

Antonia deja la cuchara con mano temblorosa.

—¿Puedo pensármelo?

—¿Seguro que no sabes qué elegir? —le digo algo irritado, pues he desnudado mi alma y soy un buen partido para ella.

Sin embargo, parece debatirse con la duda.

—Lo que duela menos... —dice por fin.

—Me dirás que no. No dejarás nunca este mundo.

Los ojos se me llenan de lágrimas y trago con dificultad. «Los hombres no lloran». Mientras me esfuerzo por controlarme, veo que para ella todo esto es demasiado. Se levanta para marcharse, coge el bolso, pero se queda de pie delante de mí.

—La mujer de Mengelberg era una cantante muy buena —me dice.

—¿Y eso qué tiene que ver? —le pregunto.

—Ya no canta.

Y luego se marcha. Me quedo atrás con mi escalopa, que no puedo ni tocar. Me ha rechazado.

ANTONIA

37

«¿He elegido bien?», resuena en mi cabeza mientras vuelvo a casa. Tengo que llorar. La gente en la calle me mira, no puedo contenerme. Por dentro me desgarro, pues lo quiero más que a nadie. ¿Qué debería haberle dicho? ¿Tenía que renunciar a mi amor por Frank? ¿O a mi oportunidad de ser directora?

«Es por su culpa por lo que Mengelberg escribió aquella terrible carta, en la que te destrozó —me dice la voz de mi conciencia para apaciguar mi ataque de pánico—. Querían asegurarse de que no tuvieras ninguna oportunidad. Y sabían que no la tendrías. Eso intentaron hacer. Y entonces habrías vuelto. A su lado».

Cuando llego a casa, me dejo caer sobre la cama. No sabía que pudiera sollozar así, pero es como si saliera toda la tristeza que llevo dentro. Así pasan las horas.

Solo me calmo un poco al pensar en la estúpida sopa de cebolla. ¿A quién se le ocurre pedir la sopa del día sin preguntar qué tipo de sopa es? «*Zwiebelsuppe*», dijo el camarero cuando dejó el plato delante de mí. Aún no conocía esa palabra, y no me sonaba de nada. Además, estaba tan confundida que al probarla ni siquiera advertí que eran cebollas. Pienso en la capacidad humana para desconectar los sentidos. Miro las fotos de Schweitzer que he pegado en el armario. (He roto todas las de Mengelberg). Pienso en la larga travesía con remos que realizaron aquellos hombres salvajes sin sentir cansancio. Solo porque tenían ante sí un objetivo superior.

¿Puedo hacerlo yo también? ¿Trabajar hasta desplomarme? ¿Estoy loca? ¿Soy esclava de mi propio entusiasmo? Reflexiono sobre lo que escribió Schweitzer al respecto. Y entonces comprendo que soy libre.

Vuelvo a recurrir al único mecanismo que conozco y que nunca me ha fallado: trabajar duro. Es tal mi fanatismo que seis días a la semana me planto a las siete de la mañana delante de la puerta de la academia y todas las tardes, a las siete, el conserje tiene que echarme porque quiere irse a cenar *Bratwurst*.

Pero por la noche, cuando estoy sola en mi buhardilla, puedo pasarme horas tumbada en la cama en total apatía mirando el techo. Entonces surgen las ideas a las que he logrado escapar durante el día. Nunca me había dolido tanto el alma.

Llega el invierno y en Berlín no hace menos frío que en Nueva York. Desde hace semanas sopla un viento del este procedente de Siberia que es tan gélido como mi corazón. Mi buhardilla está llena de grietas por las que se cuela el viento; solo una fina pared y algunas tejas me separan del exterior. No tengo dinero para carbón, así que dentro no me quito el abrigo. Algo hay que hacer.

Con este frío, los domingos son lo peor porque la escuela está cerrada. Sin embargo no me aparto de la rutina, que había instaurado antes de la visita de Frank, de viajar dos fines de semana al mes en tren a Hamburgo. Es un trayecto de más de doscientos cincuenta kilómetros, que ahora recorro por una vía férrea asolada por la nieve y el hielo.

Por el camino casi me muero de frío, porque los vagones de cuarta clase no tienen calefacción, yo no como lo suficiente y no tengo ropa adecuada. En casa de Muck tengo ocasión de calentarme. Else, su ama de llaves, aviva la estufa en cuanto me ve tiritar, y Muck goza de una energía tan indomable que no me da tiempo para pensar en las penurias. El lunes por la mañana, a las seis, llego a Berlín y a las siete estoy delante de la puerta para desearle *guten Morgen* al conserje.

Es cierto que esos días me cuesta un poco más mantener los ojos abiertos durante las clases.

Esos viajes a Hamburgo —por muy baratos que sean— suponen un golpe para mi presupuesto y llega un día en que debo admitir que he alcanzado el fondo de mi monedero. Me he gastado todo el dinero que había ahorrado.

Me doy cuenta de ello cuando en la caja donde guardo el pan encuentro tan solo la costra enmohecida y en el bote del armario ya no hay calderilla para comprar más. No me queda ni un céntimo, y no puedo ahorrar.

En caso de necesidad podría ir a un comedor social, donde van los indigentes, pero está demasiado lejos. Además hay que pasarse todo el santo día haciendo cola; para cuando te llega el turno, tienes los pies tan helados que se te han quitado las ganas de comer. Y entonces debes emprender el camino de vuelta deslizándote sobre los pies entumecidos con cuidado de no romperte la crisma. A la larga, el comedor social no me ofrece una solución real.

Se me ocurre que podría buscar un empleo de niñera para las noches. Lo hice a menudo durante mis años de secundaria. Sé cómo tranquilizar a un bebé que llora, incluso sin piano. Decido ponerme manos a la obra al día siguiente y cojo el libro *Memorias de mi infancia y juventud,* de Albert Schweitzer que estaba leyendo.

«El mayor desafío en el arte consiste en saber lidiar con la decepción», leo. Menuda capacidad de predicción.

Justo en ese momento me sobresalta un fuerte golpe en la puerta. Cierro el libro y abro la puerta. Es mi casera, que me entrega una carta con una mirada triunfante. Por supuesto, ya ha visto quién es el remitente.

Puedo soportar sus eternos rulos, pero no su enfermiza curiosidad. Siempre está espiando cuando llama para darme el correo. No quiero que vea las partituras que he colgado en todas las paredes y en el techo de madera para rodearme de música. Las anotaciones en lápiz rojo y azul no son de su incumbencia, aunque sé que a ella le sonarían a chino. No quiero que vea mi ropa raída colgada de la cuerda que he tendido en mi cuarto, así que mantengo la puerta entreabierta. Ella mueve el cuello como una gallina, para captar algo del interior.

La carta procede del Deutsche Bank, el último sitio del que espero recibir correo. Y mi casera también lo sabe. La fisgona se queda delante de la puerta hasta que abro la carta. Intento cerrarla pero me doy cuenta demasiado tarde de que ha puesto un pie para impedírmelo. Por desgracia, no lleva zapatos sino solo unas suaves pantuflas. Lanza un grito de dolor. Las demás inquilinas salen al pasillo para ver lo que sucede. Ahora que tiene público, hace más teatro, sobre todo cuando descubre una carrera en la media.

La casera pone el grito en el cielo y me echa la culpa de sus desgracias. Empieza a arrancarse los rulos del pelo. No sé por qué, tal vez se sienta ridícula con ellos ahora que todas la estamos mirando. Unos cuantos caen al suelo y ella me grita que los recoja. Igualita que mi madrastra, que también montaba este tipo de escenas. Por ello sé qué debo hacer en estos casos.

Le digo en un tono tranquilo que a partir de ahora debe deslizar mi correo por debajo de la puerta, que tiene una rendija suficientemente grande. Le cierro delante de las narices y la oigo marcharse refunfuñando. Con dedos nerviosos abro la carta del banco.

—¿Puede decirme que viene de Estados Unidos, pero no quién me lo envía? —le pregunto por enésima vez al empleado del banco que tengo frente a mí.

Sigo sin creer que alguien me envíe semejante cantidad de dinero.

El empleado empieza a perder la paciencia.

—Como ya le he explicado, no estoy autorizado a decírselo.

Me balanceo sobre la punta de los pies delante de la ventanilla y entre las rejas intento ver su cara como si allí pudiera encontrar respuestas.

—Debe de ser de Frank Thomsen.

Al pronunciar su nombre en voz alta, siento una punzada de dolor, que ya me resulta familiar. Aunque mi vida dependiera de ello, no lograría desterrar ese dolor.

El empleado del banco me mira por encima de los cristales de sus gafas de lectura y luego sigue contando el dinero.

—¿Quizá de su padre? ¿El señor Thomsen?

Él se inclina hacia mí y, como si se estuviera extralimitando, me susurra en voz baja:

—Lo único que puedo decirle es que es de una mujer que apoya las artes.

—¿Una mujer que apoya las artes? —repito asombrada.

No tengo la menor idea de quién puede ser —la señora Thomsen queda descartada—, pero me rindo.

Con ese dinero puedo hacer muchísimas cosas. Por ejemplo, comprarme un abrigo nuevo. Es una de mis prioridades. Y ahora también podré comprar carbón para la estufa y ya no tendré que hacer cola en el frío comedor social. Pienso sobre todas esas cosas mientras vuelvo a casa con mi cartera bien llena.

Sin embargo, la mejor adquisición que hago con este misterioso dinero es un piano de segunda mano. Mi casera no puede creer lo que ven sus ojos cuando llega el piano con un coche de caballos. Los transportistas lo izan hábilmente con cable y polea hasta la ventana de la buhardilla. Ya he preparado un amortiguador para las cuerdas. Tengo prohibido recibir visitas de hombres o tener mascotas, pero mi contrato de arrendamiento no dice nada acerca de los instrumentos musicales.

ANTONIA
38

Berlín, 1929

Han pasado los días de fiesta. El año nuevo ha empezado con el acostumbrado frío invernal. Afortunadamente estoy dentro. En la escuela es la hora del almuerzo y yo estoy comiendo con palillos en un palco del auditorio. Aquí, en Berlín he encontrado un restaurante chino en el que puedo comprar comida para llevar y al que acudo a menudo. No es tan buena como la del señor Huang, pero me conformo. Hace ya un año que no tengo problemas económicos. Los misteriosos cheques siguen llegando. Cada trimestre voy al banco para hacerlos efectivos. Sigo sin poder creer que haya alguien en el mundo que me apoye. Y encima, que sea una mujer.

Contemplo las esculturas que flanquean el escenario; son figuras femeninas, con una tela alrededor de las caderas. El pecho desnudo, rasgos delicados y frondosa melena. Con los brazos y la cabeza sostienen el palco delantero, el lugar de honor de los ricos. Las llaman «cariátides». En Berlín abundan. A la arquitectura le gusta utilizar a estas mujeres que soportan una pesada carga con tanta gracia.

Oigo la tos de fumador de Muck antes incluso de que entre en el palco y lance un periódico delante de mí. Es imposible pasar por alto el gran titular:

LISA MARIA MAYER, LA PRIMERA MUJER QUE
DIRIGIRÁ LA FILARMÓNICA DE BERLÍN

—Tendrías que haber sido tú y no una señoritinga de Viena —me dice Muck agitado, sin dejar de mover su cigarrillo.

—Esa «señoritinga» quiere lo mismo que yo.

—La Filarmónica de Berlín no confía en absoluto en ella —gruñe Muck—. El marido de *Frau* Mayer ha tenido que poner cinco mil marcos de su propio bolsillo para pagar la orquesta y la sala.

Soy muy consciente de que eso es mucho dinero.

—¿Así que si nadie va, sufrirá un gran revés? —pregunto.

Muck inhala profundamente y se toma el tiempo para soltar el humo.

—Recuerda mis palabras: esto es lo que te espera. ¿Quieres ir?

Se mete la mano en el bolsillo del pantalón y cuando la saca veo que entre los dedos manchados de nicotina sostiene un montoncito de entradas gratuitas.

—Toma, la última fila. Puedo regalarlas. No quieren una sala vacía.

Pues claro que iré. Tengo muchísimas ganas de verla. He leído el artículo entero, sobre todo porque sentía curiosidad por saber lo que iba a interpretar. La Cuarta Sinfonía de Beethoven, y después una obra compuesta por ella misma: *Kokain.*

Lisa Maria Mayer me lleva ocho años y en realidad es compositora. Siendo aún una niña, su padre le enseñó el trabajo de su hija a Gustav Mahler para comprobar si era realmente la niña prodigio que todos decían. Mahler sentenció que Lisa cometería un error si no consagraba su vida a la música.

A Muck le preocupa más que a mí que yo no sea la primera mujer en dirigir la Filarmónica de Berlín. Y entiendo su frustración. Por supuesto proporciona mucha publicidad, basta con verlo. Si soy la segunda, él no brillará tanto.

Sin embargo, me doy cuenta de que me asombra. ¿Por qué es tan especial que una mujer se suba al podio? ¿Porque casi nunca sucede? ¿Acaso no es más importante que sea buena directora? Ese es el criterio que debería aplicarse, no el hecho de que sea una mujer. Y todavía no hemos podido evaluar su talento.

Me he puesto mis mejores galas para asistir al concierto de *Frau* Mayer cuando deslizan un sobre debajo de la puerta. La casera ya no se atreve a llamar.

Mi primer pensamiento es que será otra carta del Deutsche Bank. Cuando me dirijo a la puerta, me doy cuenta de que los copos de nieve que caen fuera trazan sombras sobre la pared. Como si también nevara dentro.

Cojo la carta y miro el remitente. ¡Robin Jones! Aunque voy con un poco de retraso para el concierto de *Frau* Mayer, abro de inmediato la carta. Sonrío cuando veo las fotos que me ha mandado en la que él aparece radiante entre los miembros de la banda y las bailarinas. Después abro la carta. Lo que leo me causa una gran conmoción. Aunque Robin lo formula con cautela, el mensaje es que Frank Thomsen se ha prometido con Emma. La noticia me golpea como una puñalada en el corazón. Deshecha, me siento en la cama. «Él es mío», pienso. «Ridículo —me digo poco después—, ¿quién rompió con él?». Me parece que ya no logro reflexionar con claridad; mi emoción ahoga mi razón.

Estoy muy agitada y cedo al impulso de escribirle enseguida una carta en la que le suplico que me dé otra oportunidad y no se case. Apelo a su promesa de que me esperaría y le prometo que volveré a Estados Unidos justo después de mi graduación.

Las bolas de papel se amontonan sobre mi mesa, porque por supuesto no logro encontrar el tono adecuado. Demasiado exigente, suplicante, desesperado, histérico. Como en un trance, empiezo una y otra vez.

Cuando por fin he acabado, miro el reloj. No descansaré hasta haber echado la carta al buzón. Si lo hago ahora mismo, llegaré a tiempo de asistir a la segunda parte del concierto.

Ha empezado a nevar con más fuerza. Me apresuro a ir a la Filarmónica en Bernburger Straβe. Por el camino echo la carta para Frank en el buzón.

Afortunadamente no está lejos. Cuando me aproximo a la sala de conciertos con sus alas laterales semicirculares, veo a varios hombres bastante agitados saliendo a la calle. Vuelvo a la realidad. ¡No puede ser que ya haya acabado! Esperaba poder entrar durante el descanso.

Cuando entro en el edificio, me cruzo con más hombres enfundados en fracs. Parecen irritados y enfadados mientras comentan la velada. Reconozco palabras como: «Malísimo», «Un escándalo», «Vergonzoso» y algo sobre un engaño. Se dirigen a la salida. Me llama la atención que todos llevan un clavel rojo en la solapa. Algunos de ellos agitan una carta. Involuntariamente pienso en mi propia carta, que tanto me ha costado escribir. Esta noche, todo mi entorno parece estar bajo el signo de las cartas.

Al entrar en la sala veo que no debía de estar tan vacía como me dio a entender Muck. Sin embargo, el público ya no está sentado en sus asientos, sino de pie abucheando a *Frau* Mayer. Ella le da la espalda a la sala, mientras hace un estropicio con las notas de Beethoven. He de admitir que la orquesta está tocando un pasaje especialmente difícil: el principio del cuarto movimiento. Para tocarlo armónicamente, los músicos y el director necesitan una concentración máxima. Me asombra que se haya atrevido con esa obra. ¿Tal vez *Frau* Mayer esperaba que la música apaciguara los ánimos en la sala?

Los abucheos se intensifican. *Frau* Mayer baja la batuta y en su desesperación se vuelve hacia la sala. La cólera del público resulta tan intimidante que ella se desmaya; los dos violonchelistas que están a su lado logran retirar justo a tiempo sus valiosos instrumentos.

Algunos miembros de la orquesta llaman al público al orden. No sirve de nada; la conmoción no hace más que empeorar. El público que todavía queda abandona la sala entre exclamaciones de indignación.

Un poco más lejos veo a Muck. Voy a su encuentro avanzando en contra de la corriente.

—Dios mío, la están masacrando —le digo cuando estoy a su lado.

Muck niega con la cabeza:

—Solo quieren que les devuelvan el dinero.

—¿Tan mal lo ha hecho?

Se encoge de hombros.

—A lo sumo, ha sido mediocre. Pero quieren que les devuelvan el dinero porque los atrajeron hasta aquí con el falso anuncio de que una viuda rica buscaba un hombre. Fue idea de la propia *Frau* Mayer.

Lo miro consternada.

Ambos tenemos que apartarnos porque, muy cerca de donde nos encontramos, pasan unos hombres que se llevan a *Frau* Mayer inconsciente en una camilla. La miro y advierto su palidez. Después observo a la gente que nos rodea. Nadie tiene compasión. Me asalta el miedo. Muck lo ve.

—Ese es tu destino —me dice con esa risita irónica que conozco tan bien—. ¿Aún te atreves?

Cuando por fin salimos, vemos que ha llegado la policía. Los hombres perjudicados explican con indignación que los han estafado. Espero que la nieve que cae enfríe las acaloradas emociones.

Muck, que no tarda en estar rodeado de músicos que lo conocen, me invita a una cerveza en un bar. Rechazo su invitación. En primer lugar, no bebo alcohol y en segundo lugar quiero irme a casa. Una vez allí recojo las bolas de papel con los intentos de carta y por enésima vez calculo que tardaré al menos veinte o treinta días en obtener respuesta.

El drama de *Frau* Mayer todavía no ha acabado. Es como si se hubiese desatado una ola de indignación. No hay periódico en Berlín que no publique el catastrófico concierto en la portada. Debido al falso anuncio, lo bautizan irónicamente como «el concierto matrimonial». También resulta irónico que oiga hablar constantemente de él precisamente un día después de enterarme del compromiso de Frank, pero ese es otro tema.

En los pasillos de la academia, donde el escandaloso concierto es el tema del día, me entero de que los periodistas y fotógrafos acosan a *Frau* Mayer en su hotel, pero que ella no quiere recibir a nadie porque sigue enferma. Al parecer, un periodista consigue hablar con ella, pues al día siguiente un periódico publica una larga entrevista en la que ella afirma que todo se reduce a una cuestión de envidia: no soportan que una mujer logre el éxito de dirigir la orquesta más famosa de Europa.

El marido de *Frau* Mayer, que se apellida Gaberle, es arrestado por la policía. A él no le parece que haya engaño; lo único que deseaba era que su querida esposa consiguiera un éxito artístico. Quería atraer a espectadores y por ello se le ocurrió ese método inusual. ¿Qué hay de malo en eso? Se ofrece a devolver el dinero de la entrada a las personas que se consideren engañadas.

Ahora, lo que está bajo la lupa es el matrimonio de ambos; los periódicos se refieren a *Frau* Mayer como *Frau* Gaberle. Enseguida me queda un regusto amargo al pensar que la prensa considera necesario enseñarle su lugar a Lisa Maria Mayer: por muy artista que sea, ante todo debe seguir estando supeditada a su marido.

«*Frau* Gaberle» insiste en que no estaba al corriente de nada y que es inocente. Cuando los periodistas lo confirman porque su marido asume toda la culpa, ella se lamenta de que él la haya arruinado y considera la posibilidad de pedir el divorcio. «*Frau* Gaberle se divorcia» anuncia un día más tarde la portada.

La noticia le sienta fatal al público y ahora la prensa dirige todas sus flechas hacia «*Frau* Gaberle». Para un hombre honorable es sencillamente imposible estar casado con una artista. ¡Su marido ha hecho todo lo posible para hacerla feliz y ella se lo agradece pidiéndole el divorcio! La pobre *Frau* Mayer se apresura a retractarse públicamente de sus intenciones de divorciarse.

He de admitir sinceramente que estoy conmocionada por el enorme tumulto que se ha organizado en torno a Lisa Maria Mayer. En la escuela me percato de que mis compañeros de clase han tomado partido por *Herr* Gaberle. Sospecho que también hablan de mí a mis espaldas, porque sus conversaciones enmudecen en cuanto me ven. Eso me provoca inseguridad y me carcome.

Una noche me desahogo escribiendo una larga carta a Robin, en la que empiezo agradeciéndole que me haya puesto al corriente del noviazgo de Frank y le pido que me siga dando noticias. Después, le relato los últimos acontecimientos y para acabar le hablo de las críticas que recibió *Frau* Mayer.

Robin, ¡todas las críticas eran devastadoras! A juzgar por ellas, la mujer que, según Gustav Mahler, debía consagrar su vida a la música no ha hecho absolutamente nada bien. Y si quieres saber lo malvados que pueden llegar a ser los periodistas, esto es lo que escribió el Berliner Morgenpost*: «La valoración de Lisa Maria Mayer como directora puede resumirse de la siguiente manera: cuando algo carece de valor, no hay nada que valorar».*

Los periódicos la definen como un metrónomo hecho carne, carente de sentido artístico. Y dicen que Frau Mayer marca el compás como un militar rígido, lo que no hace más que reforzar la aversión natural hacia las mujeres directoras.

Lo que no entiendo es por qué arremeten contra ella si, como afirman, dirige de una forma tan masculina. ¿En qué quedamos?

Pero los críticos no tienen que preocuparse de eso. Han acribillado unánimemente a esta mujer. Después de hoy no volverá a subir a un escenario. Y pensar que yo también estaré algún día en el podio y seré juzgada por ellos. Ya solo la idea me da náuseas...

Dejo la pluma. ¿Qué fue lo que dijo Muck? Mi destino.

ROBIN
39

Nueva York

Dios no quiera que una mujer tenga éxito. A la que sobresale un poco, la decapitan, mientras que a los hombres los alaban por cualquier bobada.

Pienso con frecuencia en la carta que me escribió Antonia sobre *Frau* Mayer, porque nos pasa lo mismo con nuestro imitador de mujeres Miss Denise. Al principio, su actuación era considerada como un «triunfo en el arte de la imitación», pero ahora sus personajes femeninos son criticados y él está cayendo en desgracia entre el público.

Este último año, se insinúa cada vez más a menudo que Dennis es homosexual. Pues ¿qué otro motivo podría tener un hombre para ponerse ropa femenina e imitar tan bien a las mujeres que nadie nota la diferencia?

Y Dennis tiene un problema, porque en este país la homosexualidad está prohibida por la ley de sodomía.

Para colmo de desgracias, en la política neoyorquina se están alzando voces que exigen que se prohíban este tipo de actuaciones debido a su «perversidad». Era lo que faltaba después de la prohibición de las bebidas alcohólicas. Pero afortunadamente todavía no hemos llegado a eso y solo nos queda rezar para que los que mandan tengan otras cosas en que pensar y pase el peligro.

No obstante, Dennis se siente deprimido por la situación y cuando no está subido al escenario intenta parecer lo más viril posible. Ya no fuma cigarrillos, sino cigarros; bebe cada vez más, usa un lenguaje agresivo cuando alguien dice algo que no le gusta e incluso la emprende a puñetazos cuando la cosa se descontrola un poco. Y todo para mantener una fachada masculina. Además, ayer vino a decirme que se había prometido. Me quedé boquiabierto. ¡Dennis! Pero si nunca ha mirado de esa manera a las mujeres. Por supuesto, enseguida le pregunté con quién, pero él me contestó con vaguedades y me dijo que ya conocería a la dama en cuestión. Claro que sí. Es increíble lo que es capaz de hacer una persona cuando se siente acorralada.

¿Habrán llegado a su fin los felices años veinte? Todo se está poniendo muy negro. La última semana de octubre tuvimos un *Black Thursday,* un *Black Monday* y un *Black Tuesday,* un jueves, un lunes y un martes negros. Wall Street ha sufrido un crac. Presas del pánico, los inversores malvenden sus acciones, por lo que las cotizaciones caen en picado. Todo el mundo parece haberse vuelto loco, los hay incluso que saltan desde lo alto de los rascacielos porque no pueden hacer frente a las pérdidas. No debería habérselo pedido a los dioses, pero creo que, por lo pronto, Miss Denise estará a salvo.

ANTONIA
40

Berlín

Siento que alguien me toca. Bajo la batuta y me vuelvo atónita hacia el culpable. La orquesta enmudece y la soprano Martha Green, una rubia platino a la que ya había visto mirar extrañada lo que sucedía a mis espaldas, también se queda en silencio. Estoy en pleno ensayo con la Filarmónica de Berlín y muy concentrada. Y por eso no me había dado cuenta, hasta ahora, de que un sastre me está tomando las medidas mientras yo estoy subida al podio.

—Por el amor de Dios, ¿qué está haciendo? —pregunto, perpleja.

—Tengo que confeccionarle un vestido —me contesta el hombre de malhumor.

La soprano se inmiscuye antes de que pueda replicarle.

—¿Un vestido? Entonces habrá dos vestidos en el escenario —dice con un mohín en sus labios encarnados.

Le lanzo una mirada indiferente.

—Sí, ¿y?

—Tienen que mirarme a mí. Soy la solista.

No debería haberle dicho que viniera. Me traen sin cuidado sus quejas en torno al vestido —aunque me subiera al escenario llevando harapos, me daría igual—, pero su concentración es pésima y eso me preocupa mucho.

—Ya me pondré lo mismo que ellos —le digo señalando a los miembros de la orquesta.

El sastre ha aprovechado la interrupción para seguir anotando las medidas y dice que ya está listo. Debe de ser lo normal.

Karl Muck me transmitió la feliz noticia: gracias a sus esfuerzos, la Filarmónica de Berlín había aceptado que la dirigiera. Podía dar mi primer concierto.

En el mes de septiembre anterior había acabado mis estudios de dirección de orquesta en la Real Academia de Música. Para completarlos, los dos estudiantes que cursábamos esta carrera teníamos que dirigir una obra. Para ello hicimos siete ensayos. Mis compañeros de clase protestaron y dijeron que era demasiado poco, pero yo me callé. Si me hubiese quejado, lo habrían achacado enseguida a la debilidad femenina, así que me cuidé mucho de hacerlo. Los profesores estaban presentes durante los ensayos, pero no se inmiscuían. Ahora nos tocaba a nosotros conseguir que funcionara.

Elegí *El canto del héroe* de Antonín Dvořák. Afortunadamente, les gustó mi interpretación y conseguí mi título. Ahora, al igual que Muck, podía anteponer «*Dra.*» a mi nombre: *Dra.* Antonia Brico.

Me apenó que acabara esa época. A pesar del hecho de que exigía lo máximo de mí, allí me sentía como un pez en el agua.

Me puse sentimental cuando me despedí de mis profesores. Muchos de ellos eran artistas famosos, vinculados a grandes orquestas y compañías de ópera. Sin embargo, evité despedirme de uno de ellos. Admito que lo hice por interés propio, porque seguramente él habría ignorado mi mano tendida. Al fin y al cabo, durante dos años tuvo el valor de entrar en la clase saludándonos con un *Guten Morgen, meine Herren* —«Buenos días, caballeros»—, pese a que yo estaba delante de él y era imposible que no me viera.

Cuando formulaba una pregunta a la clase y yo alzaba la mano, él nunca me daba la palabra. Ni siquiera se dignaba reconocerme como estudiante cuando era la única entre todos aquellos hombres que levantaba la mano.

Pero bueno, ahora había completado mis estudios de dirección de orquesta y era la primera mujer y la primera americana en conseguirlo. Por supuesto, Muck había aprovechado esto último en mi favor.

Sigo ensayando *Ah, Perfido!* de Beethoven. Martha Green entra después de un compás. Me pregunto de dónde saca sus buenas referencias; justo antes había cantado en La Scala de Milán y, al igual que yo, quiere ser famosa, pero ahora mismo lo está haciendo fatal.

—*Per pietà, non dirmi addio! Di te priva che farò?* —canta: «¡Por piedad, no me digas adiós! ¿Qué haré sin ti?».

Sin embargo, tengo que pararla. Veo que a ella también la irrita, porque mira su reloj con gesto exagerado para que todo el mundo se dé cuenta.

—¿Tienes que ir a algún sitio? —le pregunto en inglés a mi compatriota estadounidense.

—Ya que lo mencionas, sí —dice suspirando profundamente—. Tengo que coger el tren a Milán.

—¿Qué?

Los miembros de la orquesta observan imperturbables cómo evoluciona la conversación. No pienso darles el gusto de presenciar una vulgar riña entre mujeres.

—Este ensayo está programado hasta las cinco. Si todo va bien, podrás irte después —me limito a decirle.

Su concentración aumenta de repente y el ensayo prosigue sin más contratiempos. Unos minutos antes de la hora, doy por finalizado el ensayo porque quiero hablar a solas con Martha. Ella se marcha a toda prisa, pero no logra escabullirse, porque antes tiene que ir a recoger su maleta en el camerino. En el pasillo, la detengo.

—¿Qué querías decir con: «Me voy a Milán»? ¡No puedes irte de aquí!

—¿Has olvidado que hay días de fiesta?

Por supuesto sé que mañana es san Silvestre, como llaman los alemanes al último día del año. Seguramente me lo pasaré sola en mi buhardilla repasando una vez más las partituras.

—El 3 de enero está programado el segundo ensayo —le digo.

—Entonces todavía no habré vuelto —dice fríamente.

—Pues tendrás que hacerlo.

—¿No puedes ensayar las otras piezas? El día 7 habré vuelto y habrá tiempo de sobras hasta el día 10.

En realidad, no le falta razón. Schumann y Händel también están en el programa y allí ella no interviene.

—¿Tienes una actuación en Milán? —le pregunto.

—No, he quedado con mi novio, que vive allí.

«¿No haría yo lo mismo si se tratara de Frank?», me pregunto. Siento una punzada de envidia.

Martha se marcha corriendo.

—¡Ten cuidado! —le grito.

Se vuelve rápidamente.

—Por supuesto —me dice, y entonces se le ilumina toda la cara—. ¡Estamos tan enamorados!

Cuando vuelvo a casa, no he recibido correo de Frank. Hace ya un año que la cosa está así, pero hoy la decepción es mayor que otros días. ¿Será porque siento la tensión de mi concierto?

«¡Bien lo sabes, mi bello ídolo! Moriré de pena», resuena el aria de Beethoven en mi cabeza. Beethoven, que no se doblegaba ante nada. Beethoven, cuya compleja música hizo necesario el oficio de director de orquesta. Beethoven, que siempre tentaba al destino. Frank, moriré de pena. ¿Por qué no me escribes?

Las fiestas navideñas rompen el ritmo de trabajo, al que tanto me aferro. Siempre las he aborrecido. De niña advertía la emoción y el entusiasmo que provocaban en los demás: en la escuela y en los escaparates colgaban adornos navideños y en la calle se veía a la gente arrastrando árboles de Navidad, pero en casa no lo celebrábamos. No teníamos árbol de Navidad —a mi madre le horrorizaba la idea de que las hojas de abeto ensuciaran la casa— ni oca asada para cenar, como es costumbre aquí en Alemania. Me perdía por completo la magia de la Navidad. Lo mismo sucedía en Nochevieja. Nunca veía los fuegos artificiales.

Claro que me daba cuenta de que me perdía algo, y el temor que me producía esa pérdida me deprimía. En esas épocas me mordía más las uñas. Desde que tuve un piano, tocaba los villancicos que había aprendido en la escuela. Era lo único que podía hacer para dar un poco de «ambiente navideño» a nuestro hogar. Eso sí, tenía que asegurarme de que mi madre no estuviese en casa. Y eso me hacía sentirme aún más sola. ¿Qué es la Navidad si no puedes compartirla con nadie? Mi humor solo mejoraba cuando veía los restos de los árboles de Navidad tirados en la calle junto a la basura, para que mi padre los recogiera.

Movida por un extraño estado de ánimo decido pasar la Nochevieja en un café cualquiera. Busco una mesita y me quedo allí sentada con la mirada perdida. A mi alrededor, la gente está de fiesta. Todos con sus jarras de cerveza. Yo me contento con un vaso de agua.

En mi cabeza se forma un remolino incesante de pensamientos sobre Frank que no logro detener. ¿Por qué tuve que recibir una propuesta de la Filarmónica de Berlín justo cuando nada me impedía volver a Estados Unidos? Ya había escrito varias veces a Frank, pero él no respondía a mis cartas y empecé a dudar.

¿Quizá le molestaba la avalancha de correo que le había enviado? ¿Dejaba las cartas sin abrir? Yo me decía que un noviazgo puede durar años y también puede romperse. Quizá no todo estuviera perdido. Por otra parte, Robin no me había dicho nada de una boda inminente.

Y además estaban las noticias alarmantes sobre el crac de la bolsa a finales de octubre: los periódicos siguen hablando de ello todos los días. El precio de las acciones y de los valores se ha derrumbado. Y los bancos y las fábricas caen uno tras otro. ¿Es posible que la familia de Frank se encuentre entre los afectados? Incluso los ciudadanos de a pie parecen haber perdido sus ahorros conseguidos con esfuerzo debido a la gran cantidad de bancos que quiebran.

Mi madrastra sin duda se librará de ello, pues guarda sus ahorros en un lugar secreto de la casa que ni siquiera yo conozco. Pero lo que me preocupa es el desempleo que sigue aumentando. Me tranquilizo diciéndome que he tenido suficientes excusas para quedarme en Alemania y me sumerjo por completo en mi concierto.

Pero echo muchísimo de menos a Frank. ¿Verá los fuegos artificiales con su novia? Todo me da vueltas solo de pensarlo.

La gente se vuelve más ruidosa y más alegre a medida que el reloj se acerca a las doce, mientras yo permanezco sentada, como una oruga sin vida en su crisálida. Nadie sabe quién soy. Nadie ha oído hablar de mí. A nadie le importa que esté aquí. El anonimato puede ser una bendición, pero hoy no.

Antes de que el reloj dé las doce, vuelvo a estar en casa y me sigo regodeando en mi patética autocompasión.

ANTONIA

41

Berlín, 1930

Mientras toda Alemania se pone a limpiar y las amas de casa intentan sacar las agujas de abeto de sus alfombras persas, golpeándolas con un batidor, subo al podio. Vuelvo a respirar aliviada, los ensayos se reanudan.

He deseado un próspero año nuevo a los músicos. Si supieran cuánto pienso en ellos cuando me amenaza la tristeza en mis noches solitarias... Porque trabajar a su lado es una gozada.

El director de orquesta principal es Wilhelm Furtwängler. Es famoso por dirigir con la calma de un sacerdote, a menudo con los ojos cerrados como si estuviese rezando. Eso solo puede hacerlo quien conoce de memoria la partitura, lo cual dice mucho de él. Sin embargo, su aparente tranquilidad puede transformarse a veces en un berrinche; los alumnos de la academia ya habíamos sido testigos de ello durante sus clases. En esas ocasiones escupía tanto que todo el que estuviera sentado en la primera fila necesitaba un paraguas. Yo siempre me sentaba al fondo.

De una u otra forma, ese hombre es una leyenda. Su manera de dirigir es caótica, pero los músicos de esta orquesta son tan magistrales que logra grandes cosas con ellos. Prefiero no pensar demasiado en el hecho de que los miembros de la orquesta todavía no se han acostumbrado a mí. Sin embargo, tengo la sensación de que también me aceptan como su *Dirigentin*: su directora.

Por ello, el golpe es más fuerte cuando, una mañana, justo antes del último ensayo, Muck me muestra algunos periódicos.

—¿Has visto esto? —me pregunta.

Leo los llamativos titulares que me despiertan más que el café que acabo de pedir.

UNA MUJER NO PUEDE DIRIGIR
LA FILARMÓNICA DE BERLÍN

Y:

LAS MUJERES NO ESTÁN CAPACITADAS PARA
SER DIRECTORAS DE ORQUESTA

Ni siquiera mencionan mi nombre. Y por supuesto, los artículos me comparan con *Frau* Mayer, que dio su concierto hace ahora justo un año.

No esperaba que nadie me aceptara, pero me asusto por la hostilidad que transmiten esos artículos. Muck se da cuenta.

—Todos quieren verte fracasar... —me dice con gesto grave, para luego seguir más animado—, pero la buena noticia es que las entradas para el concierto están agotadas.

Eso está muy bien, pero yo ya no logro silenciar las alarmas que suenan en mi cabeza. Poco más tarde, mientras accedo a través de los bastidores a la sala donde los miembros de la orquesta están afinando sus instrumentos, veo a Martha al lado del concertino. Hoy es día 7. Lleva una bufanda alrededor del cuello, pero no tiene nada de extraño, pues es algo que suelen hacer los cantantes para mantener las cuerdas vocales calientes.

Ocupo mi posición en el podio y los instrumentos enmudecen. El único sonido que permanece es el carraspeo reprimido de Martha, que no tarda en convertirse en un fuerte ataque de tos. Ella se apresura a tomar un sorbo de agua, pero no consigue calmar la tos. Muck sube al escenario, parece alarmado.

—Buenos días, Martha —le digo como si nada—. ¿Cómo te fue en Milán?

En realidad, con mi pregunta le he tendido una trampa: no me interesa la respuesta, solo quiero oír su voz. Martha intenta desesperadamente emitir algún sonido, pero está afónica. De su garganta solo sale un sonido ronco.

Me quedo helada; mentalmente veo hundirse todo mi concierto de debut. Los músicos están callados. Me asalta el pánico, pero intento dominarlo. Muck me observa como si fuera el oráculo de Delfos. Por lo visto espera que tome una decisión.

Respiro profundamente:

—Está claro que no puedes cantar. Tendremos que cambiar el programa.

Al pronunciar esta última frase, miro sobre todo a los miembros de la orquesta, pues voy a necesitar su apoyo.

Martha empieza a protestar profusamente, pero me trae sin cuidado lo que diga. Deduzco que cree que su voz aún puede restablecerse lo suficiente. Sí, tal vez si hiciera el papel de bruja. Por dentro estoy furiosa, pero por fuera mantengo la calma. Los envío a todos a la cafetería durante media hora, porque tendré que deliberar con Muck y con la dirección sobre lo que debemos hacer ahora.

Martha no se mueve. La ignoro y me dirijo a Muck.

—Voy a cambiar *Ah, Perfido!* por la *Suite Americana* de Dvořák —le digo de la forma más neutra posible.

—No puedes hacer eso, estoy anunciada por todas partes —dice ella.

No doy crédito a lo que oigo. ¿Cómo osa decir eso, cuando es ella la que ha echado por tierra mi concierto?

—Esto es lo que se consigue cuando consideras a tu novio más importante que tu carrera como cantante.

Veo que le brotan las lágrimas.

—¡Tú ni siquiera sabes lo que es el amor, arpía! ¡Solo vives para tu música! —me grita con voz ronca.

Sus palabras me golpean más fuerte de lo que quiero admitir. Pero no les hago caso. «Lo que más les duele es que sus palabras no te afecten».

ANTONIA

42

Era una lucha contra el reloj, pero logré lo imposible. Esta mañana hemos hecho el último ensayo y esta noche será el concierto. Me voy a casa corriendo para descansar, pero no sé si podré relajarme. Estoy muy estresada.

Subo las escaleras casi a rastras. Los peldaños se me hacen cada vez más pesados, no puedo más. Al abrir la puerta de mi buhardilla, veo que han deslizado una carta por debajo. Cuando la veo se me acelera el corazón.

Le he enviado ya tantas cartas a Frank suplicándole que no se case y asegurándole que después de mi debut iré a Estados Unidos... Algún día tendrá que contestar. ¿Tal vez haya llegado el momento de la verdad?

Recojo la carta. Es de Robin, que por fortuna me escribe con regularidad. ¡El matasellos es de hace dos meses! ¿Cómo es posible que esta carta haya tardado tanto en llegar? ¿Será por el colapso de la economía?

Hambrienta de noticias, rompo el sobre con dedos nerviosos y en las páginas repletas de palabras solo veo una cosa: que la fecha de la boda de Frank es el 10 de enero. ¡Hoy!

Aunque era de esperar, en mi acosado e intranquilo cerebro se produce un cortocircuito. Siento tal desesperación que sufro un arrebato de cólera. Tiro todo lo que me estorba, lanzo al suelo todo lo que hay sobre la mesa, me acerco al piano, aporreo las teclas y tiro todos los libros de música que hay encima, y luego arranco todas las partituras que colgaban de las paredes y del techo.

Cuando ya no queda nada más que romper, me dejo caer en la cama. Sobre la mesilla de noche veo la solitaria tecla de mi destrozado piano. La agarro y la aprieto contra mí. Lo demás no me importa.

Todavía estoy tumbada en la cama, agotada y con el abrigo puesto, cuando horas más tarde llaman a la puerta. No reacciono porque no tengo ganas de hablar con la casera. La puerta se abre. Me alegro de darle la espalda, pues así no tendré que verla. Me falta la energía para quejarme de que haya entrado como si nada.

Pero entonces oigo el carraspeo de fumador de Muck. Advierto que se ha quedado parado en la puerta, por eso aún entra un poco de luz del pasillo que le permite ver algo. Seguro que no había esperado este desorden.

—¿Qué pasa? —gruñe—. ¿Te comportas como una niña pequeña? ¿Lista para esconderte debajo de las faldas de tu madre?

—¿Qué madre? —le pregunto.

—Dímelo tú.

No le contesto. Muck enciende la luz y recoge una silla que yo había tirado. Lo oigo dejarla con pesadez en el suelo.

—Bueno, ¿vienes o no? Te están esperando.

—No me «espera» nadie —le digo con cinismo.

Muck toma asiento en la silla.

—Hoy es tu gran día.

—¿Para que me abucheen?

—O te ovacionen.

—No veo más que un abismo.

Oigo cómo saca el paquete de cigarrillos del bolsillo. Y luego su encendedor.

—El abismo está ahí, incluso si tienes éxito. Cuanto más alto asciendes, más grande es la caída.

—Así que me estrellaré de todas formas.

—Forma parte del juego. Solo tienes que aprender a jugar.

—Para usted es fácil decirlo. No se llama Mayer o Brico. Usted es un héroe.

En el silencio que se hace a continuación oigo el sonido de su mechero y la gasolina que corre para encender la llama. La profunda calada del cigarrillo. El olor a humo inunda la habitación.

—La última vez que actué en Estados Unidos... —aquí se detiene para sacar el humo— abandoné el escenario escoltado por la policía, entre fuertes abucheos del público.

Me vuelvo hacia él y lo miro medio por encima del hombro.

—¿Por qué?

—Porque me negué a tocar el himno estadounidense. Les dije: «Soy alemán. No es mi himno».

Ahora me tumbo de espaldas, para poder mirarlo mejor. En su voz detecto una sensibilidad que casi nunca deja oír.

—Después me encerraron dieciocho meses. Solo porque estábamos en guerra, y yo era el enemigo... Igual que Albert

Schweitzer. —Contempla la punta encendida de su cigarrillo—. ¿Era un héroe entonces?

Se queda en silencio mientras observa la habitación sumido en sus pensamientos, como si viera las rejas.

—Nadie lo creía. Solo yo... A veces, con eso basta.

Al pronunciar estas últimas palabras, alza la vista y me mira. Pese a mi letargo comprendo que ha dado en el clavo.

El sastre está tirando del vestido que me ha confeccionado y que me cuelga del cuerpo como un saco.

—¡¿Qué ha hecho?! ¡Ha perdido kilos! —se queja, presa del pánico.

Ataca la costura del vestido con las únicas armas que cree tener: aguja e hilo. Le doy unas tijeras y le digo que puede cortarlo, pero él no me toma en serio. «Tampoco él».

La peluquera quiere ponerme una horquilla en el pelo para que no me tape la cara. Estoy harta de que me toqueteen tanto y me quito el elegante vestido. De todas formas, ahora ya no tengo que competir con el atuendo de Martha Green y prefiero salir al escenario con mi ropa de siempre: un sencillo vestido negro. Seguro que el público no se percatará de lo viejo que es.

Con un gesto de indignación, el sastre recoge el bonito vestido y lo adecenta. La peluquera agarra su polvera. Y antes de que se percaten de nada, salgo del camerino. Por el camino hacia el escenario, me quito la horquilla y me suelto el pelo.

No quiero ni pensar en que en este mismo momento, en Estados Unidos, se celebra la boda de Frank y Emma. En mi imaginación veo un vestido blanco. Motivo de más para negarme a que me acicalen.

Camino con paso firme hacia los bastidores, donde veo que Muck me está esperando. La peluquera y el sastre corren detrás de mí. Me detengo delante de Muck. Él sostiene en alto mi batuta, pero inesperadamente me apunta la frente con ella.

—Estás sudando.

Lo miro impasible, cojo la borla que sostiene la peluquera y me espolvoreo rápidamente la cara. Una nube de polvo me rodea.

—Ahora ya no.

Salgo bajo la luz de los focos y saludo. Esta noche, mi lugar está aquí, en el podio. El aplauso con el que me recibe el público suena glacial. Me digo irónicamente que seguro que es porque, en otros tiempos, este palacio de la música fue una pista de hielo donde se practicaba el patinaje.

No hace falta que me vuelva hacia los miembros de la orquesta para saber que también ellos están tensos. En lugar de eso me tomo mi tiempo para contemplar la sala. Quizá para apaciguar algo mi corazón, que late desaforadamente. En la primera fila están sentados los críticos, armados con sus libretas. Una señora se abanica con el programa. Tiene un sofoco en pleno invierno. Veo que Muck toma asiento en el palco, cerca del escenario. Espera con el aliento contenido. Todo el mundo espera con el aliento contenido.

«Todos quieren verte fracasar».

Me vuelvo hacia la orquesta, cuyos miembros se sientan.

Abriremos con la *Suite Americana* de Dvořák, que el músico compuso como una oda a América. Mi añoranza...

Alzo la batuta. Con los pies siento el suelo, con las manos marco el compás, con los oídos oigo la música, con los ojos veo las notas. Eso me hace olvidar por un momento a quién le pertenece mi corazón. Tengo veintisiete años. Me hallo ante la mundialmente famosa Filarmónica de Berlín y este es mi debut mundial.

FRANK

43

Long Island

La he ido siguiendo de cerca. No puedo evitarlo, es más fuerte que yo. Sin embargo, no he abierto ninguna de las cartas que me ha enviado desde Berlín. Ella misma cerró ese capítulo y yo me dije que debía ser fuerte. Además, solo empezó a escribirme cuando anuncié mi compromiso con Emma.

Para no sucumbir a la presión de unas cartas sin abrir, las iba quemando a medida que las recibía. El hecho de que fueran cada vez más, me lo ponía difícil. Pero podía ser tan tozudo como ella.

Además, quería seguir con mi vida. Estaba agradecido de que Emma hubiese entrado en ella. Visitaba a menudo a mis padres y empecé a pedirle que saliera conmigo. No me precipité y me lo tomé con mucha calma. Era una compañía agradable y empecé a cogerle cariño. Pedirle matrimonio me parecía un paso lógico.

La fecha de la boda se fijó el 10 de enero de 1930. Una boda de invierno, pero de todas formas la fiesta se celebraría dentro, así que no importaba. Yo no podía saber que, ese mismo día, Antonia daría su primer concierto con la Filarmónica de Berlín, tal como me contó el director alemán Bruno Walter, que intentaba organizarle conciertos en Estados Unidos.

Y hubiese preferido no saberlo. Cuando me encontraba ante el altar, esperando de espaldas a mi novia que avanzaba hacia mí, sentí un escalofrío. Estaba a punto de casarme con Emma y en mi mente seguía viendo imágenes de Antonia dirigiendo una orquesta.

Todavía me costaba creer que lo hubiese conseguido. Es un mundo tan duro. Todos y cada uno de los grandes directores de orquesta son hombres con rasgos narcisistas y un enorme ego; es inherente a la profesión. ¿Cómo podría mantenerse ella en ese mundillo, siendo mujer?

Después de que Antonia rompiera conmigo, pasé a ver a Willem Mengelberg en su casa de los Alpes suizos. De todas formas, estaba en Europa y Suiza limita con Alemania. Todavía no conocía a Tilly, la mujer de Mengelberg, que resultó ser una anfitriona encantadora y considerada.

Sabía que los miembros de la orquesta apodaban a Willem el Tictador, porque les exigía como un dictador que tocaran siguiendo exactamente el tic de su batuta. Y también había oído que los músicos se dirigían a él llamándolo «jefe». Pero en Suiza descubrí con disgusto que Tilly también llamaba «jefe» a su esposo. Quedaba claro quién empuñaba el cetro en ese matrimonio. Más de una vez me acordé de la carrera como cantante a la que había renunciado ella al casarse.

Para reprimir mi ataque de pánico ante el altar, respiré varias veces profundamente. Mientras Emma se colocaba a mi lado, con el velo cubriéndole el rostro, yo me repetía que debía dejar de dudar, pues ella no se lo merecía. Sin embargo, no era fácil.

Eran tiempos difíciles. En nuestros círculos, el crac bursátil había golpeado con fuerza. Afortunadamente, mi padre había invertido su fortuna sobre todo en bienes inmuebles y en oro, por lo que se libró en gran medida del descalabro y, gracias a Dios, yo tampoco tenía préstamos pendientes. Sin embargo, el poder adquisitivo del pueblo se deterioró mucho y en lo primero que recortan los ciudadanos es en entretenimiento, así que no estaba nada claro que se fueran a llenar las salas de conciertos. Reinaba tal miedo y preocupación que los invitados a la boda necesitaban una fiesta, que por fortuna yo podía pagar aún.

Unos días después de la boda leí un artículo sobre Antonia en el periódico. No le dije nada a Emma, pero le pedí a Shing que comprara todos los periódicos de la semana. Antonia podía estar orgullosa de sí misma.

UNA JOVEN AMERICANA SORPRENDE A LOS CRÍTICOS
BERLINESES DIRIGIENDO UNA FAMOSA ORQUESTA

LA SEÑORITA BRICO TRIUNFA
COMO DIRECTORA EN BERLÍN

UNA AMERICANA DIRIGE LA FILARMÓNICA DE BERLÍN

Todas las críticas eran elogiosas. Antonia se había convertido en un gran éxito. La llamaban La Genio e incluso Cenicienta, porque no tenía vestido para el baile. La consideraban un personaje de cuento, pero también la mujer peor vestida que habían visto jamás en el escenario. Sonreí: Antonia, de por sí hermosa, no quería saber nada de la moda.

En los meses de verano, Antonia regresó a Estados Unidos, pero dio un gran rodeo para evitar la Costa Este.

En la Costa Oeste se la disputaban. ¿Dónde daría su primer concierto estadounidense? Tanto San Francisco como Los Ángeles querían tenerla. Ganó Los Ángeles, porque allí le prometieron un concierto en el Hollywood Bowl, el famoso teatro al aire libre con miles de plazas.

Más tarde, me enteré —para más inri por boca de Emma— de que aquel concierto estuvo a punto de salir mal, porque Antonia llegó demasiado tarde. Se había quedado atrapada en un embotellamiento. No por culpa suya, sino porque un vástago de la familia Rothschild, con la cual Emma tiene lazos de amistad, le propuso llevarla en su Rolls-Royce y simplemente salieron con tiempo justo. Nadie esperaba tanto tráfico en las colinas de Los Ángeles, pero resultaron ser personas que iba camino del evento. El público que llenaba el anfiteatro tuvo que esperar cuarenta minutos antes de que Antonia subiera apresurada al escenario. Sin embargo, la crítica estaba entusiasmada. *Los Angeles Times* escribió:

Antonia Brico hizo su debut americano ante una de las mayores multitudes de la historia del Bowl. Demostró que su nombre se merece estar en el Salón de la Fama de la Música Sinfónica.

LA DIRECTORA DE ORQUESTA

Después de cosechar éxito con otros dos conciertos en San Francisco, regresó a Alemania, en contra de la voluntad de su rico mecenas Rothschild. Me enteré por Emma que él le había dicho: «Aquí tienes un lecho de rosas. ¿Por qué no te tumbas?».

Pero, por lo visto, había algo que alejaba a Antonia de Estados Unidos. No me hacía ilusiones de que fuera por mí y en realidad sentía alivio de que volviera a Europa. No quería ni pensar en encontrármela. Nadie sabría nunca lo que sentí por ella.

FRANK

44

Nueva York, 1933

En Estados Unidos no se nos escapaba que a principios de
la década de los treinta la situación en Alemania era cada
vez más agitada. La población vivía en la pobreza, porque
la depresión había golpeado duramente al país. Los alemanes ya no podían asumir la deuda de la guerra a los países
aliados —que deberían haber reembolsado durante unos
veinticinco años más—, y dejaron de pagar. Los angustiados
alemanes pedían a gritos una estrella que les indicara el camino para salir de aquel valle de lágrimas y la encontraron
en un artista fracasado llamado Adolf Hitler. La Alemania
humillada y quebrada empezó enseguida a reconstruir su
ejército, algo que se le había prohibido después de la Gran
Guerra. Aquella Alemania, donde vivía Antonia, no me gustaba nada.

El penetrante olor a sudor en la oficina es insoportable. He
ido a visitar al director Barnes y estoy hojeando la revista
musical británica *Gramophone*, en la que aparece un artículo

sobre el éxito que ha cosechado Antonia con sus conciertos en los Estados bálticos, París y Londres.

—¿La reconoces? —le pregunto a Barnes, mostrándole la foto publicada.

El retrato muestra a Antonia alzando la batuta. No parece temerle a nada ni a nadie. Barnes lee el titular del artículo en el que figura su nombre.

—¿Antonia Brico? No la conozco.

—Trabajaba para ti. De acomodadora. ¿Willy Wolters?

—¿Es ella?

Sin acabar de creérselo, Barnes observa más de cerca la foto de la revista. Me siento. El corazón me late con extraña rapidez.

—Ha causado furor en Europa, y hace tres años actuó en la Costa Oeste —le digo—. Siendo como eres el nuevo director del Metropolitan debes asumir un papel de pionero. ¿No valdría la pena traerla aquí?

Me percato de que Barnes está interesado. En qué estaré pensando, por todos los santos. Tendré que hacérmelo mirar.

ANTONIA
45

Subo los cinco pisos. En una mano sostengo una bolsa de cebollas. La llave sigue funcionando y tras siete años de ausencia vuelvo a estar en mi antigua casa paterna.

Mi padrastro está sentado en el sillón. Apoya sus viejas piernas sobre un reposapiés balancín. Mi madrastra está doblando la colada y se sobresalta al verme. Sin decir ni una palabra, dejo las cebollas sobre la mesa de la cocina como una especie de ofrenda de paz. Mi madrastra coge la bolsa y me da la espalda. Se queda delante de la ventana de la cocina, mirando fuera. Oigo a unos niños jugando en la calle. Un sonido inocente.

Mi padrastro da el primer paso; se levanta y me abraza emocionado. Después mira temeroso la ancha espalda de mi madrastra. Siguen teniendo la misma relación.

—Fui a visitar la tumba de mi madre —digo sin perder de vista a mi madrastra—. Supongo que no sabías que falleció. Murió de pena, por perderme. Solo tenía veintinueve años.

Ahora, mi madrastra se vuelve.

—¿Cómo lo sabes?

—Me lo dijo su hermana, que cuida la tumba. En su casa eran ocho niños. Mi madre era la mayor.

—¿Entonces tienes más familia?

—No tengo que explicaros lo que significa ser repudiada.

Mi madrastra lanza una mirada de culpabilidad a mi padrastro.

—Conoció a un hombre. Era músico. Mi madre se enamoró locamente de él... Aquel amor fue su perdición.

—Las mujeres que eligen por sí mismas se condenan al castigo —suelta mi madrastra.

—Tú también elegiste, cuando me secuestrasteis y vinisteis a Estados Unidos, ¿o no?

Ahora me dirige una mirada penetrante.

—¡Tu madre nos denunció! —dice en tono de reproche.

—¡Porque no queríais devolverme! —replico.

Me enfurezco cuando pienso en ello. En cómo mi madre, presionada por su Iglesia de amor al prójimo, intentó con todas sus fuerzas recuperarme para no ser excomulgada. Pero mis padres adoptivos se negaron en redondo, aduciendo que mi madre no había pagado mis gastos de manutención, una condición que había impuesto mi tacaña madrastra para aceptar la adopción temporal. Puesto que mi madre no tenía dinero para satisfacer la cuenta, se lo pidió a la Iglesia, pero allí no quisieron dárselo. No obstante, sí estuvieron dispuestos a pagar los gastos de un proceso para que yo siguiera profesando su fe.

Saco del bolsillo el pedazo de papel que mi padrastro me dio en una ocasión y que he conservado todo este tiempo. Lo dejo sobre la mesa y se lo acerco a mi madrastra para que lo vea bien. Me sigue costando mirar el titular del anuncio: «Bebé en adopción». Se me hace un nudo en la garganta de la emoción.

—Su idea era que la adopción fuera temporal —digo.

Mis padres adoptivos intercambian una mirada de dolor.

—El día del juicio, mi madre estuvo esperando en el juzgado. Pasaron las horas, pero vosotros no aparecisteis. Me buscó durante meses, pero no había ni rastro de mí. Había desaparecido.

Mi padrastro se deja caer, agotado, en una silla. Mi madrastra se coloca detrás de él. Es inútil; son como dos islas.

—A este maldito país —dice mi padrastro de pronto, con una amargura que no sospechaba en él.

¿Quiere decirme que se arrepiente de haber emigrado? Nunca había pensado en eso. ¿Qué dolor se esconde en su interior? En sus ojos detecto un brillo sospechoso, pero nunca he visto llorar a mi padre. Niego lentamente con la cabeza.

—No, a la tierra prometida.

Él alza la vista y me mira con dulzura.

—¿Qué le ocurrió a tu madre?

No esperaba que me lo preguntara.

—Se encerró en un convento de clausura... Donde... languideció.

Los miro a uno y a otro.

—¿Todavía creéis que mi madre no me quería?

Veo que los dos lo están pasando mal por mis palabras. Por la mejilla de mi madrastra corre una lágrima. Me cuesta imaginarme que esa lágrima haya nacido del amor, pero quizá lo contrario sea mi amargo destino, pues durante todos esos años me he preguntado a menudo por qué huyeron a Estados Unidos. La pregunta a la que nunca obtuve respuesta. Mi madrastra viene hacia mí y me abraza como si fuera muy frágil. Y lo soy. Dejo colgar los brazos junto a mi cuerpo. Las cebollas hablan por sí solas.

ANTONIA

46

—Puedo organizarte un concierto. Pero tendrás que comprar tú misma la mitad de las entradas.

Apenas puedo creer que esté ante el escritorio de mi antiguo jefe: el director Barnes. Ha ascendido a director del Metropolitan Opera House —abreviado el Metropolitan —y me ha hecho venir desde Alemania para hablar con él. Desde la ventana, que me gustaría abrir, tengo vistas sobre la ciudad, pero me concentro en Barnes.

—¿De cuánto se trata? —le pregunto.

Él escribe algo en un papel que luego desliza hacia mí.

—Por adelantado —recalca.

Reconozco la estrategia que usaron con *Frau* Mayer, solo que yo no tengo un marido que me solucione la papeleta.

—¿Les pide lo mismo a todos los directores que actúan aquí?

—Aquí solo actúan los más grandes y tú no lo eres.

—En Europa me ha ido bien. —Suena demasiado a la defensiva y odio eso.

—Si crees que con unos cuantos conciertos al año te va bien, entonces sí —dice burlonamente.

El que paga es el que manda, aprendí durante mis estudios. El director Barnes parece disfrutar de la situación.

—Estoy asumiendo un gran riesgo —añade.

Mientras tanto, yo pienso febrilmente. No tengo la menor idea de cómo podría conseguir semejante suma.

—Lo siento, no puedo pagarlo.

—Entonces retiro mi oferta —dice el director Barnes recogiendo el papel—. ¿Vas a volver a Europa?

—No, me quedo aquí: *Home of the brave.*

Espero que la referencia al himno estadounidense me sea favorable, pero es lo que siento realmente: aquí hay que ser valiente. Es una carrera llena de obstáculos.

—En Estados Unidos, una de cada cuatro personas está desempleada —dice intentando intimidarme.

—En Alemania, una de cada tres —le contesto.

Nos miramos sin saber qué hacer con esta situación. Si ahora tuviera una goma de mascar de Adams, haría una bola y la reventaría. No logro explicar esta ridícula asociación de ideas con el chicle, salvo por las náuseas que siento.

Me inclino hacia delante apoyando las manos en el escritorio. Es una postura bastante atrevida, pero espero que mi lenguaje corporal lo impresione más que mis palabras.

—Si lo consigo... —empiezo a decir—, ¿me dará más conciertos?

—¿Pretendes imponer condiciones? —me pregunta con incredulidad.

Parezco idiota, pero tengo tantas ganas de dirigir que empiezo a aceptar los peligros de su propuesta.

—¿Por favor? Tener más conciertos es muy importante para mí. Por favor.

—¿Estás rogándome?

En ese momento me doy cuenta de cómo me sigue viendo él: como una acomodadora.

Estoy hecha un manojo de nervios. ¿Cómo he podido ser tan estúpida? He asumido un riesgo excesivo al aceptar la propuesta de Barnes. Me percato de ello mientras me dirijo a la salida del teatro.

Cuando he bajado la escalera y estoy a punto de entrar en el vestíbulo me asaltan una decena de periodistas y fotógrafos. Los fotógrafos me ciegan con sus *flashes* y los periodistas me acribillan con sus preguntas: «¿Qué puede decirnos?», «¿Va a dirigir un concierto aquí?», «¿Es eso cierto?».

Estoy perpleja de que ya lo sepan y por unos instantes no sé qué decir, pero me repongo rápido. Miro a los reporteros que me rodean y les contesto procurando darme importancia:

—Sí, es cierto... y la gente que quiera comprar entradas, que contacte conmigo.

Qué más da cómo se hayan enterado, si puedo aprovecharme de ello.

ROBIN

47

Estoy fuera fumando un cigarrillo y al principio no me percato de que es ella. Cuando alzo la vista para mirar a la persona que se aproxima, el tiempo parece detenerse. Para sorpresa mía, veo que la que se acerca es Antonia. El mundo a mi alrededor desaparece. Solo veo su hermoso rostro, su amplia sonrisa, su paso seguro; una mujer de mundo. ¡Dios mío, está aquí!

Lanzo la colilla al suelo, voy a su encuentro y nos abrazamos... como hacen los viejos amigos. Cuando nos separamos, nos miramos a los ojos. ¡Cuánto la he echado de menos! Antonia es la primera en hablar.

—No quieras saber en qué antros de mala muerte he tocado este año. De incógnito, claro —me dice sonriendo—. Como Willy Wolters.

No logro articular ni una palabra.

—He sobrevivido allí con lo que aprendí aquí —continúa.

Su mirada es tan radiante que me digo que se alegra realmente de verme. Gracias a ello, recupero el habla.

—Siempre me complace poder ayudarte —le digo sonriendo.

—¿Lo dices en serio?

Enseguida comprendo que me necesita.

Desde hace unos días, el club se transforma de día en una oficina de reservas para vender su parte de las entradas. Los periodistas hicieron bien su trabajo y Antonia consiguió mucha atención en la prensa; la chica americana que asombró a todos en Berlín iba a actuar por fin en Nueva York, ¡y encima en el Metropolitan! El teléfono no para de sonar.

Dennis es quien más contento está con la distracción. Desde 1931, en Nueva York está prohibido actuar como imitador de mujeres o travestido. Todos los clubes nocturnos tienen un policía delante de la puerta, como si en la ciudad no hubiera delitos más graves que combatir. El *Pansy Craze* —la locura mariquita—, como se llaman las actuaciones clandestinas de hombres vestidos de mujer, se desplaza a las ciudades donde aún está permitido. Dennis se ha quedado con nosotros. Pero ¿hasta cuándo?

«En la época del gran William Shakespeare, todos los papeles femeninos los representaban hombres. ¿Y ahora resulta que es perverso?», fue lo que replicó Dennis cuando bajó el telón. Entretanto ya se ha resignado: *the show must go on,* el espectáculo debe continuar. Ahora hace otros números, simplemente vestido de hombre. Pero me doy cuenta de que no es feliz.

Cuando nos acercamos al importe que su jefe había puesto como condición, quiero ser yo quien le transmita la buena noticia a Antonia. Necesita desesperadamente los ingresos. Me ha contado que el año pasado dio más de veinte conciertos en los Estados bálticos y Polonia, gracias a los que ganó un buen dinero. Pero sus ingresos resultaron no valer nada cuando regresó a Alemania e intentó cambiar el dinero. El banco rechazó las divisas extranjeras.

A Antonia no le quedó más remedio que unirse como pianista a un grupo de artistas que habían perdido su empleo debido a la crisis y que ahora viajaban de un club nocturno a otro tocando arias de ópera y éxitos cinematográficos. Pero la llegada al poder de un nuevo político a principios de año, que convirtió el país en una dictadura en un abrir y cerrar de ojos, fue la gota que colmó el vaso para Antonia. Sin embargo, no tenía dinero para el viaje y su situación empeoró cuando dejó de poder pagar las facturas de hotel.

Milagrosamente, a través de Muck le llegó la noticia de que en Estados Unidos querían contratarla y estaban dispuestos a pagarle la travesía. Sus experiencias en Alemania son un calco de las mías cuando estaba en la miseria porque no había trabajo. Solo que a mí nadie me quería y me convertí en mi propio salvador.

Está ensayando en el Metropolitan, un edificio de ladrillo amarillo en Broadway que ocupa todo un bloque. Cuando entro en la sala oigo la orquesta ensayar, pero no veo a nadie. El telón dorado del escenario está abierto. Encima del escenario hay grandes piezas de decorado, creo que para la ópera que se representará esta noche. La orquesta está escondida en el foso que se encuentra entre el patio de butacas

y el escenario. Voy al lugar de donde sale el sonido y entre
tanto leo los nombres que figuran en el proscenio: Gluck,
Mozart, Verdi, Wagner, Gounod y Beethoven. Todos ellos
hombres, también aquí.

Desde la sala no se tiene acceso al profundo foso de la
orquesta. Si quiero bajar, tendré que buscar detrás del escenario. Pero ya que tengo la ocasión, quiero explorar mejor
este teatro, pues nosotros, los músicos de jazz, nunca tenemos oportunidad de poner los pies aquí. Exhibimos nuestro
talento en sótanos y clubes nocturnos.

La sala es enorme y su forma recuerda la de una herra-
dura. Tiene cinco pisos de palcos. He de admitir que es
impresionante. Subo una escalera y llego al primer piso.
Por lo que veo, aquí se encuentran los palcos privados.
En las puertas de acceso figuran los nombres de familias
ilustres.

Cuando encuentro el apellido Thomsen, pienso en Frank.
Por supuesto que ese tipo rico tiene su propio palco en cada
teatro. Abro la puerta y entro. Hay seis asientos. Aquí se
sentará sin duda con su flamante esposa. Qué vistas. Desde
aquí se ve incluso el foso de la orquesta.

Aunque parezca imposible, la única entrada al foso es a través del vestuario donde se visten los músicos, reservado a
los hombres. Así que Antonia tendrá que cruzarlo aunque
sea mujer. Apartando la cara y tapándose los ojos con las
manos si los señores se están cambiando de ropa. No veo
ningún vestuario para mujeres. No debe de haber ninguno,
pues evidentemente no hay mujeres en la orquesta. Anto-

nia no tiene ni idea de hasta qué punto es una pionera que asalta un baluarte masculino.

Sé que tocan una pieza que se llama *Sinfonía inacabada*, porque el compositor nunca pudo completarla. Antonia me dijo que se desconoce el motivo, pero a ella le gustaba pensar que Schubert consideraba que los dos primeros movimientos ya eran de por sí perfectos. Ya veremos.

Me coloco escondido junto a la puerta del vestuario de hombres. Antonia no me ve porque está demasiado concentrada en lo que hace. Es la primera vez que la veo trabajando.

—Alto, paren, paren.

Antonia golpea enérgicamente el atril con la batuta.

—Los trombones entran demasiado pronto. Empezamos de nuevo, a partir del mismo compás.

La orquesta empieza otra vez. Enseguida oigo que los trombones vuelven a entrar antes que el resto. No hace falta tener una formación clásica para darse cuenta. Simplemente no suena bien. Antonia vuelve a golpear.

—Es *lalaladida* y luego ustedes. Los metales están desacompasados. Los fagots entran siempre demasiado pronto. *Sforzato*, ¿vale? Miren mi mano, aunque yo no los mire a ustedes. Otra vez.

La orquesta vuelve a empezar mal. Antonia pide de nuevo silencio. Pone los brazos en jarras y hace frente a todos sus músicos.

—Si los metales se empeñan en empezar a destiempo... dejen al menos que los trombones sean los primeros —dice con sarcasmo.

Yo sonrío. Antonia no deja que se burlen de ella.

Después de un rato, intercala una pausa y los miembros de la orquesta se van camino a la cafetería. Cuando pasan delante de mí los oigo quejarse de su directora. Seguro que Antonia también los oye, pero no les hace caso. Se ha vuelto insensible a las críticas.

Le cuento las buenas noticias. Empieza a sonreír y me lleva entusiasmada al despacho del director Barnes, del que ya he oído hablar mucho.

—Señor Barnes, estoy vendiendo muchas entradas —suelta Antonia en cuanto cruza la puerta del despacho.

La sigo con cierta timidez y nada más entrar tengo que reprimir el impulso de taparme la nariz.

—A este ritmo las habré vendido en menos de una hora. ¿Cómo va su parte de la venta?

—No puedo quejarme —le contesta Barnes.

—¿Así que cumplo su condición?

—He de admitir que sí.

—¿Significa eso que podré dar otro concierto? —le pregunta con gesto desafiante.

Pero Barnes es lo bastante prudente como para morderse la lengua. En lugar de ello, el apestoso mantiene su atronador silencio.

ANTONIA

48

Es cierto que la composición de Schubert se llama *Sinfonía inacabada,* pero esto sí que es el cuento de nunca acabar. Durante tres ensayos hemos tenido la misma cantinela. Cuando oigo cómo suena, me entran ganas de llorar. La orquesta se muestra reticente y eso solo significa una cosa: es su forma de protestar por mi presencia.

Golpeo con la batuta. El concertino no esconde su irritación.

—¿Y ahora qué pasa? —protesta sin dejar de removerse en la silla.

—¿Tiene algo que decir? —le pregunto con severidad.

—¿No podemos seguir tocando? ¡El concierto es mañana!

Suspira tan alto que pueden oírlo en la última fila.

—No tendrían que parar si hicieran lo que les digo. Otra vez.

Alzo la batuta y retomo el mismo fragmento. Los segundos violines empiezan a tocar, pero cuando indico que entren los primeros violines, imitan al concertino, que se niega a tocar una nota más. La música se desmorona. El primer violinista y yo nos miramos. Si las miradas mataran, ahora mismo habría que pedir un coche fúnebre. Para mí, claro está.

—¿Por qué no tocan? —pregunto.

—No acepto órdenes de una mujer que no sabe cuál es su lugar —me contesta el concertino.

—Sé muy bien cuál es mi lugar —le digo—. Es este.

Le muestro el podio y me siento afortunada por estar ensayando en el escenario en lugar de en el maldito foso de la orquesta.

—Otra vez.

Pero el concertino se levanta, coge la chaqueta que cuelga del respaldo de su silla y se dispone a marcharse. Sin embargo, antes de que pueda darse cuenta, me bajo de mi trono y le arranco el violín de las manos.

—Le he quitado el instrumento, ¿cómo le hace sentir eso?

Lo miro desafiante. Si quiere guerra, la tendrá. El concertino me observa, temeroso, mientras agito el instrumento en el aire.

—¡Cuidado, es un Stradivarius! —chilla, como si yo no supiera que un instrumento como ese tiene un valor incalculable.

—¡Ah, un Stradivarius! —exclamo—. Así que se preocupa por este instrumento.

Él asiente rápidamente sin perder ni un segundo de vista su valiosa posesión.

—Entonces estamos igual —le digo.

—¿Qué le hace pensar eso?

—Esta orquesta es mi instrumento. Sin sus miembros estoy perdida. Y no puedo tocar.

Me paseo por delante de la orquesta y miro a los músicos uno por uno para que me vean bien.

—¿Saben lo que dice Paderewski cuando deja de practicar un día? «Si un día no practico, solo yo lo noto» —les digo señalándome a mí misma.

Después muevo el Stradivarius como si fuera un puntero y señalo a toda la orquesta:

—«Dos días sin practicar y la orquesta lo notará».

Apunto a la sala vacía:

—«Tres días sin practicar y el público lo notará».

Miro con intensidad a los músicos.

—¿No creen que sucede lo mismo con un director de orquesta?

Mi voz está cargada de emoción contenida, pero no tengo la menor intención de derramar una sola lágrima. Qué más quisieran ellos. Los miembros de la orquesta no se atreven a decir nada. Vuelvo al podio.

—¿Saben cuántos conciertos tengo en mi agenda? Uno. Después vendrá un inmenso vacío. ¿Saben cuántos conciertos tienen mis colegas varones? Cuatro, a veces cinco al mes, durante todo el año. ¿Es eso justo?

Deslizo la mirada por los músicos. El silencio es sepulcral. Seguramente no saben qué hacer con este discurso cargado de emociones. Ni yo misma lo sé.

—No —me contesto a mí misma—. Es como lanzar un mendrugo de pan a alguien que se muere de hambre.

Agotada, dejo el violín sobre el atril y cojo la batuta. Por el rabillo del ojo veo al concertino respirar aliviado ahora que he soltado su instrumento.

Cuando me vuelvo, veo al director Barnes en el pasillo central. No tengo ni idea de si ha oído mi sermón. Cruzo el escenario debajo del cual se encuentra el foso de la orquesta, bajo los escalones hasta la sala, me acerco a Barnes y con una inclinación solemne le entrego mi batuta.

—«Aplauda, amigo mío, la comedia ha terminado».

Me pregunto si sabe que cito a Beethoven en su lecho de muerte, pero qué más da ahora. Después, me dirijo a la salida con la cabeza bien alta.

—¡No puede marcharse así! —grita Barnes—. ¡Tenemos un contrato!

No le hago el menor caso. Esta tirana de la batuta acaba de dimitir.

Esa misma noche me encuentro en mi apartamento cuando llaman a la puerta. Me asomo a la ventana y abajo veo al director Barnes y al concertino esperando en la acera. Mira por dónde. Bajo la escalera y abro la puerta principal. El concertino lleva consigo su violín y me mira con expresión culpable. Yo le dedico un breve saludo con la cabeza. No tengo nada que decirles; como mujer que conoce su lugar, sé muy bien cuándo debo mantener la boca cerrada.

—Mi instrumento. Por favor, acéptelo —me dice sosteniendo en alto el maletín de su violín para entregármelo.

Acepto el maletín, pero se lo devuelvo enseguida.

—Sin el músico, el instrumento no tiene valor —le digo.

Ahora, el señor Barnes se atreve también a abrir la boca.

—¿Significa eso que mañana estarás presente? —pregunta de malhumor.

Lo miro desde lo alto.

—No, porque todavía no me ha dicho nada.

Advierto que el concertino intercambia una mirada con Barnes: «¿Qué habíamos acordado?».

Barnes se aclara la voz.

—¿Quieres dirigir el concierto mañana?

Me acerco la mano a la oreja.

—Lo siento, no lo oigo bien —le digo con fingida amabilidad, pues lo odio.

—Por favor.

—Por favor ¿qué? —pregunto en tono inocente.

—Señorita Brico, ¿dirigirá por favor el concierto mañana? —consigue soltar por fin, aunque con esfuerzo.

Sonrío.

—Señor Barnes, ¿está rogándome?

—Sí.

—¿Qué hay de mi condición?

Se hace un largo silencio. Entonces, dice a regañadientes:

—Tendrás un segundo concierto.

ROBIN

49

—¿Músicos desempleados? ¿Quiere que dirija a músicos desempleados? ¿Cree que así podrá librarse de mí?

Antonia está furiosa y da rienda suelta a su cólera, sin pudor. Estamos en un tranvía repleto que nos lleva por Broadway hacia In the Mood.

Por supuesto, tiene razón. Ese Barnes no es de fiar. El concierto de Antonia en el Metropolitan fue un gran éxito. Yo lo estaba viendo entre bastidores cuando una acomodadora con el pelo trenzado vino a colocarse a mi lado. Masticaba chicle y miraba con orgullo a Antonia, y entonces susurró:

—¿Sabe qué la hace tan especial?

No pude contestarle, porque se largó en cuanto vio que se acercaba Barnes para escuchar el concierto junto a mí. Por supuesto, yo también sé qué es lo que hace tan especial a Antonia, pero siempre es agradable oír otra opinión.

Quería que Barnes se fuera. El buen hombre apestaba como un perro. Pero se quedó donde estaba y vi que cerraba los ojos. Después de un rato, lo oí susurrar:

—Cuando cierro los ojos, no oigo que es una mujer la que dirige.

Lo miré como si le faltara un tornillo, pero él no se percató de nada.

En la abarrotada sala había más de tres mil personas escuchando. Busqué a Frank Thomsen entre los presentes, pero en su palco privado solo pude distinguir a una mujer rubia y a un matrimonio entrado en años. Me alegré de que ya no estuviera interesado en Antonia.

A pesar de que Antonia recibió una ovación de pie que duró minutos, Barnes le está escamoteando hábilmente el segundo concierto que le prometió. Y encima se las ha apañado para que sea yo el que le transmita la mala noticia, porque me considera su mánager.

—Es un proyecto de apoyo del Gobierno. Para que los músicos practiquen hasta que lleguen tiempos mejores —le explico a Antonia.

Lo que le digo es cierto. Para dar trabajo a los trece millones de desempleados, nuestro nuevo presidente Franklin D. Roosevelt aborda la Gran Depresión de forma muy distinta a su pasivo predecesor. Ha presentado un programa que llama el New Deal —el nuevo trato—, en el que pide al pueblo estadounidense que combata la persistente pobreza con Espíritu Luchador.

—Me trae sin cuidado —grita Antonia—. ¡No pienso hacerlo!

—Comprendo que te sientas estafada. Pero míralo por el lado positivo: te pagarán y podrás dirigir todo el tiempo —replico.

No entiendo por qué tengo que hacer de abogado del diablo.

—Pero ¿qué sentido tiene si nadie lo oye? No lo entiendo. ¡Tuvimos muy buena prensa!

—Para Barnes ese es el problema. Recibes demasiada atención.

—Pero eso es bueno, ¿no?

—El solista anuló su participación por ti. Se niega a cantar bajo las órdenes de una mujer.

—¿En serio? ¿Quién es? —me pregunta, indignada.

—¿Quieres saberlo de verdad?

Antonia me observa con su insistente mirada. Claro que quiere saberlo. Lo entiendo. Yo también quiero saber siempre quiénes son mis enemigos.

—El barítono John Charles Thomas... —le digo—. Cree que desviarías toda la atención hacia ti.

Antonia niega con la cabeza.

—¡Cuánta vanidad la de las divas solistas!

—Estás hablando de un hombre —le digo.

—Sí ¿y? ¿Qué más da?

—Tendrías que llamarlo divo.

—Qué más da. *Po-ta-to, po-tah-to* —dice, haciendo alusión a la popular canción de Gershwin *Let's Call The Whole Thing Off*. Para continuar sentenciando—: No voy a hacerlo.

ANTONIA

50

Nueva York, 1934

Vale, entretanto me he convertido en una estrella de la audacia, lo admito. Es porque muy a menudo me veo obligada a hacerme la valiente o a hablar maravillas de mí. Hablar maravillas de una misma resulta más difícil que hacerse la valiente. Pareces arrogante y bocazas. Dárselas de valiente es aparentar más seguridad de la que se tiene realmente. Algo que nos cuesta bastante más a las mujeres que a los hombres, pero ese es otro tema.

Claro que me entraron ganas de matarlo cuando me enteré de que ese engreído de John Charles Thomas se negaba a trabajar conmigo. «Trabajar bajo mis órdenes» como dijo él. Los hombres no quieren tener a una mujer por encima, ese es el problema. Le deseé al Metropolitan mucha suerte con ese pedante, pues oí que había firmado un contrato. Él sí.

Pero el muy listillo había conseguido salir en la radio y dar espectáculos en Broadway. Se ha vuelto tan popular durante toda la Depresión que debe de tener callos en los codos de tanto apartar a la gente. A mí no me encontrará entre su público.

Pero bueno, cuando me tranquilicé vi la oportunidad que se me ofrecía para dirigir con más frecuencia, ¿y qué más podía hacer salvo aprovecharla?

Así que dije que sí y ya llevo un año haciendo ese trabajo. Tres veces por semana me pongo a dirigir a músicos desempleados. Aleluya. Incluso me pagan por hacerlo: treinta y cinco dólares semanales. Y pensar que, en su momento, Muck rechazó puestos en Estados Unidos pese a que le ofrecían un salario anual de 27 000 dólares. Yo ya me doy por satisfecha con poder pagar el alquiler y recibir mi sueldo en mi propia moneda.

El proyecto de apoyo exige que los ensayos duren seis horas al día, les guste o no a los músicos. Para ellos, esa disciplina es excesiva, pero ¿qué sabrán los funcionarios del Estado de eso? ¿Cómo puede un músico tocar la trompeta durante seis horas sin que se le hinchen los labios? Por eso, lo tengo en cuenta. Ya sea en la elección de las obras que tocamos o aumentando los descansos entre los ensayos.

El hecho de ir todos en el mismo barco hace que nos sintamos más unidos. El invierno pasado desafiamos el frío glacial en una sala de ensayos que apenas se calienta. Los músicos tocaban sus instrumentos con mitones, hasta que se les amorataban los dedos. En los calurosos meses de verano hice colocar ventiladores, porque de lo contrario era imposible trabajar.

Muy de vez en cuando nos permiten dar una actuación: un punto álgido que nos hace olvidar por un momento nuestro malestar. En una ocasión, incluso convencí a Robin de que tocara el piano cuando interpretamos *Rhapsody in Blue*.

En mi tiempo libre, busco febrilmente posibilidades para dar conciertos, pero resulta imposible. Todo el mundo sufre bajo la Gran Depresión, todos salvo John Charles Thomas, claro está.

—¿Llego demasiado pronto? —pregunto mirando el reloj mientras me subo al podio.

Solo veo siete músicos en el salón de ensayos y además resulta que son todas mujeres. Estaban charlando, pero se han callado en cuanto he entrado yo. Las he entrenado bien, pues tengo por costumbre empezar enseguida.

Otras dos mujeres entran apresuradamente y se instalan deprisa.

—¿Dónde están los hombres?

—La Orquesta Sinfónica de Nueva Jersey ha convocado audiciones —contesta la violinista que está en primera fila.

Me echo a reír.

—Entonces, ¿qué hacéis aquí?

—Solo contratan a hombres —me dice la violinista.

Debería haberlo sabido.

—Solo hombres, ¿eh? —le digo con un deje de ironía.

Deslizo la mirada por el grupo de mujeres. Cuatro violinistas, una arpista, dos flautistas, una clarinetista y una violonchelista. Nueve en total. «Bueno —pienso—, puedo ensayar con nueve mujeres». Y en ese momento se me ocurre una idea brillante.

Después del ensayo me voy corriendo a casa de Robin. Mantengo el dedo demasiado tiempo en el timbre. Estoy impaciente por contárselo. El plan que he ideado es seguramente una muestra de temeridad. Pero ¿qué más da?

Cuando por fin se abre la puerta, las palabras salen atropelladamente de mi boca.

—Robin, ¿no dices siempre que si quieres triunfar en este negocio tienes que llamar la atención?

Él me mira sin comprender, porque casi estoy bailando de emoción.

—Eso es exactamente lo que voy a hacer. Lo que se puede hacer con nueve mujeres, también se puede hacer con noventa...

FRANK

51

He ido a visitar a Mark Goldsmith para ver al bebé, pero no me lo muestra. Hace tres semanas nació su noveno hijo. Un varón al que pusieron de nombre Richard. Pensé que era por Richard Strauss, pero resultó ser en honor a Richard Wagner.

Su mujer Beth ya está en pie. Nos sirve el café sonriente. Veo que tiene ojeras y el rostro cansado y me avergüenzo. Es admirable que ya esté ocupada con las cosas de la casa, pero pienso que tal vez Mark tendría que haberle servido a ella el café en la cama. A mi entender, las mujeres tienen derecho a quedarse en la cama hasta seis semanas después del parto.

Justo cuando hace ademán de sentarse con nosotros, veo que Mark la echa, como si fuera una criada. Beth sale de la habitación. Apenas se ha ido cuando cuatro de sus hijos mayores irrumpen en el mirador contiguo al despacho de Mark. Empiezan a lanzar una pelota con mucho jaleo, sin preocuparse de la vajilla que hay sobre el aparador. Hasta dos veces oigo caer algo y hacerse añicos. Pero Mark está demasiado absorto en el periódico *The New York Times* que le ha dejado su mujer cuando nos ha traído el café. O bien ya ni siquiera oye el ruido que arman sus hijos, lo cual también es posible.

—¿Has visto esto? —me pregunta Mark.

Antes de que pueda ver a qué artículo se refiere, empieza a leerlo en voz alta.

—¡Se busca! —exclama como si se tratara del mayor criminal—. La directora de orquesta Antonia Brico busca mujeres para crear una orquesta femenina. Hay puestos para todos los instrumentos...

No acaba la frase y me lanza una mirada desdeñosa, como si yo hubiese puesto el anuncio.

—Déjame ver —le digo.

Me entrega el periódico y leo tranquilamente la convocatoria. Se me acelera el corazón. ¿Qué está emprendiendo ahora? Apenas escucho las quejas de Mark y no tardo en marcharme. Estoy harto del jaleo que arman sus hijos.

Cuando salgo fuera, Shing, que me ha estado esperando, se apea del coche. Me abre la portezuela, pero me apetece caminar un rato. Quedo con él en que vendrá a buscarme una hora más tarde en el parque.

En un quiosco compro el mismo *The New York Times*, pese a que tengo una suscripción a ese periódico. Asimismo compro el *New York Herald Tribune* y veo que también lleva el anuncio. Me doy cuenta de que necesito leer una y otra vez la convocatoria, como si así la captara mejor. La fecha de la audición ya está grabada en mi memoria.

En casa no le digo nada a Emma. Pero durante la semana presto atención para ver si esta noticia ha penetrado en los círculos musicales. No lo parece. Las pocas mujeres que conozco con un puesto directivo en diversas orquestas se encogen de hombros cuando les pregunto a este respecto.

Dos días antes de la audición, tengo una cita con el director de orquesta italiano Arturo Toscanini, que no quiere poner un pie en su país a causa del auge del fascismo. Eso lo honra.

En Estados Unidos lo adoran y en Nueva York sacan la alfombra roja a cada paso que da. Aquí hay una gran comunidad italiana y es posible que eso tenga algo que ver con su popularidad.

En cualquier caso, dicen que nadie levantó un dedo cuando, en 1909, Toscanini echó a Mahler del Metropolitan. Este, que sufría del corazón, ya no tenía energía para protestar contra su despido.

Una emisora de radio me pidió hace poco que llevara las negociaciones para que Toscanini —que ahora tiene sesenta y siete años— dirigiera varios conciertos, de los que quieren hacer grabaciones. Les preocupan un poco esas negociaciones porque todo el mundo sabe que es un hombre muy quisquilloso. Y dada su indiscutible fama, pedirá una suma astronómica.

Sus interpretaciones no me parecen nada brillantes. Finge estar por completo al servicio de la creación divina del compositor, pero soy suficientemente experto para saber que menoscaba esas creaciones cuando le conviene.

No me cae bien. Hablando de directores autoritarios, él es el peor en su género. Reina sembrando el miedo. Puede ponerse como una fiera con los miembros de la orquesta, los insulta llamándolos cerdos o los pone verdes. Y me refiero a los mejores músicos. Le tienen pánico.

Ya me habían advertido que no quería que lo llamaran señor Toscanini, sino maestro. En sí, no tengo inconveniente. «Respeto» es la palabra mágica entre los músicos, pero debe ser mutuo.

Justo antes de iniciar las negociaciones, le pregunto de pasada al maestro Toscanini qué opina de las mujeres directoras. El muy vanidoso empieza a tirarse del elegante bigote gris.

—Hace unos años vi a una de ellas —me dice con una voz que suena como si se frotara las cuerdas vocales a diario con un rallador de parmesano—. Creo que se llamaba Leginska, Ester, o Ethel o algo por el estilo. Dirigía a la orquesta desde el piano, porque en realidad era una pianista. Su actuación tuvo lugar al margen del programa de conciertos oficial, por supuesto. Durante la ovación final, los músicos se negaron a levantarse y compartir el aplauso, de lo avergonzados que estaban. ¿No viste las caricaturas que se hicieron entonces sobre su grotesca manera de dirigir? Aún recuerdo que los periódicos escribieron sobre la mujercita poseída por un demonio gitano. Le di el único consejo posible: «Haz óperas. Así estarás escondida en el foso de la orquesta y no irritarás al público».

Lo miro y me digo para mis adentros que aún quedan muchos muros por derribar... Y que no pienso regalarle nada en las negociaciones.

Cuando llega el día de la audición y leo el periódico durante el desayuno, me llama la atención un titular malicioso:

LAS MÚSICAS SON INFERIORES

Al principio, espero que no se refiera a Antonia. Leo el artículo a toda prisa.

> Según Mark Goldsmith, el eminente pianista y director de orquesta, las mujeres nunca llegarán a estar entre los principales directores del mundo. La señorita Brico tendrá que conformarse con un lugar secundario, antes de caer en el olvido. Es su destino.

Siento una punzada que me atraviesa el corazón. No quiero ni pensar en que Antonia lea estas palabras. ¿Cómo puede Mark atacarla de esta manera? Sigo leyendo:

> Además, la señorita Brico emprende un camino hacia ninguna parte. Ya verán como no cambiará nada. Ni dentro de diez años, ni de veinte ni de cincuenta. Nunca.

Durante un buen rato reflexiono sobre si debo llamar al orden a Mark, pues en mi fuero interno pienso que no puede hacer esto. Pero, por otro lado, sé cómo funcionan los engranajes del sistema. A veces hay que dejar que las cosas sigan su curso y a veces hay que darles un empujoncito.

Del mismo modo que llamé a las redacciones de los principales periódicos cuando Barnes le dio su primer concierto, ahora voy a hacer una ronda de llamadas.

ANTONIA

52

Los letreros que indican cómo dirigirse a la sala de audiciones ya están colocados. Me permiten utilizar la sala de la orquesta de desempleados. Robin se ha encargado del resto. Se han juntado algunas mesas en las que se sentarán los músicos de la banda de Robin, que harán las veces de comisión de selección. La cosa tiene que parecer auténtica.

Robin todavía no ha llegado. Dijo que debía hacer un encargo y que llegaría más tarde. Las bailarinas se han vestido de punta en blanco y están listas para recibir a las mujeres y acompañarlas durante todo el proceso. Yo solo he tenido que ocuparme de las partituras, para que cada atril tuviera la que corresponde a cada instrumento.

Ahora solo queda esperar a que se presente alguien. Los músicos y las bailarinas fuman con nerviosismo un último cigarrillo. Me acerco a la ventana y me asomo. La calle se encuentra tres pisos más abajo. Todavía no se ve nada. Sí, hay algunos transeúntes en la acera, pero veo que no vienen aquí. Me siento extrañamente tranquila. Ya veré cómo sale. Solo haberlo intentado ya me hace sentir bien.

Entonces veo de pronto el primer maletín de violín doblar la esquina. Desvío la mirada hacia la mujer que lo lleva. Camina con paso decidido y la cabeza alta. Busca el número del edificio y entra. Y a ella la siguen otras. Las nueve mujeres de la orquesta de desempleados también se unen a ellas. Por los maletines de instrumentos veo que hay siete violinistas, tres violas, dos flautistas, dos clarinetistas, dos clarines, una fagotista, una trombonista, una oboísta, dos violonchelistas y, sí, incluso una contrabajista. En total hay unas veinte. Llegan una tras otra, como si lo hubiesen acordado entre ellas. Las bailarinas se ponen en movimiento. Vamos a empezar.

Si de todas formas voy a caer en el olvido, como afirma Goldsmith, qué mejor pieza podría haber elegido que la «olvidada» sinfonía de Anton Bruckner, *Die Nullte* o bien: *La Anulada.*

Esta composición del compositor austriaco, que durante tanto tiempo se mantuvo oculta al mundo exterior, me parece la más hermosa de todas sus sinfonías. En total compuso nueve, pero contando *La Anulada,* son diez. Y esta se convertiría en la más inalterada, porque una vez completada no volvió a retocarla.

El modesto Bruckner, que ejercía de maestro en una sencilla escuela rural, fue continuamente criticado por los músicos contemporáneos. Sobre todo Johannes Brahms, que no soportaba a Bruckner y lo atacaba sin cesar. Eso hacía dudar tanto a Bruckner sobre su talento que añadió un gran cero a la composición que precedía a su primera sinfonía y al lado escribió «anulada», tras lo cual la guardó en un cajón del que no volvió a sacarla. Pensaba que aquella sinfonía no merecía ser escuchada. La crítica incesante acaba por doblegar a cualquiera.

Afortunadamente, sus siguientes sinfonías se libraron del olvido. Él las fue puliendo y revisando, u otras personas metieron mano en ellas, por lo que surgió una maraña de versiones. Tras su muerte, nadie sabía qué era original suyo y dónde habían puesto sus manazas otros. La coexistencia de varias versiones de la misma sinfonía llegó incluso a recibir el nombre de «el fenómeno Bruckner».

Hace tan solo diez años que esta *Sinfonía Anulada* tan pura —por permanecer intacta— se recuperó y se ejecutó por primera vez. Bruckner no pudo presenciarlo, pues llevaba ya veintiocho años muerto.

Y ahora tocamos su sinfonía aquí, en la sala de ensayo de la orquesta de desempleados, interpretada por un grupo de mujeres que también están «anuladas». Estoy plenamente satisfecha de haber elegido a Bruckner. Ser modesto e inseguro, pero dejar semejante herencia es algo que solo se les concede a unos pocos.

La pieza contiene expectativa, como si fuera a ocurrir algo grandioso que todos llevan esperando desde hace tiempo. Ocupo mi lugar en el podio y observo a las músicas. Estoy segura de que ellas esperan algo tan simple como un empleo. Todas están muy serias y seguro que darán lo mejor de sí. Nadie intentará socavar mi autoridad.

—Empecemos. *A vue.*

No hace falta decir más.

La música se inicia con la parte del contrabajo. Me doy por satisfecha de que haya venido una contrabajista a la audición. Es el típico instrumento para el que podría costar encontrar mujeres.

Lo mismo sucedía con el violonchelo, cuando no llevaba puntal y el músico tenía que sentarse a horcajadas para apretar el instrumento entre las piernas. Debido a su pudor, las mujeres no podían tocar el violonchelo.

En torno a 1860, se introdujeron los puntales para apoyar el instrumento. Aun así, las mujeres solo podían tocarlo colocando ambas piernas a un lado, como las amazonas, pues era indecente ponerse un palo entre las piernas. Así pues, tocaban con la espalda retorcida y encima tenían que ponerse un corsé, porque se suponía que las mujeres debían llevar tal prenda.

Siempre me he negado a llevar esos trastos. Mi madrastra me trajo uno en una ocasión. Había sido de una niña algo mayor que vivía en uno de los pisos de nuestra escalera, así que no había tenido que pagar nada por él. Creo que yo tenía entonces unos doce años. Aunque parezca mentira, ya empiezan desde tan jóvenes. Monté una escena. Estaba furiosa, porque notaba que me estaban encorsetando y que me faltaba el aire.

Observo a la mujer que toca el contrabajo. El mismo instrumento que Robin...

Después de la audición, las mujeres guardan sus instrumentos y bajan del escenario en fila india. A través de una pequeña escalera llegan a la sala donde sostengo en alto el diario *The New York Times*.

—¿Quién de vosotras ha leído hoy este artículo? —pregunto.

La comitiva se detiene en seco. Casi todas alzan la mano. Alguna que otra lo hace titubeando.

—Os agradezco que hayáis venido igualmente —les digo—. Ninguna de vosotras ha sido «inferior».

—Bien, señoras, vengan por aquí —dice Dolly, que es la encargada de acompañar a las candidatas hasta la salida.

—Eh... —empiezo a decir—. ¿Puedo hablar un momento con la contrabajista?

La contrabajista baja los ojos, deja su gran instrumento en el suelo y va a sentarse en una silla de madera en medio de la sala. Le digo a mi equipo que quiero tener una conversación privada con ella y nos dejan a solas.

Doy una vuelta alrededor de la contrabajista para poder observarla bien. Me doy cuenta de que se siente incómoda, porque no se atreve a mirarme cuando paso por delante de ella.

—¿Cómo te llamas? —le pregunto.

Ella alza algo la barbilla.

—Roberta... —dice. Luego duda un poco y se aclara la garganta antes de añadir, en un tono más agudo—: Roberta Jones.

—Roberta Jones —repito para asimilar bien el nombre.

Y solo entonces me atrevo a decir lo que sospecho desde el principio.

—Robin, ¿eres tú vestido de mujer? ¿Con peluca, pechos falsos, maquillaje y todo lo demás, como Miss Denise?

No me contesta.

—¿Es tu manera de demostrarme tu apoyo?

Lo miro con gesto interrogante. Tiene que ser Robin quien está sentado frente a mí. Robin permanece en silencio.

—¿Robin? —le digo en voz baja.

Robin parpadea. Las pestañas postizas tiemblan femeninamente. Debo admitir que su ejercicio de maquillaje está logrado. Puede que Miss Denise le haya echado una mano.

—No voy vestida como una mujer...

—¿Qué?

Me acerco un paso. De repente parece tan vulnerable. Y sin embargo no puede ser...

—Estas son de verdad.

Robin señala sus pechos y aparta a un lado el cuello del vestido. Mi cerebro no consigue asimilarlo; si son de verdad, entonces Robin es realmente una mujer. Estoy tan desconcertada que todavía no logro comprenderlo.

—¿Cómo es que no lo he visto nunca?

Robin me mira por primera vez a la cara, con la cabeza algo inclinada.

—Porque sé ocultar las cosas —contesta.

—¿Nunca tuviste un accidente? —le pregunto.

—El accidente de nacer como mujer.

—¿Querías ser un hombre?

Se encoge de hombros, como si no lo supiera.

—Lo que quería era ser músico —dice finalmente—. Cuando subo al escenario me siento como en casa. Como tú. —Me mira fijamente—. Por eso te ayudé cuando vivías en Berlín.

Su comentario me asombra casi tanto como la revelación de que es una mujer.

—¿Estás diciéndome que ese dinero era tuyo?

—De una mujer que apoya las artes —dice con una sonrisa tan dulce que mi corazón rebosa de amistad.

—Dios mío, Robin... —digo sacudiendo la cabeza—. Entonces debo darte las gracias. Y lo siento tanto, no tenía la menor idea. Ni de eso ni de nada, en realidad...

—Quizás el precio sea demasiado alto, Antonia, pero al menos lo hacemos.

—Sí —asiento—. Al menos lo hacemos.

Robin se levanta. Se me pone la carne de gallina viéndola así, como una mujer, y doy un paso al frente. Qué más da que sea él o ella, la amistad que me une a Robin es indestructible.

ROBIN

53

Antonia quiere abrazarme, pero tengo la sensación de que será un abrazo muy torpe. Aún tiene que procesarlo. Para salvar la situación, me agacho y levanto mi contrabajo justo en ese momento y me dirijo a la salida. Cuando llego a la puerta me vuelvo para mirarla.

—Creo que prefiero ser quien era —le digo titubeando.

—¿Y quién eres? —me pregunta.

—Soy yo.

Le sonrío y abandono la sala de ensayo. Me resulta extraño habérselo dicho por fin. Me ha costado mucho mantener ese secreto para ella. Cuando estaba en Europa, me resultaba algo más sencillo, pero aquí nos vemos casi a diario. Ahora mi gran secreto ya no puede interponerse entre ella y yo como una gran roca. Excepto el secreto del amor que siento por ella. Sé que nuestra amistad se resentiría y no quiero asumir ese riesgo.

Cuando bajo la escalera tambaleándome sobre mis tacones, un periodista corre detrás de mí. Lleva un tiempo esperando, seguramente a que Antonia salga, pero ahora me asalta con su pregunta.

—¡Eh! —exclama—. ¿La señorita Brico tiene algo que decir?

No tengo nada que temer. Para él soy simplemente una música sin trabajo. No me detengo, pero me invento una respuesta.

—Ha dicho que la música no sabe de sexos.

Salgo a la calle. Frente al edificio, un grupo de mujeres se manifiestan. Las rodean algunos periodistas y fotógrafos, que toman notas. Leo las consignas de las pancartas. El mensaje es que no somos inferiores a los hombres, que las mujeres tienen derecho a una carrera profesional. Me conmueve.

Detrás de mí sale el periodista. Me vuelvo y ahora veo el pase de prensa de *The New York Times* que sobresale de su sombrero. Enderezo la espalda, que noto curvada de cargar el contrabajo, y me marcho bastante más orgullosa de lo que me sentía al principio.

Cuando llego a casa, quiero desprenderme enseguida de toda la feminidad. Pero me detengo al pasar delante del espejo. Es curioso lo que hace el aspecto con una persona. Con un vestido y unos zapatos de tacón, un peinado femenino y maquillaje, los pechos libres y no oprimidos... así debería ser. Pero ya no puedo. Solo esa idea ya me echa para atrás.

«Por dentro me siento exactamente igual», pienso después de haberme duchado y haberme puesto el traje. Antonia es valiente, pero mi manera de enfrentarme a la vida también es legítima. Además, me ha costado años de entrenamiento. Cómo estar de pie, cómo caminar, cómo sentarme, cómo hablar; me fui quitando todos los gestos que Miss Denise debía amplificar. ¿A qué verdad serviría si ahora renunciara a eso?

Esa misma noche, Antonia pasa a verme. Era de esperar. Me hace las preguntas lógicas que siempre he sabido eludir. Cómo y por qué. No quiero seguir huyendo y le hablo de mi hermano Ray y del estúpido accidente que sufrió. El accidente que podía adaptar para mi mentira sobre mi corsé cambiando el tractor por un autocar escolar, las cabezas inclinadas de mis padres por las cabezas inclinadas de los niños y la víctima, Ray, por mí, su hermana Roberta, a la que todos llamaban Robin.

Le prometí solemnemente a Ray que seguiría con la música. Pero me di cuenta de que siendo mujer no llegaría tan lejos como él hubiese querido que llegara. No encontraba trabajo. Le explico a Antonia que pasaba mucho tiempo en el cuarto de Ray —que mi madre quería dejar tal como estaba antes del accidente— y que un día abrí su ropero. Deslicé las manos por sus trajes, que seguían colgando de las perchas, y algo me dijo que debía ponérmelos. Aunque me quedaban enormes, el efecto era asombroso. Los trajes anchos y sueltos se convertirían en mi marca. Mi entorno no sabía nada de nada.

Después empecé con mi imitación, como lo llamaba. Durante horas enteras me dediqué a estudiar a los hombres. Me convertí en la Miss Denise al revés, una verdadera imitadora de hombres, pero no para actuar en un espectáculo.

Para conseguir un tono más masculino, ejercitaba mi voz colocándome de pie con la espalda contra la pared, la barbilla inclinada hacia el pecho y hablando en el tono más grave posible. Me ayudó el hecho de no ser demasiado guapa. Mi rostro tenía rasgos de chico: la potente nariz, la mandíbula ancha y el hoyuelo en el mentón resultaron ser una bendición.

Me echo a llorar cuando le cuento que llegó un momento en que mi madre ya no soportaba vivir con mi padre si seguía viendo cada día a Ray. Por eso, Ray tuvo que marcharse de casa. Siempre he sabido ocultar con valentía la tristeza que eso me causó, pero ahora me desahogo. Antonia me consuela y me pregunta dónde está mi hermano.

—Me lo traje hasta aquí —contesto—. Está en una residencia de la ciudad.

—¿Es allí donde vas todos los domingos?

—Sí. Allí está bien atendido y así siento que lo protejo.

—¿Y quién te protege a ti, Robin?

—¿A mí?

—Sí, a ti.

Me encojo de hombros y miro al frente.

—Esa entrega que demuestras es un rasgo muy femenino —me dice Antonia sonriendo.

Aunque no quisiera no puedo evitar reír entre lágrimas. Ella me pregunta si puede acompañarme alguna vez cuando vaya a visitarlo. Le advierto que no hay mucho que ver.

—¿Y qué me dices de tu otra mitad? —me pregunta ella.

Entonces, le digo que sí.

ANTONIA

54

No he podido conciliar el sueño. Han sucedido tantas cosas, ha habido tantas revelaciones. Repaso mis recuerdos en busca de indicios y para mi sorpresa tengo que admitir que a veces podría haberme percatado de algo, no haber sido tan ingenua.

Ahora, cuando pienso en Robin, la veo como una mujer, pero ella va por la vida como un hombre. Ayer, cuando me puse el abrigo para irme a casa, le pregunté si tenía algún consejo que darme para manejar el lío que tengo en la cabeza. No quiero seguir tartamudeando cuando hablo con él o ella. Me dijo: «Sigue como estabas acostumbrada a hacer. Yo hago lo mismo».

Al día siguiente, compramos todos los periódicos que pudimos encontrar. Los revisamos en la pequeña sala del club. *The New York Times* lleva como titular:

LA MÚSICA NO SABE DE SEXOS

En otro periódico pone:

PARA EL ARTE LOS HOMBRES
Y LAS MUJERES SON IGUALES

Y un tercero dice:

LAS MUJERES NIEGAN
SER INFERIORES

Unos días más tarde, recibimos muchísimas solicitudes. ¡Dos cajas llenas! Robin las esparce sobre una mesa y todos nos colocamos alrededor. Tantas cartas alegran la vista.

—No todo está perdido —digo riendo.

—Y hay más noticias: el Town Hall está disponible —dice Robin como quien no quiere la cosa.

—Dios mío, ¿el Town Hall? —pregunto con perplejidad.

¿Será cierto que Robin ha conseguido reservar el teatro que fue fundado por una organización del movimiento de mujeres sufragistas? Sería un lugar precioso para dar nuestro primer concierto, pero también tiene inconvenientes.

—Tiene muchísimas plazas. ¿Cómo vamos a llenarlo? —pregunto.

—Estaba pensando en poner un anuncio en la prensa. E invitar a las clases altas.

—No conozco a nadie. ¿Y tú?

Nuestras *flappers* sueltan algunas risitas. Conocen a muchos. Yo sonrío. ¡Por supuesto!

—Pero ¿tenéis sus direcciones? —les pregunto.

Todos sabemos que no: esa será mi siguiente misión.

Si creí que eso iba a ser todo, me equivocaba, pues los periodistas abren la caza tanto de Goldsmith como de mí. Y saben dónde encontrarme. Cada vez que salgo de casa para ir a la sala de ensayo, los reporteros me esperan con sus blocs de notas en ristre, anhelando una declaración. Bajo el lema «Avivar el escándalo para vender periódicos», inflan la cuestión como si no hubiese otras noticias.

Los reporteros se relamen cuando Goldsmith «revela» que me dedico a la dirección de orquesta porque era una pianista mediocre. Lo llama una «elección calculada», porque en realidad solo pienso en hacerme famosa. En eso no hay ninguna pasión.

A mi vez, replico con la pregunta de por qué Goldsmith difunde esas mentiras. ¿Acaso se siente amenazado por mí? Les hablo de la Gran Depresión. Hay tantísimos músicos desempleados, y a las mujeres les cuesta mucho más encontrar trabajo.

Al día siguiente leo en el periódico que yo misma llevo años sin trabajo y que es por alguna razón. «Si de verdad tuviera talento, ya habría encontrado un empleo», afirma Goldsmith.

Les digo a los periodistas que las mujeres están en el paro, por falta de oportunidades y no por falta de talento.

Goldsmith se deja llevar cuando afirma que una mujer directora es una «anomalía» y que voy contra la tradición musical.

A lo que yo replico que debemos servir a la música, no a rancios clichés.

Los periódicos lo imprimen todo indiscriminadamente. Me reiría si no me cansara tanto. El público disfruta de la controversia que no cesa.

Una tarde, Robin me muestra una larga lista de diez páginas mecanografiadas que, para mi sorpresa, están llenas de nombres y direcciones y nada más. Puedo ver que son personas de la clase alta porque viven en los mejores barrios. Le pregunto qué significa y, sobre todo, de dónde lo ha sacado. Robin me contesta que ha recibido la lista esa misma tarde por correo. Me muestra el sobre que lleva su nombre. Veo que no incluye remitente.

—¿La usamos? —pregunta.

—No es delito —le digo.

—Antonia, me preocupas.

—¿Por qué?

—Todos esos ataques contra tu persona, ¿no te molestan?

—Ahora llamo la atención, ¿no? —le contesto lacónicamente.

No le queda más remedio que admitir que es verdad. La publicidad negativa, también es publicidad.

El siguiente ataque de Goldsmith aparece en el periódico precisamente el día en que hago audiciones para las instrumentalistas menos evidentes:

Las mujeres se imaginan todo tipo de cosas. Se creen que son las mejores. Pero no hay mujeres que toquen el trombón o la trompa. Sin esos instrumentos, una orquesta sinfónica no puede existir. La señorita Brico nunca encontrará una timbalera.

Las dos baquetas golpean con energía los timbales. Estamos escuchando a la tercera candidata para la percusión. Tocamos una parte de *Pedro y el lobo* del compositor ruso Serguéi Prokófiev. Es una música con un tono burlón, dirigida a los niños en forma de cuento cuya función es explicarles los diferentes grupos de instrumentos de una orquesta.

Lo que ha tocado hasta ahora la timbalera suena fantástico. Los instrumentos de cuerda representan a Pedro. La trompa toca con notas largas la amenazante melodía del lobo. Y luego suena el fuerte redoble de los timbales, que anuncia la llegada de los cazadores que vienen a atrapar al lobo. El redoble aún sigue cuando oigo abrirse la puerta detrás de mí.

—¡Willy Wolters!

Reconocería esa voz entre miles y enseguida sé lo que me espera. La timbalera deja de tocar. Me vuelvo. La orquesta de mujeres al completo mira a la señora Thomsen, que entra en la sala vistiendo sus mejores galas. La flanquean dos mujeres que también sacan pecho para parecer imponentes. Las tres llevan un animal muerto sobre los hombros, pese a que hace un tremendo calor. No me gustan las pieles, prefiero ver a los animales vivos.

Voy al encuentro de la señora Thomsen, que empieza de lejos a hablarme en tono muy alterado:

—Si quieres hacer el ridículo en el escenario, adelante, pero una orquesta entera de mujeres es el colmo.

Me meto las manos en los bolsillos del pantalón y exhalo un suspiro de cansancio.

—A ver si lo adivino, está en el bando de Mark Goldsmith.

—Por supuesto —me dice—. He venido a disuadirte de tus planes, para que no des un espectáculo.

—A la gente le encantan los espectáculos —replico—. Si puedo ofrecerle uno a mi público, lo haré.

A la señora Thomsen le parece una respuesta descarada y prueba otra cosa.

—Has enviado invitaciones a mi círculo de amistades... —me dice enfadada.

Intercambio una mirada con Robin: ¿la misteriosa lista con direcciones?

—... y haré todo lo que esté en mi mano para convencerlos de que no asistan a tu concierto.

—Haga lo que le plazca —digo mirando también a su séquito—, que yo haré lo mismo. Que tenga un buen día.

Le doy la espalda y sigo con la audición. No está acostumbrada a eso. La oigo resoplar indignada. Mientras las tres se alejan sobre sus tacones, miro a mis mujeres. Veo que sonríen. Con respeto mutuo también se puede conseguir lo que se quiere.

Unos días más tarde, la señora Thomsen se venga. ¡Y cómo! Hemos pagado mucho para anunciar nuestro concierto en el Town Hall en el periódico, pero han publicado la noticia entre los anuncios de coches de segunda mano. Cuando lo veo, me enfurezco.

—¿Cómo se atreven a poner aquí nuestro anuncio? ¿Quién lo va a ver aquí? Qué manera de tirar el dinero —exclamo mientras destrozo el periódico delante de mi equipo.

Robin carraspea:

—Creo que la señora Thomsen tiene algunos contactos en la prensa.

Por supuesto, Robin tiene razón.

—¿Hay ya alguna reserva? —pregunto.

Dolly sostiene en alto un montoncito de cartas. Todos la miramos.

—¿Eso es todo?

Dolly asiente.

—¡Así que tocaremos ante una sala vacía!

Resulta frustrante, pero he de admitir que la señora Thomsen me ha derrotado.

—Habrá que cancelar el Town Hall.

—No lo aceptan —dice Robin—. Tendremos que pagar la sala.

—¿Con qué dinero? —exclamo—. ¡Oh, menudo desastre!

Me doy cuenta de que las músicas y las bailarinas no se atreven a decir nada. Prefieren dejar que primero me desfogue. Robin es harina de otro costal.

—Creo que deberíamos seguir adelante.

—Sí, pero ¿cómo pagamos a las músicas? —replico.

—Han aceptado tocar sin cobrar —dice Robin.

—¿Gratis? —le pregunto atónita.

—No todo el mundo está en nuestra contra —me suelta Robin en su familiar tono de «No me vengas con tu autocompasión».

Dirijo la mirada hacia la sala, donde todos han trabajado tanto para hacerlo posible. Tiene razón. No puedo rendirme ahora.

—Muy bien —le digo—. Al menos podremos darles un público decente. Será un concierto gratuito y le pediremos al Town Hall que posponga el pago. Ya no podemos permitirnos más gastos. A partir de ahora solo publicidad gratuita.

Dolly sostiene en alto una carta de aspecto oficial.

—Ha llegado una carta de la primera dama —dice sorprendida.

Ahora toda la atención se centra en ella.

—¿Qué? —pregunto incrédula.

Se acerca a mí para darme la carta.

—Para la señorita Brico, de la señora Roosevelt, pone.

Miro el sobre y luego a Robin. Lo pone de verdad.

Por supuesto, tuve que pedirle prestado un traje-sastre a Dolly, porque las coristas opinaban que no tenía nada decente que ponerme. La primera dama de Estados Unidos me había pedido que me reuniera con ella en el hotel donde se hospedaba. La señora Eleanor Roosevelt. No creo que hayamos tenido antes a una mujer tan especial como primera dama. Y encima su familia es de procedencia holandesa. Muchos norteamericanos pronuncian mal el nombre de nuestro presidente, con una «u», pero yo sé que debe pronunciarse como en holandés, con una «o» larga.

La primera dama hace a menudo apariciones públicas y no tiene pelos en la lengua cuando habla de los derechos civiles, la igualdad de sueldos y la emancipación de las mujeres. El año pasado publicó su último libro, *Depende de las mujeres*. Eso también podría decirse de mi profesión.

Consulto por enésima vez el reloj. Tengo un poco de prisa porque después debo dar una entrevista en la radio. Robin ha podido organizarlo, porque, tal como hemos acordado, solo haremos la publicidad que no nos cuesta nada. Seguro que Robin ya está allí esperándome.

La secretaria de la señora Roosevelt, que estaba sentada a

un pequeño escritorio en el vestíbulo, delante de la *suite* presidencial del hotel Waldorf Astoria, se pone en movimiento. Me levanto de un salto y voy a su encuentro.

—¿Sabe si tendré que esperar mucho?

—¿Tiene prisa?

—Tengo que ir a la radio y llevo esperando media hora.

—Lo siento, pero nadie le dice a la señora Roosevelt que se dé prisa.

Se mete en el pasillo. La veo alejarse. Estoy harta de tener que esperar siempre. Miro la puerta y después de dar un golpe breve y decidido, entro en la *suite* presidencial.

Después de un cuarto de hora, vuelvo a estar fuera. La señora Roosevelt me acompaña hasta la puerta.

—Señorita Brico, ha sido un placer conocerla —me dice mientras avanzamos por el vestíbulo—. La persona que me habló de usted no exageraba.

—¿Puedo saber de quién se trata?

—Lo siento, me pidió que no revelara su identidad —me contesta.

—Pues tendremos que respetarlo —le digo con una amable sonrisa.

—Es exactamente lo que dijo de usted cuando la atacaron en los periódicos: «A los grandes músicos hay que tratarlos con respeto».

Reprimo la fuerte sacudida que siento surgir en mi interior. Son las mismas palabras que Frank me dijo en una ocasión sobre Mengelberg cuando me despidió. La señora Roosevelt no se percata de nada.

—Debe de tenerla en muy alta estima porque él va a pagar la sala.

¿Qué?

La señora Roosevelt sigue hablando, mientras yo intento apaciguar el ritmo de mis latidos con la respiración.

—Suerte con los preparativos. Y si me permite darle un último consejo: haga lo que le dicte su corazón, porque la criticarán de todos modos.

Nos estrechamos la mano. Doy media vuelta, mientras ella regresa a su *suite*. Tengo que ir a la radio.

Cruzo corriendo el hotel de abrumadora belleza. ¡Era Frank! ¡Todo este tiempo era Frank! Cómo no lo he visto antes.

El lujo y la grandeza no hacen más que recordarme a él. Atravieso los pasillos, bajo por la escalera, cruzo los enormes vestíbulos, hasta que veo el cielo. Ahora debería ir como una flecha a la estación de radio, donde me espera Robin. Pero sé que solo hay una persona a la que debo ir a ver.

ROBIN

55

Me quedo absolutamente perplejo cuando veo entrar a Goldsmith en el estudio de radio donde van a entrevistar a Antonia. Si es que llega a tiempo. El presentador lo saluda cordialmente como un invitado largo tiempo esperado y Goldsmith se acerca a mí para presentarse. Si supiera todo lo que sé de él.

El tipo de la radio no me había informado de que Goldsmith estaría aquí. Considero la posibilidad de cancelar la entrevista, pero ahora no puedo protestar, porque la persona a la que quiero defender ni siquiera ha llegado. ¿Por qué se retrasa? ¿Tanto tiene que decir la señora Roosevelt? ¿O puede que Antonia esté en un atasco? Debería haberlo programado mejor.

En cuanto Goldsmith toma asiento a la mesa, se enciende el letrero rojo. Están en el aire. Yo me quedo donde estoy, entre la puerta y la mesa donde se celebra la entrevista.

—El público quiere saber: ¿son las mujeres aptas para dedicarse a la música? —empieza diciendo el presentador—. Y recuerden que este país tiene diecisiete millones de aparatos de radio y unos cincuenta millones de oídos escuchando.

Me entra vértigo cuando oigo las cifras. En ninguna parte se consigue una plataforma de tal magnitud. Aquí podríamos conseguir que se escuchara nuestra voz.

—En la música todo gira en torno a los oídos. No hay que destrozarlos —dice Goldsmith, ocurrente.

—¿No cree que el mundo de las orquestas está listo para un cambio cultural?

—Esto no tiene nada que ver con la cultura —responde Goldsmith con cara de asco—. No es más que una forma cuestionable de entretenimiento; una manera patética que tienen las mujeres de llamar la atención. Porque, dígame sinceramente, ¿pagaría para ver el concierto?

Mira al presentador interrogativamente. Justo cuando este quiere abrir la boca, Goldsmith rellena el largo silencio:

—Yo no.

—Nos habría gustado preguntárselo a la señorita Brico —explica el presentador—. La invitamos a unirse a esta conversación, pero me temo que no ha llegado todavía.

—Otra razón por la que no funcionará: las mujeres siempre llegan tarde —gruñe Goldsmith.

El presentador suelta una risita.

—Se ríe, pero es cierto —contesta Goldsmith con dureza.

—Me río, porque conozco suficientes hombres que llegan demasiado tarde. Da la impresión de que odie usted a las mujeres.

—Estoy casado y tengo nueve hijos. Simplemente, me parece espantoso ver a mujeres tocando instrumentos de viento, con esas caras rojas e hinchadas, y esos labios apretados como si estuvieran a punto de reventar.

—Me está diciendo que las mujeres deben parecer elegantes y atractivas. ¿Es eso lo que le importa? ¿No cómo tocan? —le pregunta, desafiante, el presentador.

—Yo solo digo lo que piensa el público.

Si supiera cuánta razón tiene. No es que esté de acuerdo con él, pero ¿acaso no soy yo la prueba viviente de lo que dice? Para poder entrar en el mundo de la música como mujer, me he escondido, me he disfrazado de hombre, nunca he luchado abiertamente como Antonia. Y todo ello por los motivos que está esbozando Goldsmith ahora. Dios sabe que lo he intentado. Cuando tocaba el contrabajo, se burlaban de mí, me abucheaban o me tiraban comida. Me costó una fortuna en vestidos porque después no siempre conseguía eliminar las manchas.

La gente no sabe ver más allá del aspecto exterior. Así de simple. Me sobrepasé al adaptarme. Pensé: siempre que actúes como un hombre, te aceptarán. Escondí mi verdadera identidad. Al igual que Goldsmith pensé: con tal de que sea atractivo.

—Tiene que ser atractivo —chilla Goldsmith, como si pudiera leerme la mente.

ANTONIA

56

—Atractivo o no —oigo que dice el presentador cuando un empleado me abre la puerta del estudio—, el primer concierto de la señorita Brico será en el Town Hall de Nueva York. ¡Esa sala tiene un aforo de mil quinientas plazas! ¿Cree que venderá tantas entradas?

Sonrío a Robin, que parece aliviado de verme. Goldsmith está sentado de espaldas a mí.

—Creo que le ha entrado miedo, porque me he enterado de que el concierto será gratis —responde Goldsmith.

—¿No quiere ganar nada?

—Es una medida desesperada, porque no ha despertado el menor interés.

—Ah, veo que la señorita Brico acaba de llegar. —El presentador de radio me acerca el micrófono cuando me siento a la mesa, al lado de Goldsmith—. ¿Usted qué opina sobre esto?

Enseguida siento la frialdad de Goldsmith. No me impresiona.

—Hemos tomado esa medida a causa de la crisis —alego—. Para que el concierto sea accesible para todas las personas sin dinero. Así que aprovecho la oportunidad de pedirle a la gente que vaya. Y siento haber llegado tarde, pero tenía una cita importante.

—¿Qué puede ser más importante que tu proyecto condenado al fracaso? —se burla Goldsmith.

Lo miro esbozando una sonrisa americana. Lo importante es sobrevivir.

—Hace años estudié con el señor Goldsmith —le digo volviendo a dirigir la mirada al presentador—. En aquel entonces, ya tenía una visión muy curiosa de la posición que debían ocupar las mujeres: debían estar debajo. De hecho, debido a eso, aprendí a estar encima. Y todavía se lo...

Guardo silencio. El recuerdo que aflora es muy intenso: el sueño que caía en pedazos, lo injusto que fue el precio que me hizo pagar por ello, el mundo al revés. Histérica...

El presentador completa la frase, incómodo por el silencio.

—¿... se lo reprocha?

Miro brevemente a Robin, que asiente con gesto alentador. Ahora Goldsmith me mira asustado.

Niego con la cabeza.

—No... Se lo agradezco. De verdad.

Alzo un poco la barbilla. Por fin puedo desprenderme del yugo y liberarme de Goldsmith. Y qué placer utilizar mi propia baza, que he conseguido gracias a una persona.

—La reunión que acabo de tener era con la primera dama —digo lanzando una mirada desafiante a Goldsmith—, y nadie le dice a la señora Roosevelt que se dé prisa.

Goldsmith palidece.

—¿La reunión tenía algo que ver con la Orquesta Sinfónica de Mujeres de Nueva York? —pregunta mi anfitrión.

No puedo evitar sonreír de oreja a oreja.

—Sí, del todo. Nuestra primera dama se acaba de comprometer con la orquesta.

Robin me mira asombrado.

—Nos honra sobremanera que quiera ser nuestra patrocinadora —continúo. Para Goldsmith debe de ser un suplicio. Por ello me dirijo a él y, por extensión, a su seguidora, la señora Thomsen—: Eso indica que en los círculos más altos hay interés.

ANTONIA

57

Long Island

Un taxi me lleva a casa de Frank. Pude reprimir a tiempo mi impulso de ir a verlo justo después de la conversación con la señora Roosevelt. Tengo una empresa que dirigir y debo asumir mi responsabilidad. Después, el ajetreo por todos los preparativos me absorbió por completo, pero ahora he encontrado tiempo para hacerlo.

Estoy más nerviosa por este encuentro que por el concierto de mañana por la noche. Me apeo del taxi con el corazón palpitante. ¿Cuánto tiempo hace que pasé aquí una noche? Una sola noche. Igual que mi madre. Entonces, el futuro nos tenía aún reservadas tantas cosas. O eso pensaba yo. ¡Qué distinto ha sido todo!

Me pongo todavía más nerviosa cuando pienso que Emma podría abrir la puerta. Que Frank no esté en casa. Porque mi llegada es inesperada. Le pido al taxista que me espere para el viaje de vuelta.

Mientras avanzo por la crujiente gravilla hasta la puerta de la casa de Frank, me preparo. Llamo al timbre.

Poco después, el mayordomo chino abre la puerta. Lo

reconozco de otros tiempos, cuando me acompañó de ida y vuelta a la estación desde una de las fincas de los padres de Frank. Entonces le dije las pocas palabras en chino que conozco.

—¿En qué puedo ayudarla, señora? —me pregunta en tono formal.

—He venido a ver a Frank Thomsen.

—¿A quién debo anunciar?

¿Es que no me reconoce? Claro que han pasado ya ocho años.

—A una vieja amiga.

Me sonríe como si ahora lo recordara.

En ese momento, un niño pequeño se acerca corriendo por el pasillo. Lo persigue su padre y él se esconde detrás de mí. «Tiene un hijo», pienso.

Frank, que miraba a su hijo, alza la vista y se detiene abruptamente cuando me ve. Soy la última persona a la que esperaba. Me doy cuenta de que tiene que adaptarse a la situación, dejar de ser un padre juguetón a... sí, ¿a qué?

—Tú... —dice casi sin aliento.

—Hola, Frank...

Su hijo sale de detrás de mi falda y se da cuenta de que su padre ha dejado de jugar.

—Veo que tienes un hijo.

—Sí.

Miro al pequeñoo, que se pega a mí. Sin miedo. Le sonrío.

—¿Cómo te llamas?

—Will... —dice el pequeño.

Miro asombrada a Frank.

—William —lo corrige Frank.

Se siente incómodo. Le oigo suspirar profundamente.

—¿Puedes llevarlo arriba? —le pregunta al mayordomo, que hace enseguida lo que le pide.

—Es un niño muy simpático —le digo, mirando al crío mientras se aleja, intentando así romper el hielo.

—Sí. —Traga con dificultad.

No cabe duda de que la situación es tensa. Pero al mismo tiempo siento el corazón rebosante de amor. Con lo bien escondido que estaba y ahora se abre camino hacia el exterior. Lo siento en la garganta, a través del pecho, donde casi me corta la respiración. El amor que no pudo ser.

—¿Qué te trae por aquí? ¿Quieres pasar? —dice Frank, haciéndome un gesto amable para que entre.

«Siente lo mismo que yo», pienso. Simplemente lo sé. Por cómo me mira, por su lenguaje corporal.

Niego con un gesto de la cabeza.

—No, no, no quiero molestar y tengo que irme.

Nos quedamos en el pasillo, como dos niños enamorados que no saben qué decirse. Perdidos en nuestro corazón naufragado con un salvavidas a la vista.

—Yo... solo he venido a agradecerte lo que hiciste.

—¿A qué te refieres? —me pregunta.

Me conmueve que haga como si no supiera nada.

—A la señora Roosevelt —le explico—. Y al Town Hall.

—No ha sido nada.

Siento que los ojos se me llenan de lágrimas, pero no quiero perderme ni un segundo del tiempo que podemos mirarnos.

—Para mí sí —le digo—. He tardado un poco en descubrir que has movido bastantes hilos. Te lo debo.

Frank niega lentamente con la cabeza.

—Tómatelo como mi manera de pedir perdón.

—¿Perdón? ¿Por qué?

—Por pedirte que malgastaras tu talento desperdiciándolo.

Sonrío.

—Una vez dijiste que estaba «loca».

Frank me mira y en sus ojos detecto un profundo arrepentimiento.

—No estás loca. Yo sí lo estaba cuando te dejé marchar...

Veo que él también lucha contra las lágrimas. Hacemos exactamente lo mismo. Nos contenemos.

—Ya somos dos.

Nos miramos fijamente y en nuestros ojos se refleja la intensidad de nuestro amor.

A lo lejos oigo a William llamar a su padre. Comprendo que Frank tendrá que volver a lo que tiene aquí.

—Ya no te molesto más —le digo y me dispongo a marcharme.

Frank me adelanta para abrirme la puerta. Como un auténtico caballero. Salgo y me dirijo al taxi que me espera. Pero después de unos pasos vuelvo la vista y lo miro. Por un instante dudo si preguntárselo.

—¿Vendrás al concierto?

—No, me quedaré en casa... con William. Puede que Emma vaya...

Asiento. Así está bien.

FRANK

58

Se marcha, se va de mi vida. La miro alejarse y cierro la puerta, pero me quedo en la esterilla. Contemplo el suelo, mientras oigo que el taxi se pone en marcha. El impacto que me ha producido verla aquí sigue estremeciéndome el cuerpo.

La decisión de ayudarla fue tan instintiva que ni siquiera sabría decir qué me movió a hacerlo. Más bien los motivos que había para no hacerlo. Los conozco muy bien. Que sería más fácil desterrarla de mi corazón si no la veía. Que era preferible no saber nada de ella ni ver fotos suyas. Que solo de esa manera conseguiría dar una oportunidad a mi matrimonio con Emma.

Emma se lo merece. Es atenta y cariñosa, elegante e inteligente, pertenece a mi clase social. En realidad es todo lo que podría desear de una mujer. Me hace quedar bien, nunca me dejará en la estacada. Es una buena madre. Solo que... no es Antonia.

No logro comprender por qué la pasión por su independencia hace tan atractiva a Antonia. ¿Es porque es una entre miles? ¿Única en su autonomía, su valentía, su arrojo, mientras que Emma posee la docilidad que reconozco en casi todas las mujeres? ¿Es porque con Antonia siento que

somos realmente iguales? ¿O porque, desde que la conozco, me infunde respeto y por ello saca lo mejor de mí? Pero
también me siento físicamente atraído por ella. Pese a que
Emma quizá sea más guapa. No puedo analizarlo. No he
podido en todos estos años. Quiero a Emma, pero Antonia
sigue siendo mi gran amor.

Y hace un momento estaba aquí. En el vestíbulo. A un
metro de mí. Ahora sabe que le he dado su nombre a lo que
más quiero en este mundo, a mi hijo. William. También fue
una elección ridículamente intuitiva, porque lo lógico sería
pensar que no quería que nada me la recordara. De hecho,
el niño iba a llamarse de otra manera, teníamos pensado
ponerle Timothy, o Emily si era niña. Pero el día de su nacimiento, aquel nombre fue más fuerte que yo y Emma me
dejó elegir.

No me arrepiento de haber ayudado a Antonia. Al contrario. Se lo merece. Informar a la prensa y estimular el interés periodístico, enviar la lista de contactos de mi madre
a Robin, pagar el alquiler del Town Hall cuando me percaté
del escaso interés que despertaba el concierto, pedir audien-
cia a la señora Roosevelt, y sobre todo, aunque eso fue lo
más difícil, alimentar lo suficiente a Mark Goldsmith para
encender la controversia entre ambos y luego dejar que siguiera su curso. No importa lo que escriban de ti los periódicos, con tal de que escriban. Solo entonces conseguirás la
atención del público.

No quería que se enterara. Debería haberle preguntado
cómo lo ha sabido. Es de suponer que alguien como Eleanor
Roosevelt no se va de la lengua.

—¡Papá, papá, papá! —Oigo gritar a Will.

Oigo sus pasos rápidos acercarse sobre el parqué. Se aferra a mis piernas con los bracitos. Lo aúpo. Mi hijo me devuelve a la tierra.

A la noche siguiente, cuando he arropado a Will en su cama y lo he dejado al cuidado de su niñera, pienso que es bueno que me haya quedado en casa. Emma ya se ha marchado. Ella asistirá al concierto de Antonia y, por increíble que resulte, mi madre también irá. Desde que ha oído en la radio que la señora Roosevelt se ha convertido en la patrocinadora de la orquesta de mujeres, parece haber cambiado por completo de opinión. O bien, y eso es lo más probable, quiere ver con sus propios ojos cómo Antonia queda en ridículo con su orquesta, pues ese era su mayor reproche.

Se ha llevado a rastras a mi padre, quien por cierto le desea lo mejor a Antonia. Yo me he mantenido al margen de todas las discusiones que iniciaba mi madre con quien quisiera escucharla. Me desafió también a mí. Me preguntó qué opinaba yo. Me mantuve en silencio. No quería que nadie pudiera vincularme de algún modo con el concierto.

Me pregunto si habrá suficientes espectadores. Espero de todo corazón que Antonia tenga éxito. La noticia de que daba gratis el concierto apuntaba a que no había suficiente interés y que se vendían pocas entradas. Emma me lo explicará todo esta noche. Pero también entonces tendré que estar alerta, pues podría preguntarme por qué no he ido con ellos.

Me voy a la cocina para pedirle a Shing que me traiga café. He decidido que trabajaré hasta tarde, para no tener que pensar en nada. Cuando abro la puerta de la cocina, veo que Shing está comiendo. Mueve con agilidad los palillos en su cuenco para llevarse el arroz a la boca. Se levanta de un salto cuando me ve, a pesar de que llevo años insistiendo en que puede quedarse sentado cuando voy a verlo porque quiero preguntarle algo.

Debido a la rapidez con la que se levanta, uno de los palillos cae al suelo y rebota contra las baldosas. En mi cabeza, el movimiento parece ralentizarse. Recuerdo el palillo que cayó en el baño de hombres, donde vi por primera vez a Willy. Entonces, desconocía por completo el significado de ese palillo; más tarde, cuando pasamos nuestra última semana juntos, nos reímos al recordarlo. No tenía ni idea de que quisiera dirigir una orquesta.

Tuvo que agacharse para recogerlo. Ahora soy yo el que se agacha, más rápido que Shing. Alargo la mano para coger el palillo, igual que ella hace tantos años. «Qué lejos queda eso», pienso. Sostengo el palillo delante de mi cara como si fuera a descubrir algo en él.

«Soy un cobarde si no voy».

Alejo un poco más la vista y miro a Shing, que me conoce desde hace tiempo.

—¿Voy a buscar el coche? —me pregunta.

Sabe antes que yo que quiero ir al concierto.

FRANK

59

Nueva York

No sé qué es lo que esperaba, pero no esto. El tráfico en torno al Town Hall está paralizado. Nuestro coche se encuentra en medio de este embotellamiento. No podemos avanzar. Estoy sentado en el asiento trasero, apenas capaz de soportar la espera. Ante mí veo un mar de coches de lujo, la alta sociedad traída hasta aquí por sus chóferes. En las aceras se pasean decenas de personas con traje de gala. Todos van en la misma dirección; los caballeros lucen esmoquin o frac, las damas vestido de noche. En la calle, sin embargo, también abundan las personas vestidas con ropa más sencilla.

Me cuesta imaginar que todos vayan al concierto de Antonia. En esta zona alrededor de Broadway hay otros teatros y desde aquí no distingo todavía el edificio del Town Hall.

Detrás de nosotros, alguien empieza a tocar el claxon. Enseguida surge una cacofonía de bocinas. Todo el mundo parece estar fuera de sí. Por enésima vez consulto mi reloj. Shing, que detecta mi nerviosismo, también toca con impaciencia el claxon. No tiene ningún sentido. Sencillamente, no llegaré a tiempo.

Pero entonces me hablo con severidad. ¿Cómo puedo darme por vencido tan fácilmente, cuando Antonia remueve cielo y tierra para lograr lo que quiere? Abro la portezuela, salgo del coche y echo a correr entre los vehículos parados, pues veo que el río de gente en la acera también se ha estancado. Tengo que apartarme de un brinco cuando de pronto se abre una portezuela y un hombre se apea, salto para esquivar un charco, tengo que maniobrar entre grupos de personas que también prefieren la calzada a la acera. Corro a más no poder. Mi vida depende de ello y me siento bien.

Cuando doblo la esquina viene a mi encuentro el resplandor de las letras en la fachada. He visto cientos de veces este tipo de anuncios, pero ahora me conmueve ver el nombre de Antonia como directora debajo del nombre de su orquesta: la Orquesta Sinfónica de Mujeres de Nueva York.

Delante de la entrada, la acera está repleta de gente. Se apretujan ante las puertas, pero los porteros todavía no les dejan entrar. Lo mismo les sucede a las elegantes mujeres y hombres que llegan en limusina. Por lo visto, su llegada provoca disturbios, pues estos no aceptan un no. Me pregunto si Emma y mis padres habrán conseguido entrar. ¡Quién hubiese dicho que habría tanto interés! La sala podría haberse llenado dos veces.

Por unos instantes, me quedo mirando indeciso las largas colas que se han formado delante del edificio y me estrujo el cerebro para encontrar una manera de entrar. Me doy media vuelta y empiezo a andar a contracorriente.

Qué suerte que conozca bastante bien este edificio. He conseguido acceder a él por la entrada de artistas, a pesar de que estaba vigilada como una fortaleza. Me ha bastado con agitar mi tarjeta. Subo de dos en dos los peldaños de la escalera de servicio en dirección a las oficinas. Aquí no hay nadie, pero de día es el centro neurálgico del teatro.

Cuando llego arriba y enfilo un largo pasillo, veo un guardia venir a mi encuentro. Ralentizo mi paso, hago como si trabajara aquí y le deseo las buenas noches. El hombre me devuelve el saludo educadamente. Cuando lo he adelantado, vuelvo a apresurarme.

Espero salir por las puertas que dan a las filas posteriores del gallinero, donde, en todos los teatros, los techos son más bajos y los asientos más duros. Pero el Town Hall, que fue fundado por las defensoras del sufragio femenino, es famoso por no tener asientos malos.

Cuando abro la puerta de servicio, veo para mi asombro que también esto está lleno. Personas de todas las edades intentan hacerse con un asiento. Las acomodadoras no dan abasto. A través de las puertas abiertas puedo ver que reciben a la primera dama con mucha deferencia, pero por lo demás resulta caótico. Todo está lleno hasta los topes.

Bajo las escaleras corriendo entre la muchedumbre hasta que llego a la planta baja. Allí también veo gente delante de la puerta. Gritan que quieren entrar. Los guardias y las acomodadoras no dan su brazo a torcer. Sé que no pueden hacerlo, por orden de los bomberos. En este edificio ya hay demasiadas personas, pero acabarán yéndose cuando empiece el concierto.

Estoy orgulloso de Antonia. Lo ha conseguido. Puede que

no gane nada porque el concierto era gratuito, pero el lanzamiento de su orquesta de mujeres no podía haber ido mejor. Ahora, a Antonia solo le queda una cosa: hacer bien su trabajo. ¿Estará nerviosa? Siento sus nervios cuando un gran hormigueo recorre mi cuerpo. «Quiero estar presente». Me abro camino a través del mar de gente y no dejo que nada ni nadie me detenga.

ANTONIA

60

Justo antes de un concierto me aíslo del mundo. Me encierro en una burbuja. Me sumerjo en un estado de ensimismamiento y concentración. No tengo que esforzarme mucho por hacerlo, es algo que surge de forma natural.

Esta mañana he hecho un ensayo adicional con mis músicas. Quería añadir una pieza que no estaba en el programa oficial. Es breve, dura apenas cinco minutos. El compositor británico Edward Elgar escribió la música en 1888 para su prometida. Era su saludo de amor para ella. Le puso el nombre en alemán, *Liebesgruß*, porque su amada hablaba con fluidez ese idioma. Más tarde cambió el nombre al francés: *Salut d'Amour.*

Amour sigue siendo básicamente la única palabra que sé en francés, pero me imagino que ahora, a mis treinta y dos años, he aprendido mucho más del amor. Ayer, cuando me despedí de Frank, comprendí que le resultaba demasiado difícil verme.

¿No había sentido yo lo mismo durante años? Por algo prefería viajar por Europa. Tardé una eternidad en superar la pérdida de Frank. Pero poco a poco me fui dando cuenta de que se trataba de un amor posesivo. No de un amor desprendido. Y ahora veo lo mismo en Frank. No puede dar ese paso, como yo tampoco podía.

Aun así, cuando pienso en ello, el corazón se me llena de ternura. Y la composición de Elgar representa ese amor tierno. Aunque nadie más lo sepa, es mi oda a Frank, mi manera de darle las gracias por todo lo que ha hecho.

Sin embargo, la ternura es el sentimiento más difícil de representar en la música, eso lo sabe cualquier director de orquesta. Pero yo tuve la suerte de poder explicárselo a unas mujeres. Y resultó que eso lo cambiaba todo. ¡Qué entusiasmadas estaban por conseguir que sonara bien en el ensayo! Estoy muy orgullosa de ellas. Pase lo que pase, para mí toda esta empresa ya es un éxito, porque no solo me hago feliz a mí misma, sino también a las músicas.

La puerta de mi camerino se abre y Robin se asoma.

—¿Qué tal ahí fuera? —le pregunto.

—¡Todo un espectáculo! —me contesta con una amplia sonrisa y después me desea suerte.

Sé cuánto se enorgullece Robin de mí. Ya hemos hablado de eso a menudo.

Dado que quiero ver con mis propios ojos cuánta gente ha venido, echo un vistazo detrás del escenario. Allí están ya preparadas las integrantes de la orquesta, la mayoría con su instrumento en la mano. Las mujeres llevan bonitos vestidos negros con algún toque blanco. Están preciosas. Las *flappers* las han ayudado a peinarse y maquillarse.

Dolly me ha alquilado un vestido de noche negro. No quería ni oír hablar de que volvieran a calificarme como la mujer peor vestida. Estaba segura de que escribirían sobre nuestro aspecto.

—Deja eso a los hombres —añadió.

He de admitir que ha sido ella la que ha elegido mi vestido. Es sencillo, pero elegante y me siento bien en él. Cuando miro entre bastidores a la muchedumbre que llena la sala, me quedo totalmente asombrada. No podría haberme imaginado nunca semejante avalancha. Arriba, unas acomodadoras guían a la primera dama hacia su palco. Qué honor que quiera estar presente. La señora Roosevelt baja hasta la primera fila de palcos para ocupar su asiento. Pero antes de que llegue, veo que una persona se le acerca para estrecharle la mano. ¡No es otra que la señora Thomsen! ¡Ha venido a pesar de todo! Solo puedo imaginar lo que le estará diciendo a nuestra protectora, pero parece que se está enrollando mucho. Eleanor Roosevelt pone fin a la conversación. La señora Thomsen regresa a su asiento, algo decepcionada, y ahora también veo al señor Thomsen y a Emma. Por un instante, siento que se me hace un nudo en el estómago debido a los nervios.

Las integrantes de mi orquesta salen al escenario. Se oyen aplausos entusiastas. Creo que ninguno de los presentes ha visto nunca esto; noventa músicas subiendo al escenario. Ocupan sus lugares y empiezan enseguida a afinar sus instrumentos. Las acomodadoras y los guardias se esfuerzan por restablecer el orden en la sala, aunque no son precisamente bien recibidos cuando tienen que echar a la gente. No los envidio.

Robin está a mi lado y me hace un gesto de asentimiento. Ha llegado el momento de salir a escena. El foco me sigue mientras cruzo el escenario. La orquesta se levanta. El aplauso suena caluroso. La gente tiene ganas de oírnos.

Sonriendo, paseo la vista por la sala cuando me dirijo al podio. Incluso veo a mi padre y a mi madre en la cuarta fila. Capto sus miradas. Qué especial que hayan venido. Tengo que reprimir una sonrisa cuando pienso que habrán venido porque el concierto es gratis, pero aparto rápidamente esa idea de mi mente. Mis padres están tan radiantes que me emociona verlos.

Apenas dos asientos más lejos está Miss Denise, preciosa en su ropa de mujer. Imposible distinguirla de una mujer de verdad. ¡Si mis padres supieran! Cerca de ellos se encuentran también los músicos de la banda de Robin y las coristas. Estoy en deuda con ellos.

Estrecho la mano de mi primera violinista y subo al podio. Alzo la vista para mirar a nuestra primera dama y me inclino ante ella como muestra de respeto. La señora Roosevelt se levanta y me devuelve el saludo inclinando la cabeza con elegancia. Luego le doy la espalda a la sala.

La orquesta se sienta. Abro la partitura, levanto la batuta y miro a las mujeres alentadoramente. Todas las músicas están absolutamente concentradas. El silencio tan mágico y dedicado antes del concierto.

Un fuerte golpe resuena en toda la sala. El sonido viene de detrás de mí. ¿Es una puerta que se cierra de golpe? ¿Una persona a la que echa una acomodadora? Oigo levantarse un murmullo de inquietud.

Intercambio una mirada con la violinista, pues ella sí puede ver lo que sucede en la sala, pero solo advierto confusión en su rostro. ¿Acaso he olvidado un ritual al saludar a la primera dama? ¿Es por ello que suena a mis espaldas un murmullo de indignación?

Entonces oigo unos pasos que se acercan por el pasillo central del patio de butacas... El sonido de una silla plegable de madera que alguien abre y coloca en el suelo... Alguien se sienta justo detrás de mí. Bajo la batuta y me vuelvo. Veo a Frank sentado en la silla plegable. Mi sombra cae sobre él. En la sala se hace el silencio. Todo el mundo espera con tensión lo que va a suceder.

Frank me mira desde abajo. Yo lo miro. Seguro que ha corrido, porque noto que aún tiene que controlar la respiración. Me sonríe como disculpándose y yo le devuelvo la sonrisa, contenta de que haya venido. Nuestro intercambio de miradas parece durar una eternidad en un tiempo que se detiene brevemente. Estoy casi segura de que nadie sabe lo que esto significa. Solo nosotros dos. «Él puede soltarme».

La música es un lenguaje con el que a veces se puede expresar mucho más que con palabras. Alegría y tristeza, miedo y envidia, culpa y vergüenza, esperanza y desesperación, cólera y sorpresa, felicidad y aflicción. Pero la música que ahora llena la sala de conciertos habla la lengua del amor. Los sonidos de *Salut d'Amour* llegan al corazón. Me encuentro al frente de mi Orquesta Sinfónica de Mujeres de Nueva York. Estoy orgullosa de mis músicas. Dirigir una orquesta me hace feliz. Este concierto me hará subir muy alto y seguro que después caeré. Forma parte del juego. Pero al menos vivo este momento. ¿Soy una heroína? Quizá nadie lo crea. Solo yo... A veces, con eso basta.

Epílogo

La Orquesta Sinfónica de Mujeres de Nueva York actuó durante cuatro años con mucho éxito. Cuando Antonia Brico empezó a contratar también a músicos varones, el interés del público se desvaneció y la orquesta dejó de existir.

Tras adquirir la nacionalidad estadounidense (en 1938), Antonia se estableció en Denver, Colorado, donde en 1941 se le prometió un puesto de directora jefa en la Orquesta Sinfónica de Denver. Sin embargo, el contrato se canceló en el último momento porque era una mujer. Después tampoco logró nunca un contrato permanente como directora de orquesta.

Antonia consagró toda su vida a la música y se mantuvo activa como directora invitada en orquestas famosas. En 1947 fue nombrada directora de una orquesta semiprofesional: la Denver Businessmen's Orchestra.

También se ganó la vida dando clases de piano, entre otros a la joven Judy Collins, que más tarde se convertiría en una famosa cantante de folk y realizaría un documental sobre la vida de Antonia, que en 1975 fue nominado a un Óscar.

Antonia viajó a menudo a Holanda, donde mantuvo un estrecho contacto con la familia de su madre, que llegó a conocer bien y en cuyo seno fue aceptada. Una de sus decepciones fue no haber podido nunca dirigir la orquesta del Concertgebouw. Sin embargo, en Holanda tuvo ocasión de dirigir la Orquesta Filarmónica de la Radio.

En 1949, Antonia conoció a Albert Schweitzer, quien se convirtió en uno de sus más queridos amigos. Entre 1950 y 1964 fue a visitarlo en al menos cinco ocasiones a su hospital africano en Gabón, para pasar allí sus vacaciones de verano.

Antonia falleció el 3 de agosto de 1989 en Denver. En su tumba está escrito: *Do not be deflected from your course.* No permitas que te desvíen de tu rumbo.

La respetada revista *Gramophone* publicó en 2008 una lista de las veinte mejores orquestas del mundo. Ninguna de ellas tuvo nunca una directora.

En 2017, *Gramophone* volvió a publicar una lista, en esta ocasión con los cincuenta mejores directores de orquesta de todos los tiempos. Entre ellos no había ninguna mujer.

Agradecimientos

Quiero dar en especial las gracias a Rex Brico, periodista jubilado y primo de Antonia Brico. Mientras escribía la novela me ayudó muchísimo la detallada investigación que había realizado sobre Antonia y que me facilitó cuando yo dirigía una película sobre su vida. Rex conoció bien a su prima. Ambos compartían su pasión por la música clásica y él la llamaba «mi segunda madre», no solo porque ella le llevaba veintiséis años, sino también porque era su confidente y él la acompañaba a menudo, tanto por Estados Unidos como por Holanda. Su informe biográfico sobre Antonia tuvo un valor incalculable para mí.

Asimismo le agradezco que me diera libertad artística para incluir elementos ficticios en la historia en forma de sucesos y personajes. La confianza y el conmovedor apoyo que me otorgó, también en los contratiempos, significaron muchísimo para mí. Sin Rex Brico no habría podido escribir este libro.

Asimismo quiero dar las gracias a Stef Collignon, que participó en la realización de la película como director de orquesta y director musical y me proporcionó buenos consejos mientras escribía esta novela. Su entusiasmo y su enorme experiencia en el ámbito de la dirección y la música clásica han sido para mí imprescindibles.

Doy las gracias a todos los actores y a todo el equipo de la película *La directora de orquesta*. Su talento me ayudó a comprender mejor esta historia. Quiero agradecer a Jan Eilander sus consejos para el guion.

En realidad hay un único motor detrás de este libro, y es Frederika van Traa, mi redactora en la editorial Meulenhoff Boekerij. Junto con Maaike le Noble y Roselinde Bouman mostró su entusiasmo por el libro incluso antes de que se hiciera la película, y desde entonces me alentó en varias ocasiones a escribir la historia. Sin la inspiración y la confianza que me dieron las tres, puede que no hubiera empezado nunca a escribir, y por ello les estoy muy agradecida.

Asimismo quiero expresar mi gratitud a Frederika, Roselinde y a todo el equipo de la editorial por haberme guiado cuando entré en este mundo nuevo para mí.

Quiero dirigir un agradecimiento especial a Judy Collins, que con su documental *Antonia: A Portrait of the Woman*, me permitió ver el alma de Antonia Brico. Fue este documental el que me inspiró para hacer una película sobre ella y escribir este libro.

Por último, doy las gracias de todo corazón a mi hija Tessa y a mi marido Dave Schram por leer el manuscrito y por ofrecerme sus comentarios siempre tan sensatos.

Fuentes

BIBLIOGRAFÍA:

Beth Abelson Macleod – *Women Performing Music, the Emergence of American Women as Classical Instrumentalists and Conductors* – McFarland & Company, Inc., Publishers / Jefferson, Carolina del Norte y Londres.

Rex Brico – *De odyssee van een journalist, een levensverhaal over pers, religie en homosexualiteit* [La odisea de un periodista, una historia sobre prensa, religión y homosexualidad] – Uitgeverij Ten Have.

Norman Lebrecht – *De Mythe van de Maëstro, Dirigenten en Macht* [El mito del maestro, directores de orquesta y poder] – Uitgeverij J.H. Gottmer.

Elke Mascha Blankenburg – *Dirigentinnen im 20. Jahrhundert* [Las directoras de orquesta en el siglo XX] – Uitgeverij EVA, Europäische Verlagsanstalt.

E. Bysterus Heemskerk – *Over Willem Mengelberg* [Sobre Willem Mengelberg] – Uitgeverij Heuff.

Diane Wood Middlebrook – *Maatwerk, het dubbelleven van jazzmusicus Billy Tipton die na zijn dood een vrouw bleek te zijn* [Ropa a medida, la doble vida del músico de jazz Billy Tipton que tras su muerte resultó ser una mujer] – Uitgeverij Arena, Ámsterdam.

Judith van der Wel – *Stemmen, het geheim van het Koninklijk Concertgebouworkest* [Voces, el secreto de la orquesta del Concertgebouw] – Uitgeverij Querido / van Halewijck.

Roland de Beer – *Dirigenten* [Directores de orquesta] – Uitgeverij Meulenhoff / de Volkskrant.

Roland de Beer – *Dirigenten en nog meer dirigenten* [Directores de orquesta y más directores de orquesta] – Uitgeverij Meulenhoff / de Volkskrant.

Luuk Reurich – *Hans Vonk, een dirigentenleven* [Hans Vonk, la vida de un director de orquesta] – Uitgeverij Thoth, Bussum.

Melissa D. Burrage – *The Karl Muck Scandal* – University of Rochester Press.

Albert Schweitzer – *Entre el agua y la selva virgen: Relatos y reflexiones de un médico en la selva del África ecuatorial* – Madrid: Javier Morata, (1932).

Prof. Albert Schweitzer – *De mi infancia y juventud* – editorial La Aurora – México.

Albert Schweitzer – *Eerbied voor het leven* [Respeto por la vida] – Compilado por Harold E. Robles – Uitgeverij Mirananda, La Haya.

Ben Daeter – *Albert Schweitzer, een pionier in het oerwoud* [Albert Schweitzer, un pionero en la selva] – Tirion Uitgevers, Baarn.

David B. Roosevelt con la colaboración de Manuela Dunn-Mascetti – *Grandmère, een persoonlijke geschiedenis van Eleanor Roosevelt* [Abuela, una historia personal de Eleanor Roosevelt] – Uitgeverij Elmar.

Michael Barson (editor) – *Flywheel, Shyster, and Flywheel: the Marx Brothers' Lost Radio Show* – Pantheon Books, Nueva York.

Ronald van Rikxoort y Nico Guns – *Holland-Amerika Lijn, schepen van.*

'De Lijn' in beeld [La Holland America Line, los buques de «La Línea» en imágenes] – Uitgeverij Walburg Pers.

Moses King – *Notable New Yorkers of 1896-1899* – Bartlett & Company, the Orr Press, Nueva York.

DOCUMENTALES:

Antonia: A Portrait of the Woman (1974), documental de Judy Collins y Jill Godmilow.

Bloed, zweet en snaren. De mensen van het Koninklijk Concertgebouworkest [Sangre, sudor y cuerdas. La gente de la Real Orquesta del Concertgebouw], temporadas 1, 2 y 3, de Olaf van Paassen para la cadena holandesa AVROTROS.

Jaap van Zweden, een Hollandse Maestro op Wereldtournee [Jaap van Zweden, un maestro holandés en gira mundial], serie documental de siete episodios de Feije Riemersma e Inge Teeuwen para la cadena holandesa AVROTROS.

Apocalypse – La première guerre mondiale, de Isabelle Clarke y Daniel Costelle.

The Battle of Passchendaele (100th Anniversary of the Great War), de Timeline.

FUENTES DE INTERNET:

Lisa Maria Mayer – por Wolfgang Reitzi https://www.wolfgangreitzi.eu/20erjahre/lisa-maria-mayer/.

Gifgas – de chemische oorlogvoering in de Eerste Wereldoorlog [gas tóxico: la guerra química en la Primera Guerra Mundial] – de Leo van Bergen https://www.wereldoorlog1418.nl/gasoorlog/gifgas.html.

Witness to History the Met Orchestra Musicians – de Susan Spector http://www.metorchestramusicians.org/blog/2017/5/6/witness-to-history.

LETRAS DE CANCIONES CITADAS:

The Dumber They Come the Better I Like 'em – Letra de Stephen DeRosa.

Oh! Boy, What a Girl – Letra de Bud Green, música de Frank A. Wright y Frank Bassinger.

Can You Tame Wild Wimmen – Letra de Andrew B. Sterling, música de Harry von Tilzer.

Esta primera edición de *La directora de orquesta*, de
Maria Peters, se terminó de imprimir en *Grafica Veneta S.p.A.
di Trebaseleghe* (PD) de Italia en febrero de 2021.
Para la composición del texto se ha utilizado
la tipografía Celeste diseñada por Chris Burke en 1994
para la fundición FontFont.

Duomo ediciones es una empresa comprometida
con el medio ambiente. El papel utilizado para
la impresión de este libro procede de bosques
gestionados sosteniblemente.

Este libro está impreso con el sol. La energía que ha hecho posible
su impresión procede exclusivamente de paneles solares.
Grafica Veneta es la primera imprenta en
el mundo que no utiliza carbón.